KB269242

유라의 결혼식

유라의 결혼식

이숙경 소설

문이당

작가의 말

죄송하다, 1985년생이 아니고 1958년생이어서.

여자 나이 마흔을 넘어서면 무슨 짓을 하면서 살까.

내가 옆에서 지켜본 중년 여인들은 여행을 가거나, 뒤늦게 취미 활동에 골몰하거나, 운 좋게 잡은 임시직에 아등바등 매달리거나, 이도저도 아니면 찜질방에서 감식초를 먹고 있었다.

나로 말한다면 아무래도 찜질방 쪽에 가깝겠다. 그녀들과 조금 다르다면, 그녀들의 수다를 엿들으며 그녀들의 가슴 허한 어떤 부분에 대하여 계속 촉각을 곤두세우고 있었다는 것 정도?

그 '촉각'과, 내 스스로도 납득할 수 없는 나의 내면에 대한 의구심을 뒤섞어 10년 동안 소설을 썼다. 고백컨대 나의 소설 쓰기는 영혼을 치유하려는 지극히 개인적인 욕심에서 비롯되었다. 결론부터 말한다면 욕심은 그냥 욕심일 뿐이었다. 어쨌든 어릴 때부터 초지일관 꿈이었던 '소설가'가 (드디어, 이제야, 기어이, 가까스로) 되었다는 것에 의미를 두어야 할지는 모르겠다.

하라다 야스코는 자신의 통속 소설 《만가(挽歌)》가 바다 건너 열 살 안짝 계집아이에게 '소설가'가 되고 싶은 열망을 처음으로 심어 주었다는 사실을 모를 것이다.

오정희 님은 한 여성 잡지(문학 잡지가 아닌)에 발표한 단편 소설 〈어두운 출구(出口)〉가 한 소녀의 밤잠을 설치게 했다는 것도 물론 모르시겠지.

박완서 님은 일간 신문에 연재된 《휘청거리는 오후》가, "내가 쓰고 싶었던 소설을 저렇게 확실하게 쓴 분이 계신데 굳이 나까지 소설을 써서 폐지 양산하는 데 도움 줄 일 있냐!"면서 한 여자를 오랫동안 잠수 타게 만들었다는 것도 당연히, 모르실 것이다.

그렇게 계속 독자로 남았으면 지금보다 마음은 편하게 살았겠지만, 내 안의 어떤 짐승이 나를 '소설 쓰기'로 몰아세우는 데는 도리가 없었다. '그 짓'을 할 때에야 비로소 살아 있음을 느끼게 되니 어떡할 것인가. 그래서, 하는 수 없이 썼다. 앞으로도 이런 허망한 '짓'을 계속할지는 장담할 수 없다.

내가 작가의 말을 언제 또 쓰게 될지 알 수 없으므로 감사의 인사나 실컷 해야겠다.

늘 발버둥치는 내 영혼을 악착같이 붙들고 계시는 하나님께 딥 키스를! 하나님은 내 존재의 중심에서 시퍼렇게 살아 계시다. 감사해요, 하나님!

하나님 다음으로 나를 위로해 준 것은 담배, 음악, 커피였다. 그것들은 애매한 수준의 우정보다 훨씬 우위에 있다.

아참, 요 근래 2년 동안 지독하게 앓았던 갱년기 우울증을 치료해 준 술에게도 감사. 소설이 써지지 않을 때마다 기어 들어가 습작의 고통을 쏟아 냈던 미니홈피나 블로그가 없었더라면 기도가 훨씬 길어졌거나, 음주량이 배로 늘어났을 것이다.

구레나룻이 환상적인, 그러므로 여전히 매력적인 열네 살 연상의 남편과, 엄마의 무모함을 닮지 않아 다행인 아들에게(두 남자 모두 분명 이 책을 읽지 않겠지만), 그동안 가족으로 곁에 있어 주어 고마웠다는 말을 꼭 해야겠다.

표면적으로는 몇 년이지만 정신적으로는 지금까지 나를 이끌고 있는 동갑내기 소설가 선생님과, 애증의 역사가 죽을 때까지 이어질 것 같은 태극당 문우들에게도, 그리고 한 동네에서 만나 문학을 안주로 술깨나 마신 문우 '년놈'들에게도 애정 어린 감사를 전한다.

그리고 어려운 여건에서도 흔쾌히 소설집을 발간해 주신 문이당 임성규 대표님께 깊은 감사의 절을 올린다. 그분은 나에게 있어서 진정한 의미의 은인이다.

마지막으로, 아버지!

빛나는 감성을 수혈해 주시고, 수백 권의 문학 서적과 수백 장의 레코드 속에서 유년기를 보낼 수 있게 해주시고, 파산으로 삶의 고통을 이해하게 만들어 주신 아버지, 평생 매 한 번 들지 않고, 나의 비이성적인 삶을 예술적 감성으로 이해해 주고 사랑해 주셨던 아버지께 이 책을 바친다.

2009년 가을

이　숙　경

아버지께

차례 유라의 결혼식

그녀는 행복하다

제1일, 10 : 20 인천공항 B와 C 카운터 집결.

잠에서 깨어난 나는 눈을 감은 채 두 장짜리 일정표를 외운다. 집결에서 해산까지 7박 8일 여행 일정을 한 글자도 빠뜨리지 않고 기억할 수 있다. 두 달 후로 예정된 터키 일주 여행은 남편에게 말하지 않았다. 말해도 분명 믿지 않을 것이다. 믿을 수 없기는 나도 마찬가지다. 제1일이 되는 5월 28일, 공항 리무진 버스를 잡아탈지, 공항의 B나 C 카운터 앞에 서 있게 될지, 과연 공중에 떠서 마흔 몇 해를 딛고 살았던 땅덩어리를 내려다볼 수 있을지.

머리가 근지럽다. 머릿속은 부스럼투성이다. 겨우내 나는 머리를 긁었다. 머리를 긁으면서 '긁어 부스럼'이라는 말을 실감했다. 며칠 미친 듯이 머리를 긁었더니 기어이 부스럼이 생겼다. 부스럼이 생겼으니 더욱 간지러워졌고, 간지러우니 긁지 않을 수 없었다. 내 손가락은 쉬지 않고 머릿속을 더듬어 부스럼 딱지를 찾아내고, 긁고, 잡아뗐었다.

침대 머리맡에 두었던 장갑을 찾는다. 가죽 장갑은 손의 형태를 고스란히 간직한 채 나란히 겹쳐져 있다. 누운 채 장갑을 낀다. 내 의지가 허락하는 순간까지는 장갑을 끼어야 한다. 장갑을 끼자 더욱 머리가 간지러운 것 같다. 나는 장갑 낀 손가락을 맞잡아 엇끼면서 숨을 고른다. 수십 군데의 부스럼 딱지로 온 신경이 곤두선다. 왜 나는 머리를 긁기 시작했을까. 손이 심심하면 피아노를 치거나 파를 다듬어도 되었을 텐데. 뜨개질을 하거나 화분에 물을 주어도 되었을 텐데. 나는 한숨을 쉰다. 장갑 낀 손으로 머리카락을 헤집는다. 손가락 끝의 감각이 양피 가죽에 갇혀 부스럼을 찾지 못한다. 왼쪽으로 한 번 돌아눕다가, 다시 반대쪽으로 돌아눕는다. 장갑 낀 손은 여전히 머리 쪽에 머물고 있다. 누군가 이 모습을 보면 머리가 많이 아픈 사람이라고 생각할 것이다. 터키에 장갑을 가져가야 할지 잠시 고민에 빠진다. 아무래도 가져가야 할 것 같다. 대신 멋스러운 레이스 장갑으로 교체해야겠지.

장갑 낀 손으로 관장약을 꺼낸다. 훈민정음 창제 시의 옛 이응 모양이다. 작은 뚜껑을 열다가 관장약을 놓친다. 옛 이응은 럭비공처럼 튀어 행거 아래로 숨는다. 먼지 덩어리 속에 쓰러져 있는 관장약을 조심스레 줍는다. 마지막 관장약이니 허술하게 다룰 수 없다. 앞으로는 관장약 신세를 지지 않을 수 있을 것이다. 나는 모처럼 웃는다. 터키에 관장약을 가져가지 않는다고 생각하니 절로 웃음이 나온다. 절대로 머리는 긁지 않겠다고 자신에게 맹세하고 심호흡을 한다. 살그머니 장갑을 벗고 관장약에 붙은 먼지를 손바닥으로 잘 쓸어내린다. 뚜껑은 쉽게 열린다. 침대 옆 탁자 모서리에 잘 기대어 세워 놓는다. 푸른 줄무늬의 속바지를 내리고 속옷도 무릎 아래까지 내린다. 몸을 기역자로 구부리고 한 손을 침대에 대고 엉덩이에 힘을 뺀다. 삽입식 생리대를 넣을 때처럼 배의 힘도 빼야 한다. 치질로 부풀어 오른 포도송이 같은 환부를 잘 더듬는다. 살그머니 밀어 넣고 말랑말랑한 튜브를 힘껏 누른다. 몸속으로 글리세린이 들어간다. 늘 그렇지만 이 순간은 기분이 조금 이상하다. 가슴이 스멀스멀하고 날벌레 한 마리가 콧속으로 들어온 것처럼 간지럽다. 나는 코를 벌렁거리며 재채기를 참는다. 티슈 두 장을 엉덩이에 대고 무릎 아래서 거치적거리던 옷을 치켜 입고 침대에 엎드린다. 이불에 코를 박고 숨을 참는다.

손이 저절로 머리로 올라간다. 나는 최대한의 의지를 발휘하여 다시 장갑을 찾아 낀다. 장갑 낀 손으로 머리카락 속을 헤집는다. 손톱 밑의 예리한 감각으로 부스럼을 뜯지 못하는 안타까움에 손놀림이 사뭇 신경질적이 된다. 장갑을 막 벗으려는 순간, 뱃속에서 신호가 온다. 부스럼에 의한 간지러움보다 강도가 센 찌릿찌릿한 통증으로 내 신경이 집중되기 시작한다. 이제 다시 시작이다. 나는 장갑 낀 손으로 배를 부여잡는다.

어제는 세 번이나 관장을 했다. 평소 일주일치의 관장을 하루 만에 치러 낸 것이다. 수술에 대비하여 장을 깨끗하게 비워 두라는 병원의 지시를 성실하게 이행하느라, 변비약도 평소보다 두 배 많은 양을 먹었다. 그런데도 뱃속에 아직 무엇이 남아 있을까.

나는 시계를 보고 통증 시작 시간을 확인한다. 고통이 극점으로 치달을 때까지 앞으로 몇 분을 견디어 내야 한다. 초침은 아주 더디게 숫자 판을 지나고 있다. 배가 뒤틀리기 시작한다. 빨리 밖으로 나오고 싶어 하는, 글리세린을 포함한 일련의 장속 내용물들이, 과연 얼마나 남아 있는지 곧 확인될 것인즉, 포도송이 환부 주위에서 요동치고 있다.

관장약에 의한 인위적인 배변은 이미 6개월을 넘어서고 있다. 습관성이 되지 않도록 주의하십시오. 처음 설명서를 읽었을 때는 그 말을 이해할 수 없었다. 커피나 담배도 아닌데 어떻게 습관성이 될 수 있을까. 하지만 곧 이해가 되었다. 배변의 즐거움, 카타르시스를 향한 몇 분의 고통은 이상하게도 짜릿했다. 하늘이 노래지고 갑자기 눈앞이 안 보일 정도로, 산고를 겪을 때 이제 곧 죽나 보다 하면서 새파랗게 질린 입술을 깨문 그때처럼 그렇게, 찾아오는 통증에는 화려함이 존재했다. 온몸의 감각이 한곳으로 몰리면서 치열하게 다가오는 고통이 아름다웠다.

한 지붕 아래서 동거하는, 가족이라 명명되는 인간들이 대중매체 앞에 앉아 한국의 정세와 세계의 동향에 대해 논할 때, 나는 빨래를 돌리거나 왈강왈강 설거지를 하면서 물소리 속에 하고 싶은 말을 쏟아내 버리곤 했다. 그렇게 먼 곳 말고 가까이 있는 존재에 대해 관심을 가져 보라.

관장의 시간은 자신에게 침잠할 수 있는 더할 나위 없이 좋은 기회였다. 내가 살아온 날들과, 그 날들이 엮어 낸 희비의 아우라와, 그 아우라에 빠져 흐물흐물해지는 바람에 자신의 형체를 도저히 찾을 수 없게 되어 버린 나, 심분녀에 대한 모든 악의나 혐오조차도 기억나지 않는 순간. 하물며 자신조차도 없어지는 순간이었다. 내가 살아 있다는 것을 극명하게 느낄 수 있는 시간이 2, 3일에 단 몇 분에 불과하다는 사실이 조금 슬프기는 하지만, 이 세상에는 그조차 느끼지 못하는 사람이 태반이라는 것을 감안할 때 그다지 밑지는 장사는 아니었다. 어쨌거나 이번이 마지막이다. 나는 터키에 간다. 낯선 땅덩이를 밟다 돌아오면 나도 한국의 정세와 세계의 동향에 대한 가족의 토론에 격앙된 어조로 참여할지도 모른다. 코스닥이 무엇인지 물어보거나 인터넷을 검색할 수도 있을 것이다. 무엇보다 머릿속을 긁지 않고 바하의 〈인벤션〉을 칠 수 있을 때까지 하루에도 몇 시간씩 피아노 앞에 앉아 있을지도 모르고, 계절에 따라 화분을 구하기 위해 구파발 화훼 단지를 쑤시고 다니는 색다른 취미가 생길지도 모른다. 혹시 아나, 부스럼을 찾던 손가락으로 값비싼 크림을 듬뿍 바른 얼굴을 부드럽게 경락 마사지할지.

눈앞이 아찔할 정도의 통증이 뱃속을 훑는다. 더 이상 견딜 수 없다. 다시 시계를 본다. 아직 2분도 채 지나지 않았다. 나는 빈 내장과 위장까지 치고 올라오는 빳빳하고도 강렬한 고통의 극점에서 배를 끌어안는다. 조심조심 무릎으로 걸음을 옮기기 시작한다. 마치 독극물을 마시고 죽음 직전에서 허우적대는 듯한 모습으로 방을 빠져나간다. 절대로 서서 걸으면 안 된다. 약해진 괄약근으로 미끈거리는 글리세린과 함께 그 무엇인가가 부지불식간에 빠져나올지 모른다. 두어 걸음 남짓 남은 화장실까지의 거리가 천리는 되는 것 같다. 터키, 터키. 나는 주문을 외우며 다시 시계를 본다. 20초만 어떡하든 더 견뎌 보기로 하고 장갑을 벗는다. 땀에 전 손가락이 달라붙어 쉽게 벗겨지지 않는다. 얼굴과 가슴에 스프레이로 물을 뿌린 것처럼 땀이 솟는다. 고통 때문에 아무것도 보이지 않는다. 눈알이 안구 뒤로 돌아간 것 같다. 전기 충격을 받은 것처럼 하복부에 경련이 일기 시작한다. 간신히 장갑을 벗고 변기 앞까지 기어간다. 초인적인 인내력으로 순식간에 쏟아져 나올 듯한 엉덩이에 힘을 준다. 떨리는 손으로 옷을 내리고 따뜻한 비데에 걸터앉는다. 카타르시스! 나는 몸을 부르르 떤다. 세상에서 부러운 게 없다. 나는 행복하다.

  지난 늦가을 무렵부터 나는 변하기 시작했다. 당시에는 자신이 변하고 있다는 사실을 몰랐다. 아주 조금씩 일어나는 시각이 늦어지기 시작했다. 하지만 해가 뜨는 시각도 그만큼 늦어졌으므로 눈치 챌 수 없었다. 어느 날 잠에서 깨어나 보니 정오가 훌쩍 지나 있었다. 겨울로 접어들 즈음이었다. 나는 누운 채 수면 시간을 헤아려 보았다. 10시가 조금 넘어 잠자리에 들었으니 무려 14시간이나 잠을 잔 셈이었다.

냉장고를 뒤져 남은 반찬으로 대강 끼니를 때우다가, 거의 다 먹을 즈음에야 세수는커녕 양치질도 하지 않았다는 사실을 깨달았다. 럭키치약이 나온 이래 밥 먹기 전 양치질을 잊은 적은 없었는데.

텁텁한 입속을 뜨거운 커피로 헹궈 내면서도 칫솔 집을 생각은 나지 않았다. 나는 무연한 눈빛으로 집안을 둘러보았다. 실링 팬 날개마다 먼지 덩어리들이 소복하게 쌓여 있었다. 냉장고와 벽 사이의 틈에 솜처럼 엉겨 붙은 먼지 덩어리와, 부엌 천장과 벽 모서리에 가늘고 길게 늘어진 먼지 덩어리와, 문과 문턱의 골에 까맣게 줄을 선 먼지들. 벤자민과 아이비 이파리에도, 신발장 옆에 세워 둔 짙푸른 색의 후버 청소기에도 먼지가 뽀얗게 쌓여 있었다.

갑자기 머릿속이 간지러워졌다. 나에게도 먼지가 소복하니 쌓여 있는 것 같아 나도 모르게 머리를 더듬었다. 값싼 파마 약의 후유증으로 끝이 부석거리고 갈라지는 머리카락을 한 가닥씩 쓰다듬었다. 2밀리쯤 자란 손톱으로 두피를 샅샅이 훑기 시작했다. 아무것도 만져지지 않았다. 그런데 대체 왜 이렇게 머리가 가려운 것일까. 정수리에서 뒤통수로, 귓바퀴에서 이마 언저리까지 계속 구석구석 두피를 점검해 나갔다. 손가락 끝에 점점 힘이 들어갔다.

정신없이 머리를 긁어 대면서 신고 있던 실내화를 무심코 내려다보았다. 분홍 벨벳 슬리퍼는 새카맣게 때에 절어 있었다.

아파트 단지 옆 초등학교에서 차임벨이 들려왔다. 조율이 덜 된 피아노 음처럼 불안정하게 흔들리는 쇳소리에 이어 비로소 밖의 소음이 들려오기 시작했다. 학원 승합차의 문이 드르륵 열리는 소리, 그 열린 문에서 아이들이 타고 내리는 소리, 목청 큰 경비원의 외침, 고가 사다리에서 짐을 오르내리는 소리, 배달 오토바이의 경적과 굉음. 갑자기 모든 소리들이 생동감 있게 들려왔다.

나는 혀를 찼다. 저렇게 열심히 사는데 나는 겨우 부스럼 딱지나 훑어 내리고 있다니. 눈을 감고 온 촉각을 손가락 끝으로 집중했다. 세심하게 머리카락을 이리저리 제치면서 구석구석을 긁기 시작했다. 차임벨의 노래가 심하게 떨리면서 사라지자, 어느새 아무 소리도 들리지 않았다. 그제야 나는 다른 한 손에 들려 있는 커피잔을 보았다. 나는 다시 커피를 마셨다. 놀랍게도 커피는 차갑게 식어 있었다. 목젖을 적시는 싸늘함에 몸서리치며 시계를 보았다. 밥을 먹고 커피 한 잔을 마셨을 뿐인데 3시가 넘었다. 그러니까, 어느새 아무 소리도 들리지 않았다,에서의 어느새는, 거의 두 시간이었다. 나는 그동안, 그 어느새 동안, 무슨 생각을 했던 것일까.

여전히 간지러운 머릿속을 신경질적인 손놀림으로 또다시 훑으면서 긁었다. 내가 뭐하고 있었더라, 무슨 생각을 했더라. 그렇게 한 시간이 또 훌쩍 흘렀다. 겨울 해는 짧다. 나는 어두워지는 거실에 앉아 여전히 들고 있는 커피잔을 바라보았다. 밑바닥에 깔린 커피가 조금 출렁거렸다.

연말연시로 TV며 시내 번화가, 백화점이 북새통일 때, 나는 거의 온종일 이불 속에서 나오지 않았다. 눈을 뜨면 습관처럼 머리를 긁었다. 크고 작은 부스럼이 머릿속에 수없이 포진해 있으므로 더욱 집중해서 머리를 긁어야 했다. 딱지를 뜯은 후, 다시 예리한 손톱으로 긁으면 진물도 나오고 피도 나왔다. 밤새 갑각류처럼 딱딱한 껍질을 만들었던 상처는 아침이 되면 다시 뜯겨져 나갔다. 이제는 부스럼도, 부스럼을 긁어 대는 손도 어찌할 수 없는 지경이 되었을 때, 나는 장갑을 끼기 시작했다. 짙은 감색 가죽 장갑을 끼고 근질거리는 머릿속을 긁고 싶어 애달아 하다가 어느 순간에 이르면 불현듯 장갑을 벗어 던져 버리고 다시 머리를 헤집었다. 장갑을 끼든 그렇지 않든 온종일 손은 머리카락 속을 서성거렸다.

느지막하게 일어나 눈을 비비고, 냉장고를 뒤져 남은 찬으로 한술 뜨고, 커피잔을 들고 앉아 있으면 다시 졸음이 왔다. 밖의 소음은 여전히 들렸다 안 들렸다 했고, 언뜻언뜻 정신을 차려 시계를 보면 삼십 분, 한 시간이 지나 있었다. 자꾸 내려앉는 눈꺼풀을 누르거나 관자놀이를 문지르거나 팔을 휘두르기도 했다. 그래도 졸음은 쉽사리 물러가지 않았다. 군내 나는 입으로 긴 하품을 하고 다시 이불 속으로 기어들었다. 누워서 이십 몇 년을 함께 지내 온 아홉 자짜리 장롱, 그 왼쪽 문짝이 벌어진 사이로 남편의 넥타이가 늘어진 모습을 보았다. 어둡고 음험해 보이는 틈으로 장롱이 지켜보았던 길고 긴 이야기들이, 결국은 직간접적으로 연관되지 않을 수 없는 다소 신파적인 사연들이, 꾸역꾸역 기어 나왔다. 나는 잠들기 전까지 머리를 긁으면서 천장의 형광등 주위에 붙여 놓은 야광 별이나 빛바랜 발포 벽지의 꽃잎을 세었다. 처음에는 활짝 피어난 목련이었던 그 꽃들은 10여 년이 지난 지금은 땅에 떨어져 짓밟힌 이파리처럼 찌들었고 더러웠다. 문 옆 전등 스위치 주위는 손때로 거무죽죽했다. 누워서도 장갑을 끼었다 벗었다 되풀이하면서 나는 자신의 손이 닿은 흔적이 저렇게 지저분하다는 것에 분노를 느꼈다. 하지만 그것도 잠시, 점점 무거워지는 눈꺼풀을 견디지 못하고 잠이 들었다.

「아니 아직도 집에 있는 거야? 너 빼고 다 왔는데.」
중학교 동창인 친구였다. 사위가 어두웠으므로 전화를 받으면서 불을 켜고 시계를 보았다. 6시 20분. 잠에서 완전히 빠져나오지 못한 상태에서는 아침인지 저녁인지 알 수 없는 모호한 시간이었다.
「지금이라도 잽싸게 달려와라.」
분기별로 만나는 동창들의 모임이었다. 나는 죽어 가는 목소리로 아프다고 말했다. 날짜를 잊었다고, 더구나 잠을 자고 있었다고 말할 수는 없었다.

「너 혹시, 잠자고 있었던 거 아니냐?」
나는 머뭇거렸다.
「실은 그래.」
전화기 저쪽의 목소리는 높고 단호했다.
「빨리 와. 그 병 고쳐 줄게.」
잠자는 것도 병이라니. 나는 의아해졌다. 잠자는 것도 병이
라니.

중학교 동창 친구 셋이 나를 에워싸고 나름대로 진단하고 처
방을 내렸다.
「갱년기 무력감과 우울증은 자꾸 만나서 이렇게 수다를 떨어
야 해.」
세 친구 중 경미한 의처증 증세가 있는 남편을 둔 친구를 배
려하여 모임 장소는 늘 그녀의 집 근처로 잡았다. 다행히 그 친
구의 집은 각자 사는 곳에서 비슷한 시간에 닿을 수 있는 접점
에 있었고, 모교가 있는 곳이었으므로 누구도 장소에 이의를
다는 사람은 없었다.
처음 얼마 동안은 학교 다닐 때부터 있었던 고풍스런 제과점
에서 만나 팥빙수도 먹고 패스트리도 뜯었다. 얼마 후에는 패스
트푸드 점에 앉아 커피 두 잔을 네 명이 나눠 마시다가, 다시 얼
마 후에는 패스트푸드 점 앞의 돌 경계석에 쭈그리고 앉아 인원
이 다 모일 때까지 오가는 사람들을 훑어보며 길거리에서 수다
를 떨었다. 수다의 내용에 남편과 자식 이야기는 제외되었다.

자신이 얘기할 때는 열을 냈다가 다른 친구들이 목소리를 높이면 지루한 표정으로 시계만 바라보는 시행착오를 겪은 후였다.

「벌금 오만 원이다. 겨우 석 달에 한 번 얼굴 보는데 이 자리에서까지 자식이랑 남편을 끌어들여야 하겠니.」

모두들 동의하기는 했지만 그러고 나니 별로 할 얘기가 없었다. 죽여주는 비디오 1, 2위를 선정한다거나 몸피 줄이기의 전략 등을 논하며 시간을 흘려보냈다.

길거리에서 인원이 형성되면 2차를 갔다. 그것도 처음에는 갈비집도 가고, 호프집에서 오후 햇살을 바라보며 과일 샐러드에 닭다리를 뜯고 맥주잔도 부딪혔지만 이내 저렴하고 푸짐한 민속 주점으로 고정되었다. 볏짚으로 얼기설기 칸막이를 해놓은 '옛집'이라는 주점이었다. 한구석에는 늘 TV가 켜 있고, 올드 팝이나 70년대 포크송이 들릴락 말락 하게 들려왔다. 늘 그렇듯 해물파전을 시키고 부대찌개를 시키고, 다시 골뱅이 사리를 시켰다. 1년에 몇 번 들르는 단골 자격으로 손을 쳐들거나 부르기도 전에 국수사리며 라면 사리는 듬뿍듬뿍 내주었고 노란 양은 주전자에 혼합한 술을 알아서 내왔다.

테이블 모서리마다 휴대폰 네 개가 정확하게 놓여 있었다. 9시가 넘어가면서 '경미한 의처증 증상이 있는 남편을 둔' 친구의 휴대폰이 울리기 시작하는 것을 필두로 번갈아 벨이 울렸다. 어느 땐 나를 제외한 세 명이 모두 통화를 할 때도 있었다. 각자의 남편이나 자식들은 그녀들을 한 시간도 편하게 내버려 두지 않았다. 나는 또다시 머리가 간지러워졌으므로 한 손은 머릿속에 고정시켜 놓은 채 있었다.

「너, 흰 머리 생기나 부다.」

부대찌개에서 라면 사리를 골라먹던 한 친구가 말했다.

「그게 무슨 소리야?」

나는 슬며시 손을 내렸다.

「머리가 세려면 자꾸 간지러워진단다.」

갑자기 이야기가 뚝 끊어졌다. 한 친구가 혼잣말을 했다.

「우린 그냥 이렇게 살다 죽을래나 부다.」

술잔을 돌리는 속도가 조금 빨라졌고, 비우는 속도도 빨라졌다. 똑같이 대학 문턱은 가보지도 못했고, 그래서 자신들과 비슷한 변변찮은 남자를 만나 결혼했으며, 주변머리가 없어 장흥이나 양평의 모텔을 드나들 일은 절대로 생기지 않는 동창들은 슬슬 취하기 시작했다.

젊은 남자 종업원이 TV의 볼륨을 높이더니 바싹 다가앉았다. 격앙된 아나운서의 목소리가 들렸다. 화면이 빠르게 바뀌고 곳곳의 주재원이 나와 소식을 전하고 있었다. 한참 집중해서 바라보던 종업원은 성에 차지 않았던지 전문 뉴스 채널로 돌렸다.

「또 뭔 일이 터졌구나.」

흘낏 눈길을 주던 한 친구가 지나가는 소리로 말했다. 아무도 '뭔 일'이 뭔 일이냐고 묻지 않았다. 뭔 일이 터졌건 전혀 관계없다는 듯한 표정으로 한 친구가 물었다. 혀가 조금 꼬부라진 목소리였다.

「니들, 가족들 말고 혼자서 어디, 강원도라도 여행가 본 적 있어?」

「그러는 넌 있냐?」

술이 몇 순배 더 돌자 친구들은 평소보다 좀더 취했다. 그들의 얼굴은 벌겋게 달아올라 보기 흉했지만 나는 아무 말도 하지 않았다. 내 얼굴 역시 별반 다를 게 없을 터였다. 무뇌아 같은 표정으로 히죽 웃던 친구가 말했다.

「집에 안 들어간 적 있어? 술, 진창 마시고, 아주 끝장을 볼 때까지 마시고 뻗은 적 있어?」

모두들 입을 다물었다. 혼합 술 세 주전자가 맥주 두 잔씩으로 변질되려면, 집에 가서는 그렇게 말해야 했으므로, 모두 귀가 직전에는 초콜릿이나 귤이나 후라보노 껌이 필요했다.

물음표 잇기는 사뭇 빠르게 전개되었다. 파전에서 굴을 골라 먹던 나도 한마디 보탰다.

「너희들 방이나 있어?」

아무도 대답하지 않았다. 내 방이라. 친구들의 눈빛이 깊어졌다. 남편과 통화를 끝낸 한 친구가 조그맣게 속삭였다.

「니들 말이야, 누구, 남편 아닌 다른 남자와 대화해 본 적 있어?」

「대화? 무슨 대화?」

「그냥 대화. 얘기 나누는 거 말이야.」

나는 속이 답답해졌다. 머릿속을 헤집고 싶은, 그래서 딱지 몇 개를 아작 내고 싶은 욕구를 간신히 누르고 찰랑거리는 술을 원 샷으로 들이켰다.

「왜 없어? 있어, 택배 아저씨.」

친구들의 표정이 묘해졌다. 술이 좀더 빠르게 돌기 시작했다. 한 친구가 나와 똑같은 포즈로 술을 들이켰다.

「나도 있어, 택시 기사 아저씨. 타면서 내릴 때까지 줄창 대화한 적도 있지.」

화장실에 다녀오던 한 친구가 조금 비틀거렸다.

「나도 있어, 키 크고 잘생긴 케이블 설치 기사. 또, 또, 언젠가 TV에 나온 도올. 심각한 표정으로 눈을 반짝이며 내게 묻던데? 우리는 누구인가.」

왁자하게 웃음이 터졌다. 한 친구가 권총 모양의 손가락으로 나를 겨누었다.

「너도 가끔 나오더라. 다큐멘터리나 기획 특집 끝에서 심심찮게 이름이 나오던데? 제작 편집 심분녀. 자주 이름이 뜨는 걸 보니 꽤 유능하신가 봐.」

나는 가려워진 머리가 더 이상 견딜 수 없어 기어이 손가락을 머리카락 사이로 밀어 넣었다. 한 친구가 낄낄거렸다.

「참 이상도 하지, 그 촌스러운 이름이 자막으로 올라가면 왜 그렇게 멋있어 보이냔 말이지.」

나는 술잔을 쳐들었다.

「자자, 나와는 전혀 다른 삶을 살 것 같은 제작 편집 심분녀를 위해 머리 긁는 심분녀가 한 잔 따른다.」

어느 순간 한 친구가 자리에서 벌떡 일어섰다.

「가자, 우리 터키 가자!」

누군가 엄지를 세워 쳐들었다.

「좋아, 터키! 멋지다!」

제일 취한 듯한 친구가 고개를 주억거렸다.

「근데 왜 하필 터키야?」

누군가 말을 받았다.

「유럽은 너무 멋있어서 기죽으니까 싫고, 동남아는 너무 못 살아서 싫고, 미국은 쓰잘 데 없이 거만해서 싫으니까.」

모두 취했기 때문에 젓가락이 부대찌개 속에서 계속 부딪혔다. 술 한 주전자가 새로 올라왔다. 나는 계속 머리를 긁었다.

「그래, 터키로 하자.」

터키 여행 이야기를 맨 처음 꺼낸 친구가 화장실에 다녀오면서 비틀거렸다.

「근데 우리가 왜 터키를 가자고 했더라?」

나를 제외한 두 친구 모두 '가족' 중 누군가와 통화 중이었으므로 내가 대답을 해야 했다.

「니가 가자고 했잖아.」

친구는 멍하니 서 있다가 고개를 푹 숙였다.

「글쎄 말이야. 그런데 왜 하필이면 터키야?」

통화를 끝낸 두 친구가 여전히 건들거리며 서 있는 친구를 끌어 앉혔다.

「왜 그래? 어디면 어때? 집에서 떠나고, 제발 이 휴대폰 좀 받지 않게 이 나라만 떠나면 되지. 우리 다음에는 터키에서 만나자.」

밤 11시가 넘어가자 모두 바빠졌다. 가위바위보를 해서 진 친구가 편의점으로 뛰어가 가그린을 사왔다. 네 명은 비좁은 화장실 세면대에 붙어 서서 푸른색의 가그린을 입에 물었다. 열 오른 뺨을 물로 적시던 한 친구가 투명한 병을 높이 들고 흔들었다. 이거 봐. 지중해의 푸른 물결이다. 세면대에 뱉어 낸 지중해 푸른 파도가 거품과 함께 쓸려 내려갔다. 모두 얼굴을 맞대고 서로의 입에서 술 냄새를 점검하며 터키 여행을 위해 하이파이브를 했다.

나는 수술대 위에 사지를 펴고 납작하게 엎드린다. 내 의지로 취할 수 있는 행동은 아마도 여기까지일 것이다. 4도 내치핵과 혈전성 외치핵이 진행된 혼합 치핵, 한마디로 말하면 치질, 수술이 시작되려는 순간이다. 두 달 후 나는 터키를 가야 한다. 터키를 가지 않는다면 병원에 오지도 않았을 뿐더러 의사의 손에 한순간이나마 몸을 맡기고 처분만 기다려야 하는 수술 따위는 하지 않았을 것이다. 터키에 가려면 어쩔 수 없다. 시간과 장소를 가리지 않는 간헐적인 출혈이 터키에서 일어나지 않으리란 법은 없었다. 멀쩡하던 환부에서 어느 날 갑자기 오줌 줄기처럼 세차게 쏟아지는 분사형 출혈이 7박 8일 동안 일어나지 않을 확률은 제로였다. 나는 엎드린 채 병원에서의 끔찍했던 기억을 떠올린다.

3년 전, 치질에서 오는 출혈로 혈액 농도가 정상인의 3분의

1로 떨어졌다. 동네 병원 의사는 자신이 인턴으로 근무했던 대학 병원을 소개했다.

「빨리 정밀 검진을 받아 보아야겠습니다.」

나는 어안이 벙벙했다. 치질이 그렇게 무서운 병인가요? 의사는 굳은 표정으로 입을 꾹 다물었다.

지방에 있는 친정 엄마와 형제까지 모두 동원되어, 혈액종양내과 앞에 늘어선 의자를 일렬로 차지하고 앉았다. 특진 의뢰를 맡은 박사님은 더욱 심각한 얼굴이었다.

그렇게 시작된 각종 검사는 골수 검사에서 절정에 이르렀다. 평균 학력이 고등학교 중퇴인 친정과 시댁 가족들은 골수 검사가 어떤 것인지 아무도 몰랐다. 나는 검사 접수를 받는 직원에게 물었다.

「많이 아픈가요?」

직원은 눈을 깜박거렸다.

「주삿바늘로 찌르니 따끔은 하겠죠.」

주삿바늘로 찌르긴 찔렀다. 하지만 그것이 골수 검사의 전부는 아니었다.

요추 마취를 하고 드릴로 엉치뼈를 뚫었다. 진동이 너무 심해 온몸이 감전된 것처럼 떨렸다. 저절로 이빨이 딱딱 부딪혔다. 힘들기는 드릴을 쥐고 있는 비쩍 마른 남자도 마찬가지인 모양이었다. 그가 흘린 땀이 허리께로 후드득 떨어졌다. 침대 난간을 붙잡고 간신히 요동을 견뎌 내던 어느 순간, 뼈마디가 한꺼번에 쪼개지는 것 같은 통증을 느꼈다. 나는 극심한 고통에 비명을 질렀다. 내 온몸을 누르거나 붙잡고 있던 서너 명의 남자들이 수군거렸다.

「마취가 끝까지 안 됐나 부네.」

한 놈이 후다닥 뛰어나갔다. 나는 나에게 검사 받을 몸뚱이가 있고 내 뼈 속에 골수가 있다는 사실을 증오하면서 시간을 보냈다. 앰풀을 가져온 놈이 숨이 차 헐떡거리고, 누군가 다시 주사를 놓고, 기다리고, 다시 드릴로 뼈를 뚫었다. 30여 분 동안 그 모습을 지켜보던 남편이 머리를 벽에 대고 마구 찍어 댔다. 나는 아무 생각도 나지 않았다. 내가 왜 이러고 있을까.

두 달 반에 걸친 검사 결과가 나왔다. 박사님은 만면에 미소를 띠며 말했다.

「너무도 다행입니다. 아무 이상이 없군요. 헤모콘틴 몇 달 복용해 혈액 농도를 좀 높이고 나서 치질 수술 하도록 합시다.」

마지막 검사였던 대장 내시경 검사에 온몸이 탈진되다시피 한 나는 목소리도 제대로 나오지 않았다. 나는 겨우 입을 벌렸다.

「제가 처음에 치질 때문이라고 하지 않았던가요?」

이미 다음 환자의 차트를 보고 있던 박사님은 아무 말도 하지 않았다.

터키만 아니었다면 나는 절대로 병원에 오지 않았을 것이다. 3일에 한 번씩 배변을 위해 관장을 할망정, 이미 십수 년을 동고동락해 온 포도송이 같은 환부와 함께, 가끔씩 아찔할 정도의 출혈이 있을 때는 남겨 둔 헤모콘틴을 아껴 먹으면서 그냥저냥 살 작정이었다.

누군가, 아마도 마취사겠지, 수술복을 들춘다. 뻣뻣한 천은 허리 위까지 걷어 올려진다. 딱딱하고 차갑고 끈적한 바닥에 맨몸이 닿는다. 온몸에 소름이 돋는다. 마취사의 검지와 중지가 세심하게 척추를 훑어 내리는 동안 또 다른 누군가, 수술 집도 의사인지 간호사인지, 가랑이를 벌린다. 가죽 느낌이 나는 투박한 벨트가 발목에 하나씩 감긴다. 마취사의 손가락이 두 개의 척추 사이에서 한동안 서성거린다. 그중 엉치에 가까운 척추로 검지와 중지가 모아진다.

간호사가 슬리퍼를 찍찍 끌면서 내 머리맡으로 다가온다. 소도시의 대장항문질환 전문 병원은 작은 규모이니만큼 간호사의 신발까지 규정하지는 않는 모양이다. 여자답지 않게 센 악력으로 어깨를 움직이지 못하게 꾹 누른다. 누군가, 아마도 의사겠지, 허벅지를 누른다. 한 년은 어깨를 누르고 한 놈은 허벅지를 누르고 또 한 놈은 알코올 적신 솜으로 자신이 겨냥한 부위를 넓게 문지른다. 섬뜩하도록 차갑다. 놈의 손가락이 몇 밀리쯤 척수 주위로 물러난다. 물러난 그 자리에 날카로운 바늘이 꽂힌다. 아주 천천히, 끝이 나지 않을 것같이 지루하게, 주사되는 동안 나는 호흡을 멈춘다. 참으려고 한 것은 아닌데 들이마신 숨을 내쉴 수가 없다. 이번이 정말 마지막이다. 죽어도 다시는 병원에는 오지 않을 것이다.

갑자기 수술 집도 등이 켜진다. 대체 누가 불을 켰을까. 나는 머릿속으로 수술실에 있는 연놈의 숫자와 나를 둘러싼 연놈의 숫자를 더듬는다. 양쪽 허벅지를 누르고 있는 두 개의 손, 놈 하

나. 양쪽 어깨를 누르고 있는 두 개의 손, 년 하나. 검지와 중지 손 하나, 마취제를 주사하는 손 하나, 그래서 놈 하나. 계산이 안 된다. 수술실 안쪽에 있는 수상쩍은 문에서 년 하나가 튀어 나왔거나, 수술대 밑이나 수술대 난간 옆으로 전등 스위치가 있 었던 것이라고 대강 마무리해 버린다.

년이 내 귀에 헤드폰을 끼워 준다. 무식하게 생긴 구형 헤드 폰이다. 볼륨도 무식하게 높여 놓은, 케니 지의 〈송 버드〉가 얼 얼하게 들려온다. 케니 지가 아무리 커다랗게 색소폰을 불어도 외부의 소리를 완전히 차단하지는 못한다. 음과 음 사이에, 혹 은 연주와 연주 사이에 쇳조각이 부딪히는 듯한 소리, 지름이 넓은 고무호스로 바람이 빠져나오는 소리가 섞여 들린다. 그들 은 수술 부위를 벌리고 절개하고 쑤시고 꿰매고 지지느라 부산 하다. 할 일 없는 입으로는 계속 떠들어 댄다. 마스크로 가린 입 에서 나오는 불분명한 언어들이 연놈들에게는 소통에 지장이 없는지 말끝에 짧은 웃음소리도 달린다. 나는 비교적 자유로운 두 손으로 연놈들의 입을 틀어막고 싶은 강렬한 욕구에 정신이 아득해진다.

나는 연놈들이 눈치 채지 못할 만큼 아주 조금씩 손가락을 움 직여 머리를 긁기 시작한다. 집중. 부스럼 딱지를 찾아 예민해 진 손끝으로 내 남은 신경을 모두 집중시킨다. 헤드폰 주위에서 심각한 간지럼증이 도발된다. 몸을 움직일 수도 없고 헤드폰을 벗을 수도 없다. 그 고통의 정점에 케니 지와 터키가 있다는 것 을 위안으로 삼아야 하는지에 대해 나는 심각하게 고민한다.

어느 틈에 잠이 들었던 것일까. 눈을 뜬 나는 잠시 어리둥절해진다. 흰 회벽, 감촉이 딱딱한 침대, 요즘은 보기 드문 한 줄짜리 형광등. 눈에 보이는 모든 것이 생소하다. 아주 짧은 순간, 혹시 이곳이 터키의 싸구려 모텔은 아닐까, 하는 어처구니없는 생각도 스친다. 나는 한 세 번쯤 눈을 깜빡인 후에야 모든 상황을 알아차린다. 엎드린 것도, 옆으로 누운 것도 아닌 부자연스러운 모습으로 내가 잠이 든 곳은 일인용 입원실이다. 입원실이라는 자각이 들자마자 병실 특유의 소독 냄새가 밀려온다. 엉덩이 쪽에서 둔탁한 통증이 감지된다. 마취가 서서히 풀리는 모양이다. 처음에는 몇 겹의 거즈에 싼 못처럼 두루뭉수리했던 통증은 급격하게 예리해지고 깊어진다. 벌겋게 단 쇠꼬챙이로 지지는 듯 뜨겁고 강렬한 통증이 수술 부위를 자근자근 밟고 있다. 나는 허리 아래쪽으로 뻗치는 신경 줄을 끊어 버리기 위해 안간힘을 쓴다. 요상한 수술 부위 때문에 몸을 마음대로 움직일 수 없다.

나는 통증의 정점에 다시 터키를 꽂는다. 통증에 집착하면서 살아 있음을 확인했던, 몸이 들려주던 내면의 외침과는 이제 헤어질 것이고, 나는 이제 곧 몸 밖으로 시선을 돌리게 될 것이다. TV 앞에 바싹 다가앉아 흥분하고, 가계부를 치밀하게 분석하며, 벤자민의 이파리도 정성스레 닦아 줄 것이다. 집 안의 먼지 따위는 하루나 이틀이면 충분히 제거할 수 있다. 터키에 다녀오면 나는 그렇게 변할 것이다.

SU러시아항공으로 모스크바를 경유하여 이스탄불에 도착,

세나토르호텔이나 그와 동급의 호텔에 투숙하면 0 : 40. 제1일의 여정은 그렇게 끝이 난다.

정신이 아찔할 정도의 통증에 온몸이 부들부들 떨린다. 마침 간호사가 들어온다. 환부를 들춰 보고 무성의하게 주사를 두 방 놓는다. 그냥 나가려는 간호사를 간신히 붙잡는다.

「화장실 가고 싶으면 어떻게 하나요?」

「가세요.」

「일어서서 움직여도 되나요?」

「그럼요.」

주사약이 몸속에 스며들 때까지 나는 다시 터키 일정표를 외운다. 제2일, 트로이 유적지 관광. 제3일, 로마 시대 원형 극장, 온천 휴양지인 파묵칼레로 이동, 목화의 성이라 불리는 노천 온천 관광. 노천 온천이라. 파란 하늘 아래 온천물에 몸을 담그고 앉아 있는 장면을 그려 본다. 나는 치질도 없고 부스럼 딱지도 없는 고상한 여행객이다. 고통 중에도 저절로 미소가 지어진다. 진통제 덕택인지 통증이 솜방망이처럼 둔탁해진다. 나는 숨을 고르게 쉬며 다시 잠 속으로 빨려 들어간다.

나는 관 속에 누워 있다. 대체 나는 언제 죽었을까. 꿈속에서도 의문이 생기면 답답하다. 나는 여섯 명의 남자에게 둘러싸여 있다. 남자들은 흰 장갑을 끼고 내가 누워 있는 관을 들고 한 걸음 한 걸음 정중하게 걸음을 옮기고 있다. 또 하나의 내가 햇볕을 받아 검은 광택이 번쩍거리는 캐딜락에 실리는 나를 보고 있다. 미끈하게 뻗은 장의차의 보닛 위에는 국화 다발이 싱싱하다.

내가 누워 있는 관을 들었던 여섯 명의 남자가 차 문이 닫히기 전, 일렬로 서서 깊숙하게 허리를 굽힌다. 내가 주인공이 되어 보는, 일생 중 몇 번 안 되는 아주 중요한 날이다. 태어난 날, 백일이나 돌, 결혼식과 장례식. 나는 누운 채 남자들의 인사를 받는다.

그들 중에 낯익은 얼굴이 눈에 뜨인다. 예전에 만났거나, 지금도 만나는 남자들이 시공을 넘어 모여 있다. 아버지는 내가 죽은 줄도 모르는지 근엄한 목소리로 말한다.

「일찍 들어오너라.」

남편은 표정이 굳어 있다.

「일찍 좀 다녀.」

중학교 때 짝사랑했던 선생님은 길고 가는 자로 내 손바닥을 툭툭 때리고 있다.

「일찍 집에 들어가지 않고 어디를 그렇게 쏘다니는 거냐.」

나를 늘 조이던 남자들은 내가 죽었어도 그들의 본분을 잊지 않는다. 나는 내 자신이 죽은 것이 얼마나 다행인가, 하고 가슴을 쓸어내린다.

「어디로 모실깝쇼?」

운전석에 앉은 사람은 낯이 설다. 그는 아마도 새롭게 만날 사람인 모양이다. 태어나서 줄곧 반경 백 리 안에서 살아온 나는 이제 드디어 그 가엾도록 비좁은 테두리를 벗어날 수 있다는 사실에 마음이 즐거워진다. 나는 목소리를 높여 행선지를 말한다.

「터키!」

미래에 만날 사람은 호기롭게 핸들을 꺾고 캐딜락은 이내 영안실 마당을 돌아나간다. 어찌된 셈인지 관 속에 누워 있는데도 하늘이 보인다. 구름 한 점 없는 짙고 푸른 하늘, 아아 바로 터키의 하늘이다. 나는 죽어서라도 터키에 갈 수 있다는 사실을 매우 기뻐한다.

눈을 뜨자 침울한 표정의 친구들이 보인다.

「잘도 찾아왔네. 아, 글쎄 방금 꿈을 꾸었는데 내가 죽어서 터키를 가고 있더라.」

나는 입가의 미소를 숨기지 못한다. 어디선가 저 멀리서 아련한 통증이 다시 조금씩 신호를 보내고 있다. 미소의 끝이 조금 일그러진다. 실용적인 그녀들은 병문안에 꽃 한 다발 가져오지 않았다. 한 친구는 섬유질 음료를 내밀고 다른 친구는 부스럭거리며 포장지를 푼다. 미지근한 전복죽이 나온다. 그들은 여전히 침울하다.

나는 누워서 그들의 표정을 살핀다.

「수술한 사람은 난데 왜 얼굴이 다들 그 모양이냐.」

투명한 플라스틱 수저를 또 다른 친구가 내 손에 쥐어 준다.

「따뜻할 때 먹어라.」

점점 가까이 엄습하는 통증 때문에 나는 몇 술 넘기지도 못한다. 죽 그릇을 밀어 놓고 섬유질이 많다는 음료수를 마시면서 나는 비로소 인원을 점검한다.

「얼라? 터키 가자고 젤 먼저 소리 지르던 한 년이 안 보인
다?」

죽 그릇을 다시 포장해서 창가에 올려놓던 한 친구가 느릿느
릿 입을 연다.

「아까 여기 오기 전에 걔 전화를 받았는데…….」

이유를 알 수 없는 불안감과 함께 통증이 급격하게 다가온다.
나는 다시 머릿속을 헤집고 있다. 부스럼 몇 개를 뜯는 동안 가
만히 있던 한 친구가 겨우 입을 연다.

「걔 남편이 어젯밤 쓰러졌는데, 뇌출혈인데, 가망이 없다네.
조만간 영안실에서 얼굴 보게 생겼다.」

'경미한 의처증 증세가 있는 남편을 둔' 친구가 말을 잇는다.

「우리 서방은 며칠 전부터 다시 증세가 도져서 나도 요즘 꼼
짝 못하지, 쟤 남편 회사는 부도 직전이란다.」

친구의 말이 끝나자 병실 안이 조용해진다. 왜 이렇게 머리가
가려운 것일까. 나는 계속 머릿속을 헤집고 있다. 한 친구가 내
곁에 바짝 다가앉는다.

「오면서 전화로 터키 여행 해약했다. 미리미리 예약해 논 거
라 위약금은 안 무는 게 을마나 다행이냐. 터키고 나발이고
우리 그냥 춘천에나 가서 막국수나 한 그릇씩 먹고 오자.」

수술 부위가 욱신거린다. 고통이 정수리까지 뻗친다. 눈알이
튀어나올 것 같은 통증이다. 아이고. 나는 비명을 지른다. 두 손
으로 머리를 감싸며 나는 버둥거린다. 또 한 친구가 머리맡에
앉아 조곤조곤 말한다.

「너 퇴원하고 몸 좀 나아지면 요 근처 유황 온천에나 가든지. 치질에도 좋고 머리 부스럼에도 좋다더라.」

나는 열 손가락을 쭉 펴고 있는 힘을 다해 머리를 긁기 시작한다.

「지금 나라 안팎이 장난 아니잖냐. 신용 불량자가 수백만이 넘고, 자살자가 속출하는 이 마당에 갱년기 무력감이며 우울증 같은 거, 그런 거는 다 행복에 겨워 하는 소리들이다, 너?」

이것들이 귓속에 불어넣는 말들은 어디선가 많이 듣던 말이다. 나는 더욱 치를 떨며 머리를 긁는다. 이미 선명하게 뇌 속에 입력된 7박 8일 여행 일정표를 내 의지로는 지울 수 없다. 나도 모르게 눈물이 솟는다. 아파서 더 이상 견딜 수 없는 환부에 들러붙은 터키를 떼어 낸다.

나는 통증의 도가니에 빠져든 몸을, 실존의 의미를 벗어나 이미 나를 거역하고 있는 내 몸을 끌어안는다. 부서진 몸속에 남은 삶을 꾸려 넣는다. 그래, 나는 행복하다.

유라의 결혼식

유라가 자이브를 추고 있다.

오후 4시의 햇살이 비스듬히 그녀의 허리를 가른다. 그녀가 스텝을 밟을 때마다 금가루처럼 반짝이는 먼지가 햇살 속으로 튀어 오른다. 음악은 경쾌하면서도 격렬하다. 땀에 젖은 금발 몇 가닥이 그녀의 뺨에 들러붙어 있다. 비트가 강한 리듬에 맞추어 유라의 팔과 다리가, 고개와 어깨가 남실거린다. 노르스름한 석양은 그녀의 얇은 속옷을 뚫고 가뭇한 거웃까지 혀를 내민다.

그녀가 바가노바 발레아카데미에서 수업을 받을 땐, 먼 이국 땅에서 스포츠 댄스 스텝이나 밟게 될 것이라고 생각하지 못했을 것이다. 나는 마른침을 삼킨다. 몸을 깊숙이 파묻고 있던 흔들의자에서 일어난다. 한 걸음 바투 내게 다가온 유라가 심플 스핀으로 가볍게 한 바퀴 돈다. 허리께까지 내려오는 그녀의 금발 머리가 내 앞에서 쥘부채처럼 자르르 펼쳐진다. 뜨거운 바람

한 줄기를 내게 보낸 그녀가 드로우 락으로 멀어진다.

　나는 냉장고를 뒤진다. 문 안쪽의 포도주 병을 찾아낸다. 헐거운 코르크 마개를 어금니로 잡아 뺀다. 바싹 마른 목구멍으로 포도주를 몇 모금 거푸 넘긴다. 팔짱 낀 손을 가슴 높이로 쳐들고 발꿈치로 바닥을 치면서 유라가 다가온다. 미열이 있는 어린아이처럼 그녀는 붉게 달아올라 있다.

　「드링크, 미, 투.」

　거센 숨을 몰아쉬느라 말을 길게 잇지 못한다. 그녀가 고개를 젖히고 병나발을 분다. 속옷의 가늘고 긴 어깨 끈이 팔꿈치까지 내려와 있다. 그녀의 가슴께가 드러난다. 입가에서 흘러내린 포도주 몇 방울이 쇄골 근처에서 머뭇거리다 엎어 놓은 종지 같은 가슴을 에워싼다.

　나는 두 손으로 포도주 병을 감싼다. 병뚜껑이 올라앉았던 자리에 숨을 불어넣는다. 우웅. 뱃고동이 울린다. 음폭은 넓고 낮다. 흔들의자가 묵직하게 움직인다. 나는 몸을 더 깊숙하게 밀어 넣는다. 그녀를 샅샅이 훑어보는 집요함이 손끝에서 퍼덕거린다. 나는 병을 움켜쥔다. 팔어웨이 락을 하면서 저만큼 달아나던 유라가 다시 다가온다. 락앤 퀵아퀵 퀵아퀵. 시계 반대 방향으로 몸을 틀면서 그녀는 슬며시 내 발을 밟는다. 락앤 퀵아퀵 퀵아퀵. 그녀는 다시 구십 도로 방향을 튼다. 바짝 치켜 올라간 그녀의 엉덩이가 뒷걸음으로 다가온다.

　햇살은 그녀의 엉덩이를 탐욕스럽게 핥은 후, 먼지를 파도의 포말처럼 피어오르게 한다. 금발 머리카락이 땀에 흠뻑 젖는다.

그녀의 뺨에 실매듭 하나가 박혀 있다. 공단 방석 한가운데 찔러 넣은 꽃술처럼 옴폭 파인 볼우물이다. 유라가 속삭인다.
「아저씨, 우리 결혼할까.」

나는 창밖을 본다. 기울어 가는 3월의 볕이 찢어진 광고 전단처럼 전신주에 매달려 있다. 벽에 바짝 붙어 선 블라디미르가 담배 피우는 모습이 보인다. 검은 가죽 재킷 아래로 몸에 딱 붙는 빛바랜 청바지, 그리고 은빛의 긴 머리카락. 손에 마이크나 전자 기타를 들려주면 금방이라도 헤비메탈이 쏟아져 나올 것 같은 록커의 모습이다. 남들 보기에는 밤낮을 가리지 않고 뛰어다니는 투잡족이지만 록커와는 거리가 멀었다. 낮에는 할인 매장에서 맥주 박스를 나르거나 스쿠터를 털털거리며 배달을 다녔고 밤에는 유라와 함께 교습소에서 스포츠 댄스를 가르쳤다.
진청색 스쿠터가 그의 옆에 세워져 있다. 그는 가끔 유라도 '배달'해 주었다. 그는 유라와 동갑인 스물다섯이다.
「낫 허즈, 낫 러버, 온리 옵빠, 오빠.」
애인이 아니냐고 묻는 내 말에 유라는 정색을 했다. 블라디미르에 대해 말할 때면 그녀는 얼굴을 붉혔고, 자꾸 말을 더듬었다. 그 옵빠라는 블라디미르는 오빠이므로, 그는 할인 매장 창고에서 잠을 자고 자신은 교습소의 탈의실에서 잔다고 설명했다. 잔다,는 말을 할 때 그녀는 머리를 한쪽 어깨로 기울였다. 아이처럼 두 손을 모아 귀에 붙이고 눈을 감았다.
「슬리핑, 댓츠 올.」

눈을 감은 그녀의 긴 속눈썹이 파르르 떨렸다. 동갑내기는 오빠라고 하지 않는다고 말해 주고 싶었지만 나는 입을 다물었다. 유라에게 한국말을 가르쳐 준 놈팡이의 얼굴이 보고 싶을 뿐이다.

블라디미르는 계속 창을 힐끗거리며 담배 연기로 도넛을 만들고 있다. 언덕배기에 위치한 연립은 주변의 작달막한 집들 가운데 고개를 반짝 들고 있다. 벽마다 갈라진 틈이 잔가지처럼 뻗어 있는 낡은 이층 연립이다. 도넛은 슬금슬금 방향을 튼다. 창문을 향해 서너 개의 도넛이 뭉그러진 형체로 다가온다. 허리를 곤두세우고 창밖을 바라보던 나는 흔들의자 등받이에 다시 몸을 기댄다. 음악이 끝나자 실내는 일순간 정적에 휩싸인다. 하아하아. 그녀가 가쁜 숨을 내쉬며 바닥에 드러눕는다.

스포츠 댄스 교습소 원장은 환갑이 다 된 중늙은이였다. 유라를 소개시켜 주면서 쪽 찢어진 눈을 끔벅거렸다.

「티켓 다방 수준보다야 훨씬 낫죠. 쟤네는 그래도 잘 풀린 거예요. 내가 저기 삼협 흥행, 로마나이트에서 숨도 못 쉬던 애들 여권 빼느라 돈은 좀 들었지만. 금발 미인에다 춤이야 수준급이지. 거기서도 한다고 했다니깐.」

원장은 블라디미르를 턱짓으로 가리키며 목소리를 착 깔았다.

「이건 비밀인데 저 자식은 양수겸장이야. 요즘 시내 김내과 원장과 거래가 좀 있나 봐.」

원장은 내가 누구를 골라도 상관하지 않겠다는 투였다. 그는 오랜 친구처럼 다정하게 내 어깨를 끌어당겼다. 그의 목소리가 들척지근하게 귓바퀴에 들어붙었다.

「처음부터 액수가 크면 버릇 나빠지니까 조심하시고.」

유라가 내 집을 방문한 지 어느새 두 달을 넘어서고 있었다. 개인 교습이라는 명목이었다. 물론 나는 춤을 출 필요가 없었다. 유라는 언제나 계단을 뛰어 올라왔고, 뛰어 내려갔다. 창밖으로 블라디미르 스쿠터 뒤에 매달린 유라가 보이는가 싶으면 어느샌가 벨을 누르는 소리가 들렸다.

「율라.」

문을 열어 주면 그녀는 유치원생처럼 두 손을 가지런히 모으고 허리를 깊게 숙이며 배꼽 인사를 했다. 그녀는 마치 교습소의 탈의실에 들어선 것처럼 외투를 벗고, 겹겹이 껴입은 스웨터나 바지까지 스스럼없이 벗었다. 그녀의 속옷은 러시아에서 발레를 배울 때 입던 연습복이라 했다. 통이 넓고 부드러운 천으로 만들어진 속옷은 그녀의 맨몸이 아슴아슴 비쳤다.

테이프를 꽂고 볼륨을 높이고 그녀는 춤을 가르쳤다. 3분 몇 초짜리 음악에 맞추어 오리지널 댄스로, 다음에는 한 스텝씩 끊어서, 다시 그후에는 천천히 춤 동작을 되풀이해서 보여 주었다. 그녀는 남자와 손을 붙잡거나 허리를 감고 스텝을 밟아야 하는 스포츠 댄스를 혼자 추었다. 허공의 보이지 않는 손을 붙잡고, 보이지 않는 파트너의 등 뒤로 비껴 가면서 허리를 뒤로 꺾었다. 그녀의 춤은 언제나 속삭임으로 끝이 났다.

아저씨, 우리 결혼할까.

방심한 듯 다리를 벌리고 속옷 차림으로 누운 유라는 치밀하다. 상트페테르부르크의 마린스키극장에서 오데뜨 역을 하는 것이 꿈이었을 율라는, 나는 늘 유라라고 부르지만, 낯선 나라로 날아와 늙수레한 지그프리트의 품에 안기기를 원하고 있다. 땀에 젖은 몸에서는 체리 하나를 얹은 치즈처럼 시큼한 냄새가 날 것이다. 그녀가 조금 더 다리를 벌린다. 그 곁에 그녀의 발치에 흐트러져 있던 신문 뭉치가 버석거린다. 무심히 신문지를 치우려던 나는 움찔한다. 올 컬러 전면 광고 한가운데 아는 얼굴이 보인다. 작가가 선택한 아파트, 분양 마감이 임박했습니다. 흔들의자에 앉은 중년 남자가 파이프를 물고 베란다 정면에 펼쳐진 높고 푸른 산을 바라보고 있다. 자연과 함께 숨 쉬는 당신만의 공간입니다. 당신도 선택하십시오. 작가의 사인이 시원스레 휘갈긴 하단을 눈여겨본다. 그는 내가 골라 주었던 사인을 아직도 사용하고 있다.

가을이 깊어지면 나는 짐 보퉁이를 끼고 그의 자취방으로 기어 들어갔다. 달력에 디데이를 동그라미 쳐놓고 거꾸로 숫자를 썼다. 그는 창문 밑의 책상에 앉아, 나는 둥그런 양은 밥상을 벽에 붙여 놓고 소설을 썼다. 온종일 말 한 마디 오가지 않았다. 방 한구석에는 전기 전열기의 주홍색 니크롬선이 타들어 가도록 온종일 물이 끓고 있었다. 신문사 지하 윤전실에서 얻어 온

누런 원고지가 바닥이 날 때까지 만년필을 휘갈겼다. 그는 스물다섯 살에 화려하게 등단했다.

몇 년 전 인사동에서 우연히 그를 볼 수 있었다. 기름을 바르지 않고 구웠다는 옛날 호떡을 한 입 베어 문 순간이었다. 고서점 앞은 모여 선 사람들로 북적대고 있었다. 그는 촬영 중이었다. 칙칙하게 가라앉은 골목에서 스포트라이트를 받는 그의 모습은 확연하게 도드라져 보였다. 그는 바바리 깃을 세우고, 동행한 외국인에게 거리의 풍물을 짚어 가며 자상하게 설명하고 있었다. 그의 깊고 낮은 음색은 품위와 지성이 묻어났다.

카메라와 조명을 피해 건물 모퉁이로 비껴 걸었다. 여전히 손에 들고 있는 옛날 호떡을 바라보았다. 커다랗게 한 입 베어 물었다. 다시 한 입, 또 한 입 볼이 미어지도록 입안으로 밀어 넣었다. 아무 맛도 느낄 수 없었다.

어쨌거나. 나는 유라의 발치에서 계속 부스럭거리는 신문지를 잘 접는다. 작가의 허리도 반으로 꺾인다. 녀석은 파이프를 문 채 건방지게 나에게 절을 한다. 라디오의 볼륨을 높이고 이리저리 시끄럽게 소리 나는 곳을 찾는다. 열띤 토론이 벌어지고 있는 방송에 채널을 고정시킨다.

블라디미르가 날려 보낸 도넛의 흔적인지 유리창엔 뿌옇게 막이 서리기 시작한다. 창밖을 본다. 어느새 골목은 비어 있다. 해가 기울었으므로 지하 슈퍼의 큼큼한 냄새가 밴 몸을 서둘러 씻고, 교습소의 낡은 마루를 마포로 문지르고 있을 것이다. 근육이 드러난 티셔츠 위에 허리를 묶은 남방을 걸치고, 전면 거울 앞의 바 위에 발을 올려놓고 몸을 쭉쭉 펴고 있겠지. 마이크를 잡고 헤드뱅잉을 하면서 노래를 부르면 딱 어울릴 그가 스포츠 댄스를 가르치다니 정말 우스운 일이다.

유라. 나는 그녀를 부른다. 20불짜리 다섯 장을 흔들어 보여준다. 그녀의 볼우물이 깊게 파인다. 늘어진 뱃살 위에 그녀를 앉힌다. 유라의 길고 가는 등뼈를 어루만진다. 뼈마디마다 구멍이 뚫려 있는지 그녀에게서 피리 소리가 난다. 그녀의 등뼈를 훑어 내린다. 그녀의 입안을 휘저어 숨어 있는 피리 소리를 찾아낸다. 전신의 핏줄이 팽팽하게 일어선다. 목덜미에도 시퍼런 힘줄이 도드라진다. 나는 소설을 쓸 때처럼 집중하고 몰두한다. 탱고를 추는 것처럼 유라의 허리가 뒤로 꺾인다. 그녀는 보이지 않는 파트너의 손을 잡으려 허우적거린다. 나는 기를 쓰고 그녀에게 빠져 들어간다. 그녀의 손을 잡으려 팔을 뻗친다. 서로의 손은 엇갈려 만나지 못한다. 나는 그녀의 손을 잡아 줄 수 없다.

남은 포도주를 그녀의 몸 위에 쏟아붓는다. 작열하는 여름 볕에 늘어진 사루비아 꽃술처럼 그녀는 아주 달콤해지고 끈적해진다. 패널들의 격앙된 목소리가 등 뒤로 떠다닌다. 그들은 격론을 벌이면서 100불짜리 인연을 적나라하게 보고 있는 것 같다. 끈이 흘러내렸던 그녀의 어깨에 이빨 자국이 선명하게 생긴다. 그녀의 등에도 아랫배에도 클립 모양의 자국이 난다. 붉은 물이 든 속옷을 추켜올린다. 유라는 만세를 부르듯 두 팔을 위로 뻗는다.

「아저씨, 아저씨.」

유라가 주문처럼 나를 부른다. 나도 가쁜 숨 사이로 간간이 그녀의 이름을 불러 준다. 대체 누가 그녀에게 남자를 아저씨라고 가르쳐 주었을까. 누가 이런 은밀한 거래를 결혼이라고 알려 주었을까.

쉰두 살이 된 생일 아침, 이혼한 아내의 전화를 받는다.

「생일 축하해요.」

말끝에 아내가 한숨을 쉰다.

「둘째가 이번에도 대학에 떨어졌어요.」

작은딸은 공부에 취미가 없었다. 필경 재수를 하면서도 굵은 컬의 머리카락을 가슴까지 늘어뜨리고 끈으로 얼기설기 옥죄어 맨 롱부츠 차림으로 홍대 앞이나 로데오 거리를 얼쩡거렸을 것이다. 곧 말을 이어 갈 것 같던 아내가 한동안 숨을 고른다.

「실은 첫째가, 호주로 어학 연수 간 큰애가 소식이 끊어진 지 석 달이 넘었어요.」

살림살이가 갈라진 후에도 전화로나마 안부를 묻던 큰딸이었다. 아빠, 잘 지내고 계시죠? 저도 뭐 그런대로. 끼니는 꼭 챙겨 드시고요. 형식적이었지만 서너 달에 한 번은 목소리를 들려주었다. 그러고 보니 딸의 목소리를 들은 지 1년이 훌쩍 지나 있었다. 정작 딸은 호주행은 알리지도 않고 가버렸다.

아내가 수화기 저편에서 잔기침을 한다. 늘 단호하고 논리적이고 명확한 아내였는데 그녀답지 않게 말을 고르고 있다.

「당신, 시간 있으면 호주 좀 가보려우? 당신도 알다시피 내가
통 자리를 빌 형편이 아닌 데다가 둘째를 보낼 수도 없고.」

그녀의 말이 빨라진다. 조금 서두르는 눈치다. 나는 딸의 얼
굴을 떠올리려 애를 쓴다. 어찌된 일인지 딸의 얼굴이 가물가물
하다. 그들은 언제부터인가 목소리로만 존재했다. 그러고 보니
아내의 얼굴도 떠오르지 않는다. 낭랑하고 정확한 음성만 귓전
에서 맴돈다. 나는 더듬거린다.

「아니, 큰애가 어떻게 되었다는 거야? 어디 갔다구? 그게 무
슨 소리야?」

전화기는 한동안 조용하다. 차분하게 가라앉은 아내의 목소
리가 한참 후에 들려온다.

「아니, 됐어요. 시간 있으면 호주에 가서 딸년 좀 찾아보라고
전화했는데 당신도 많이 바쁜 것 같으니 없던 일로 합시다.」

전화가 끊어진다. 학습지 지국장인 아내는 늘 그런 식으로 회
의를 진행할 것이다. 그녀는 이혼할 때 소유권도 그렇게 명확하
게 나누었다. 집은 당신이 가져요, 나는 애들을 가질 테니.

녹슨 우편함에 편지 한 통이 들어 있다. 스테이플러로 겉봉을
푹, 찍은 분홍색 카드다. 발신자에 작은딸의 이름이 적혀 있다.
겉봉을 뜯는다. 케이크에 금박 촛불이 반짝이는 그림이 그려진
카드를 펼친다. 딸의 글씨는 큼직하고 시원시원하다.

아빠, 생일 축하해요. 전 대학에 또 떨어졌고 사귀던 아이와
는 헤어졌어요. 엄마는 여름이 오기 전 재혼한다고 하고 언니는

호주에서 아주 돌아오지 않을 거라고 내게 엽서를 보내왔어요.
아빠, 나는 어디로 가야 하죠? 이제 겨우 스물인데 벌써 세상을
다 산 것 같은 기분이에요.

나는 카드를 접는다. 하릴없이 케이크 그림의 촛불을 세어 본
다. 여덟 개다. 생일날 케이크 앞에 앉아 함박웃음을 터뜨릴 나
이, 여덟 살.

카드를 다시 우편함에 집어넣는다. 지금쯤 작은딸은 새 남자
친구와 노닥거리고 있을 것이다.

정류장 주변에는 사람들이 제법 모여 있다. 마을버스는 늘 늦
는다. 시계를 보고 인상을 찌푸리는 사람도 있다. 사람들 틈에
선 나는 보도블록의 숫자를 세기 시작한다. 언제부터인지 내 시
선은 늘 아래쪽을 향하고 있다. 인사동에서 친구를 얼핏 스쳐
지났을 때부터였는지도 모른다. 보도블록 틈새마다 잡초들이
새치처럼 뻣뻣하게 솟아 있다. 날이 더 포근해지면 여린 풀잎들
이 늙은 새치를 재치고 연초록의 얼굴을 내밀 것이다.

부우웅. 폭주족처럼 커다란 배기통을 단 스쿠터의 소음이 주
위의 정적을 가른다. 진청색 스쿠터가 지그재그로 달려온다. 블
라디미르의 은빛 머리카락이 사정없이 바람에 휘날린다. 그는
일부러 핸들을 심하게 꺾는다. 검은 가죽 재킷을 꽉 끌어안은
손이 보인다. 그의 등덜미에서 금발 머리가 나부낀다. 스쿠터
뒷좌석에 앉은 유라가 블라디미르에게 무어라 소리친다. 그가
유라를 돌아보며 웃는다.

나는 슬그머니 사람들 틈으로 몸을 숨긴다. 그녀는 밤 아홉 시에 나와 '예약'되어 있었다. 나는 그녀와 조촐하게 생일 파티를 할 예정이었다. 초는, 카드 그림처럼 여덟 개를 꽂을 것이다. 케이크 앞에서 입을 크게 벌리고 순진하게 웃을 수 있는 나이.

블라디미르의 은빛 머리와 유라의 금발 머리카락이 뒤엉켜 날린다. 영원히 접어지지 않을 쥘부채를 보는 것 같다. 얼핏, 그들은 한 몸으로 보인다. 사람들은 그들에게서 시선을 거두지 못한다. 스쿠터는 요란한 소리를 내며 순식간에 골목 끝으로 사라진다.

마을버스가 게으르게 나타난다. 규정된 시간의 간격을 훨씬 넘어섰는데도 핸들에 팔을 걸친 기사는 태평한 모습이다. 버스에 올라서며 운전사의 하얗게 센 머리카락을 본다. 나도 모르게 머리를 쓰다듬는다. 운전석 뒤에 앉아 백미러를 본다. 나의, 반백의 머리카락이 비친다. 고개를 든다. 한 번도 웃어 본 적이 없는 것 같은 내 얼굴이 거울 안으로 들어온다. 고된 인생을 살아온 늙은이처럼 추레한 얼굴이다. 부석한 얼굴을 비빈다. 마을버스는 굼뜬 걸음으로 작은 골목을 돌고 돌아 번화가로 들어선다.

은행 앞에는 좌판이 벌어져 있다. 그 옆에 동남아계 외국인 부부가 말없이 서 있다. 검은 천으로 머리를 감싼 여인의 눈은 바이칼 호수의 심연처럼 깊다. 작은 키의 남자는 알록달록한 스웨터 차림이다. 사람들이 지나칠 때마다 남자는 어깨를 편다. 그는 면접을 보는 신입 사원처럼 간절하고 정중하다. 좌판에는 키 걸이나 휴대폰 걸이, 혹은 용도를 알 수 없는 크고 작은 주머니들이 가지런하게 놓여 있다. 나는 걸음을 멈춘다. 검은 벨벳 천에 구슬로 코끼리를 수놓은 작은 주머니 하나를 집어 든다. 여자가 두 손을 모으고 천천히 절을 한다. 3천 원에 대한 답례는 신에 대한 경배만큼 경건하다.

　은행 잔고를 확인한다. 머릿속으로 인출 금액을 계산한다. 호주, 그리고 유라. 반년치 생활비가 날아간다. 다시 잔액을 계산해 본다. 앞으로 1년 반 정도 살 수 있는 금액이다. 유라를 만나지 않고 호주도 가지 않는다면 얼추 2년은 견딜 수 있다. 나는 고개를 젓는다. 코트 주머니에 손을 넣어 코끼리 구슬을 만지작거린다. 구슬은 유연한 곡선을 그리고 있다. 점자책처럼 그것이 무엇인지 확연히 드러난다. 코. 손끝으로 코를 어루만지며 휴대폰을 열고 1번을 누른다. 아내는 여전히 1번이다. 신호음이 길게 이어진다. 도돌도돌한 구슬 하나하나에는 누군가의 손길이 스쳐 갔을 것이다. 저임금에 시달리는 개발 도상국의 소녀가 구슬 더미에 고개를 파묻고 있다. 아내는 휴대폰을 받지 않는다. 소녀는 침침한 등 밑에 앉아 구슬을 꿴다. 구슬은 너무 작아 구멍이 잘 보이지 않는다. 가늘고 긴 바늘을 들고 구멍을 찾는다. 소녀의 커다랗고 까만 눈동자가 구멍을 들여다본다. 아내는 발신자 표시에 나타난 내 번호를 보고 일부러 받지 않는 것이 분명하다. 소녀는 다시 반짝이는 구슬 중 하나를 고른다. 구슬들은 소녀의 손길에 따라 짜락짜락 소리를 내며 굴러다닌다. 가끔 소녀는 일손을 멈추고 구슬이 굴러가는 소리를 듣는다. 나는 다시 1번을 길게 누른다. 몇 번의 발신음 끝에 기계음이 들린다. 전화기가 꺼져 있습니다. 삐 소리가 난 후……. 정확하고 온기 없는 기계음은 아내의 목소리와 닮아 있다. 나는 아내의 목소리인 양 한동안 기계음에 귀를 기울인다. 소녀는 구슬 구멍에 바늘을 들이민다. 작은 구멍에 작은 바늘이 색실을 매달고 넘나든다. 휴대폰을 닫는다. 아내가 전화를 받지 않으면 둘째의 휴대폰 번호도 알 수 없다. 아내와 연락이 끊어지면 호주에 있다는 첫째의 연락처도 알 수 없게 된다. 가족은 모두 아내의 바늘에 의해 딸려 나온다. 아내가 매달고 있는 작은 구슬 두 개는 그녀의 의지대로 꽃술이 되거나 물고기 눈이 되겠지.

아내가 학습지 교사로 나서면서 말했다. 본격이 안 되면 통속으로 가든지. 하지만 통속도 아무나 쓰나. 같이 글 쓰고 응모하던 친구가 문학상 후보에 오르내릴 때였다. 나에게 가장 커다란 성공은 10년 전 우연히 PD 눈에 띈 소설이 미니 시리즈로 방영된 것이었다. 그나마 내용은 반 이상 잘려 나가고 코믹 터치로 부풀려진 채였다. 어찌어찌 출간된 소설집은 서점 가판대에 올라가지도 못했다. 어쩔 수 없는 일이었다. 단 두 번 나오고 폐간된 문예지에서 등단한 소설가는 아무도 알아주지 않았다. 언젠가 지하철 역 앞에서 내 소설책을 보았다. 천 원 균일가로 모십니다. 시퍼런 방수천이 깔린 바닥에, 마치 책꽂이를 흔들어 동댕이친 것처럼 수북하게 책들이 쌓여 있었다. 고개를 푹 숙이고 뒤적여 여덟 권의 책을 찾아냈다.

이혼 후 집을 팔아 시 외곽으로 나가 허름한 연립을 샀다. 남은 돈을 10년으로 나누고 다시 달로 나누었다. 한 달 생활비의 한도가 정해졌다. 얼마든지 살 수 있었다. 적어도 유라를 만나기 전까지는.

귀에 익은 러시아 민요가 커다랗게 들려온다. 해도 지지 않았는데 조명등이 번쩍이는 나이트클럽 간판을 단 트럭이 번화가 골목을 누비고 있다. 트럭에 장착된 확성기를 통해 흘러나오는 노래는 테트리스 게임 배경 음악으로 유명해진 〈칼린카〉다. 아이들이 아직 어렸을 때, 온 식구가 모여 앉아 테트리스 게임으로 저녁을 보낸 적이 있었다. 아이들은 발갛게 상기된 얼굴로 열심히 버튼을 눌러 댔다. 승부욕이 강한 아내는 아이들을 재워 놓고 혼자 오락기 앞에 앉아 몇 시간이고 연습했다.

배꼽을 드러낸 러시아 무희들이 트럭 짐칸에 서서 춤을 추고 있다. '러시아 예술단 공연'이라고 써 있는 어깨띠를 두르고 길 가는 남자들에게 윙크를 하거나 소리를 지른다. 지나치던 몇몇 흑인 사병이 트럭으로 다가간다. 두 나라의 언어가 허공에서 부딪친다. 누군가 술집 명함을 나누어 주는 러시아 여자의 팔을 잡아챈다. 밀랍 인형처럼 창백한 여자의 뺨에 흑인이 입을 맞춘다. 유라와 비슷하게 생긴 여자다. 허리께까지 내려오는 금발이 아름답다. 찬바람에도 아랑곳하지 않고 드러낸 배꼽에는 반짝이는 구슬이 박혀 있다. 여자는 하얗고 긴 숄을 흔든다. 이미 흔해진 풍경이어서 사람들은 별 관심을 보이지 않는다.

나는 트럭이 멀어질 때까지, 〈칼린카〉가 들리지 않을 때까지 머릿속으로 테트리스 게임을 한다. 갖가지 모형이 아슬아슬하게 빈칸을 메운다. 점점 빠른 속도로 모형이 떨어지고 있다. 일자로 된 막대 모형이 나타난다. 긴 막대를 집어넣을 공간이 없다. 왼쪽, 왼쪽. 나도 모르게 손에 힘을 준다. 구석으로 몰기에는 시간이 부족하다. 한가운데 길게 서서 멈춰 버린 막대 모형에 타다닥, 갖가지 모형이 들러붙는다. 게임 오버.

시장 초입에 늘어선 암달러상에게 다가간다. 오늘따라 환전하는 외국인이 많다. 한수 이북의 소도시 이곳저곳에 자리 잡고 있던 미군 기지는 하나둘 불이 꺼진 반면, 하천 주변의 염색 공장이나 가구 공장에서 일하는 외국인 근로자들이 부쩍 거리를 활보했다. 번화가 주변은 각양 인종들이 뒤엉켜 낯선 언어로 동료들을 부르거나 휴대폰으로 통화하는 모습을 심심찮게 볼 수 있었다.

첫 번째 노파 앞에 줄을 섰다가 돈을 바꾼다. 계산기 두드리는 솜씨가 능숙하다. 20불짜리로 주세요. 달러 뭉치가 노파의 허리춤 전대에서 나온다. 돌아서는데 눈에 익은 은빛 머리가 언뜻 눈에 들어온다. 블라디미르다. 골목 끝 암달러상과 블라디미르가 흥정하고 있다. 스쿠터 뒤에 있던 유라는 어디로 '배달' 보냈는지 혼자다. 슈퍼가 한창 바쁠 시간인데 그는 느긋해 보인다. 고무줄로 동여맨 은빛 머리카락이 여우 꽁지처럼 반짝인다. 어젯밤 손을 잡아 준 아줌마들과 2차라도 간 것일까, 제법 많은 돈이 오간다. 언제나 나이키 운동화를 신고 다니는 그의 어깨에는 큼직한 보스턴 가방이 매달려 있다. 히피처럼 세련된 입성은 프렌치프라이와 콜라를 입에 달고 다니는 팍스 아메리칸 냄새가 짙다. 동남아계 노동자보다 미국인이 더 대접을 받는다는 것을 그는 잘 알고 있다. 거래가 끝났는지 가방을 둘러맨 그가 주위를 두리번거리면서 시장 골목으로 들어간다.

블라디미르의 발걸음이 경쾌하다. 사위어 가는 석양이 그의 은빛 머리카락을 아낌없이 비춰 주고 있다. 세상의 모든 빛이 그의 머리 위로 쏟아지는 것처럼 그의 은발은 빛난다. 두 명의 동남아인이 내 어깨를 치고 잰걸음으로 지나친다. 아닌 게 아니라 그는 김내과 건물로 들어선다. 외장을 대리석으로 마감한 4층 빌딩이다. 어깨를 치고 지나쳤던 외국인이 병원 계단을 오르는 그의 모습을 힐끗거린다. 짙푸른 나이키 마크가 날카로운 획을 그으며 날아갈 듯 계단 위로 사라진다.

그날 블라디미르는 슈퍼로 돌아오지 않았다. 유라도 나에게 오지 않았다. 그녀를 연결시켜 주었던 그 누구도 전화를 받지 않았다. 그렇게 자정이 지났다. 생일이 지난 시각에 나는 혼자 케이크에 촛불을 밝혔다. 여덟 개의 초는 저 혼자 타올랐다. 나는 생각했다. 여덟 살은 혼자 케이크를 먹어도 즐거울 수 있을 걸. 혼자 케이크를 자르고 유라를 위해 준비했던 보드카를 마셨다. 술을 반병쯤 비우고 보니 생각이 달라졌다. 생일날 케이크를 혼자 먹는 사람은 어쨌든 웃음이 나오지는 않을 테지. 생일이잖아. 나는 작은딸의 카드를 옆 자리에 놓았다. 카드를 펼치고 딸의 목소리를 들었다. 나는 어디로 가야 하죠? 세상을 다 산 것 같은 기분이에요. 딸의 목소리는 아내를 닮아 낭랑하고 거침이 없었다. 지금쯤 딸은 자신이 어떤 내용의 카드를 보냈는지도 잊었을 것이다.

닷새 후 블라디미르는 염색 폐수로 검게 물든 하천의 음습한 구석에서 발견되었다. 그때도 나이키 마크는 경쾌하게 하늘로 치솟아 있었겠지. 마지막으로 그를 본 사람은 내가 아니라 김내과 원장이었을 것이다. 하지만 원장도 나도 조서를 받지 않았다.
 스포츠 댄스 원장은 목에 힘줄이 솟도록, 그가 하천에서 싸늘한 시신으로 발견될 때까지, 욕설을 입에 달고 다녔다. 율라가 맡긴 돈까지 몽땅 빼돌려 혼자 비행기를 타려 했다니까. 감쪽같이 숨겨 놨던 여권도 훔쳐 가지고 말이야. 원장은 분개했다. 나는 자신의 여권을 자신이 가지고 가는 게 어째서 훔친 것인지 이해되지 않았지만 머리는 끄덕거려 주었다. 그 자식이 달러 바꿀 때부터 벌써 미행이 있었다는군. 길거리에서 보란 듯 달러를 세었겠지. 그의 죽음은 신문에도 나지 않았다. 팍스 아메리카 시민권자가 아니므로 수사는 아직도 지지부진하다.

 꿈속에서 유라를 보았다. 그녀가 내 침대 옆에 앉아 있었다. 정수리까지 밀려온 햇살이 따스했다. 그녀가 웃으며 들고 있던 책을 쳐들었다. 초판도 다 소화하지 못했던 나의 소설집이었다.

누군가 내게 촛농이라도 뿌려 놓은 것처럼 나는 움직일 수 없었다. 그녀가 책으로 내 얼굴을 이리저리 쓸어내렸다. 책은 시든 프리지어 다발처럼 말랑말랑하고 부드러웠다. 목젖을 떨지 않고 폐에서 직통으로 쏟아져 나온 것 같은 어떤 울림이 교교하게 내 전신으로 스며들었다. 울림은 나의 뇌 속을 비집고 들어와 신경 가닥을 쪽쪽 빨아들이며 말을 걸었다. 누군가 나를 부르고 있다. 믿을 수 없게도 나는 눈물을 흘리고 있었다. 그녀가 책으로 싹싹 쓸어 낼 때마다 내 얼굴은 휘핑크림처럼 녹아내리는 것 같았다. 누군가 끊임없이 나를 부르고 있었다. 고양이 소리 같기도 하고 아주 작은 새의 울음 같기도 한 소리가 들렸다.

어디선가 울음소리가 들리는 것 같다. 2시 40분. 시계는 거의 일직선으로 비스듬히 뻗어 있다. 잠이 덜 깬 나는 어리둥절하다. 소리가 나는 쪽을 향하여 걸어간다. 문을 연다. 앉아 있는 유라가 보인다. 그녀는 허름한 트렁크 두 개를 앞세운 채 쭈그리고 앉아 고개를 묻고 있다. 등과 맞붙은 회벽의 갈라진 틈으로 부석부석한 상처가 보인다. 길고 검은 트렁크 그림자가 힘없는 후견인처럼 쓸쓸하게 벽에 걸려 있다.
「컴인, 유라.」
나는 작은 소리로 그녀를 부른다. 그녀가 고개를 쳐든다. 맨발로 뛰어가 그녀를 일으켜 세운다. 배가 볼록하게 나온 트렁크는 잘 밀리지 않는다. 밑판에 달린 바퀴는 제 구실을 못하고 가슴을 쥐어뜯는 소리를 낸다.

뜨거운 홍차에 위스키를 몇 방울 떨어뜨려 마시게 한다. 그녀
가 떠듬떠듬 영어 단어를 잇는다.

「나, 떠나요. 닥터가 여권을 찾아 주었어요. 그래서 나는 러시
아로 돌아가요.」

난 블라디미르에 대해서 묻지 않는다. 그녀도 그녀의 '옵빠'
에 대해서 말하지 않는다. 찻잔을 거머쥔 유라의 손이 가늘게
떨린다.

「아저씨, 우리 결혼할까?」

나는 지갑을 연다. 20불짜리 달러를 모두 꺼낸다. 그녀와 여
러 차례 결혼할 수 있는 액수가 찻잔 옆에 쌓인다.

「유라.」

나는 그녀를 부른다.

「결혼을 하려면 결혼식을 해야지?」

유라는 한국말을 알아듣지 못한다.

「지금, 결혼식을 하는 거야. 그리고.」

나는 영문을 모른 채 깜박거리는 그녀의 눈을 들여다본다.

「결혼식은 행복한 날이야.」

나는 잘 접은 달러를 검은 벨벳 주머니에 넣어 준다. 가장자
리 끈을 당겨 조여 준다. 반짝이는 구슬로 수놓아진 코끼리는
기다란 코를 하늘로 쳐들고 있다. 코끝에 박혀 있는 푸른색의
구슬이 화려하게 빛난다. 유라의 푸른 눈동자 같다.

「라이크 유어 아이즈.」

나는 그녀의 눈동자에 입을 맞춘다. 옷을 벗는 그녀의 손에

입을 맞춘다. 그녀의, 검고 딱딱하게 굳은살이 박힌 발가락에 입을 맞춘다.

「네 춤을 보여 줘.」

나는 떠듬거리던 영어를 집어치운다.

「자이브 말고, 탱고도 말고, 네가 배웠던 발레를 보여 줘. 네가 가장 사랑했던 것을 보여 줘.」

나는 발뒤꿈치를 들고 손을 하늘로 치켜드는 시늉을 한다. 그녀가 입을 연다. 러시아 말이다. 빠르게 돌아가는 입놀림에서 작은 새 소리가 들린다.

나는 그녀에게 다가간다.

「무용수는 이렇게,」

그녀의 긴 머리카락을 잡아매는 시늉을 한다.

「머리카락을 단정하게 묶던데 말이야.」

벨벳 주머니를 조였던 끈을 풀어 그녀의 머리를 서툴게 묶어 준다. 유라가 살짝 웃는다. 엉성하게 묶여 있던 끈을 다시 풀어 입에 물고 두 손으로 머리카락을 반듯하게 모은다. 뒤통수로 동그랗게 말아 올려 찬찬히 끈으로 묶는다. 그녀의 정갈한 이마가 드러난다. 희고 가냘픈 목덜미도 드러난다.

음악도 없이 토슈즈도 없이 그녀가 춤을 추기 시작한다. 좁은 부엌에서 베란다 앞까지 그녀는 빙글빙글 돌며 한순간에 돌아온다. 파닥이며 유라가 날갯짓을 한다. 높게 떠오르는 그녀의 점핑은 단숨에 하늘로 날아갈 듯하다.

나는 흔들의자에 앉아 남은 보드카를 마신다. 마지막 한 모금을 들이킬 때까지 그녀는 길고 긴 춤을 춘다. 청동 거울처럼 어두운 유리창은 술 마시는 소설가와 춤추는 발레리나를 희미하게 비춰 준다. 색감이 사라진 그들의 모습은 좁은 공간을 벗어나 어두운 밤하늘 한가운데 깊고 넓게 존재한다.

나는 빈 병의 주둥이에 입을 갖다 댄다. 눈을 감고 뱃고동 소리를 듣는다. 구슬 코끼리를 싣고 나는 항해를 하고 있다. 코끼리가 하늘을 향해 코를 힘껏 쳐든다. 유라의 눈동자 같은 푸른 구슬이 별처럼 아름답게 빛난다.

「오랜만이야, 아빠.」

하드 록에 묻힌 작은딸의 목소리는 마이크를 바짝 댄 기타의 몸통 같다. 텅텅 울리는 나무통 속에서 퍼덕거리는 나비처럼 전화선에서 빠져나오고 싶어 한다.

「내가 호주로 가기로 했어. 갈 사람이 나 밖에 없다고 엄마가 말했거든. 언니를 만나면 아빠한테 곧 알려 줄게. 언니 방학 때 같이 돌아올 거야. 언니가 오겠다고 할지 의문이긴 하지만.」

나는 식탁 옆에 있던 여행 안내 책자를 치워 버린다. 신문에서 오려 놓은 각종 호주 안내 정보도 미련 없이 구겨 버린다. 269만 9천 원짜리, 개별 귀국이 가능한 호주 뉴질랜드 남북 섬 일주 10박 11일짜리에 붉은 줄을 쳐 놓았던 신문 광고 쪽지도 휴지통에 넣는다.

각종 빈 병들과 찌그러진 캔, 그리고 신문 뭉치들이 쌓여 있는 앞 베란다에는 한 달이 넘도록 유라의 속옷이 그대로 걸려 있다. 얇은 흰색의 아사 천은 포도주 물이 빠지지 않아 군데군데 불그죽죽한 자국이 남아 있다. 흘러내리기 일쑤였던 가느다란 어깨끈을 입에 문 동그란 노란 집게 두 개가 휑한 빨랫줄에 온음표처럼 박혀 있다.

베란다 창문을 활짝 열고 유라의 속옷이 춤을 추는 모습을 본다. 목련의 앙다문 몽우리의 솜털을 더듬다 창문 안으로 들어온 바람 한 줄기가 그녀의 허리께를 더듬는다. 이제 그녀는 더 이상 자이브를 출 수 없다. 발꿈치를 텅텅 차면서 90도씩 돌 수 없다. 그녀의 어깨를 꽉 물고 있는 노란 집게는 얇게 꼬인 주홍 빨랫줄을 아울러 물고 있으므로.

유라가 넣어 두고 간 테이프를 튼다. 음의 굴곡이 흔들의자에 앉은 나와, 춤추듯 흔들리는 그녀의 속옷을 휘감고 돌아간다. 락앤 퀵아퀵 퀵아퀵. 락앤 퀵아퀵 퀵아퀵. 춤은 화려하다. 속옷의 가슴 언저리에는 더욱 짙은 붉은 물이 들어 있다.

나는 몸을 한껏 뒤로 젖힌다. 흔들의자가 휘청거린다. 텅 빈 가슴에서 뱃고동 소리가 들린다. 낮게 가라앉은 뱃고동 사이에서 그녀의 목소리도 떠다닌다.

아저씨, 우리 결혼할까.

눈물의 날

엄마는 첼리스트였다. 아주 오래전 일이다.

살다 보면 너무 늦게 사실을 알게 되는 수가 있다. 또 살다 보면 사실을 몰랐더라도 어느 순간 잘 맞아떨어질 때가 있다. 아무것도 모른 채 엄마의 관 속에 활을 넣어 주었던 것처럼. 별 생각은 없었다. 담배나 성경책처럼 엄마의 옆에 늘 있던 것이었다. 그것이 첼로의 활인지 바이올린의 활인지, 혹은 어떻게 해서 갖고 있게 되었는지에 대해 엄마는 말해 주지 않았다. 악기도, 휴대용 보면대나 송진 가루나 몇 장의 악보도 없이 활만 남아 있는 것이 무슨 의미가 있을까. 엄마와 7년이나 같이 살았던 시추는 자신을 늘 위협하던 작대기가 없어진 것을 다행으로 여길 것이다.

제6로전실의 문이 열렸다. 어둡고 좁고 긴 공간이 드러났다.

터널 속의 기찻길처럼 레일이 곧고 길게 뻗어 있었다. 장제장 직원이 엄마의 관 앞에서 경례했다. 사열식에서 볼 수 있는 절도 있는 동작이었다. 레일 위에 놓인 관은 아주 작아 보였다.

로전실 문이 닫혔다. 장제장 직원이 관망실을 향해 목례했다. 관망실의 유리창에 커튼이 쳐졌다. 두터운 질감의 검은 커튼이 시야를 가로막았다. 대신 오른쪽 상단의 흑백 모니터가 켜졌다. 엄마는 그곳에 있었다. 관은 롤러에 미끄러져 깊은 어둠 속으로 들어가는 중이었다. 색은 존재하지 않았다. 덜 어두운 곳에서 더 어두운 곳을 향해 서서히 움직이는 관이 가장 어두웠다. 컬러 모니터였더라도 별반 다르지 않았을 것이다. 어느 순간 모니터가 꺼졌다. 뒤쪽에 서 있는 남편의 모습이 꺼진 화면에 비쳐졌다. 그는 고개를 젖힌 채 와이셔츠의 단추를 풀고 있었다. 느슨하게 풀어진 넥타이를 다소 거친 동작으로 잡아 뺐다. 엄마가 사라진 모니터의 바로 그 지점에서 남편의 눈과 마주쳤다.

「차에 가 눈 좀 붙여야겠어. 지하에 식당이 있다던데 당신이나 가서 뭘 좀 먹든지.」

넥타이를 주머니에 쑤셔 넣고, 와이셔츠 단추를 두 개나 풀어 헤치고 상복의 소매까지 걷어 올린 그가 말했다.

「어차피 아무것도 볼 수 없잖아.」

모니터에서 남편이 사라졌다. 잰걸음으로 내딛는 그의 발소리는 가벼웠다. 좀 과장한다면 남편에게는 장모나 시추나 엇비슷한 무게였다. 화장 시간은 두 시간 남짓 걸린다고 했다. 한동안 그대로 서서 굳게 닫힌 커튼과 영정 사진을 보았다. 명패를 읽고, 꺼진 모니터를 몇 번이고 쳐다보았다. 모니터에는 엄마도 남편도 보이지 않았다.

대기 의자에 앉았다. 하릴없이 또다시 명패를 읽었다. 고(故) 강하란.

복도 저쪽에서 웅성거림이 들려왔다. 등 뒤로 장례 행렬이 지나갔다. 젊은 여자의 높고 날카로운 울음이 어수선한 구둣발 소리와 섞여 길게 이어졌다. 무심히 쳐다본 모니터에 한 남자가 비쳐졌다. 남편의 눈과 마주쳤던 지점, 아니 엄마의 관이 사라졌던 지점에 선글라스를 낀 남자가 있었다. 잠시 머뭇거리던 남자는 이내 모니터에서 사라졌다. 관망실을 잘못 찾은 모양이었다.

지나는 무리 끝으로 나지막한 흐느낌과 노인의 곡소리가 질기게 따라붙었다. 멀리서 찬송가 부르는 소리와 염불 소리가 어지럽게 섞여서 들려왔다.

지하 식당은 혼잡했다. 자신과 연결된 누군가가 재로 변해 가는 시간에, 누군가는 줄 서서 밥을 먹고 이를 쑤셨다. 메뉴판을 세심하게 살펴보았다. 설렁탕, 갈비탕, 육개장, 우동. 식권을 사기 위해 줄을 서면서 침을 삼켰다. 갑자기 허기가 몰려와 옴짝도 할 수 없었다. 우동 그릇을 담은 식판을 들고 빈자리를 찾아 한참 헤맸다.

땀을 흘리면서 우동을 먹었다. 가다랑어 국물이 시원했다. 수저로 뜨다가 아예 그릇을 기울여 다 들이켰다. 목구멍으로 국물이 내려가는 소리가 크게 들렸다. 커다랗고 깊숙한 우동

그릇을 쳐들었다. 마지막 한 방울까지 다 마시고 나서야 남편이 떠올랐다. 차 시트를 한껏 뒤로 젖히고 세상모르게 곯아떨어졌을 것이다.

5월치고는 무척 후텁지근한 날이었다. 저고리 소매를 세 번 접어 걸어 올렸다. 식탁에 닿은 팔 뒤꿈치가 끈끈했다. 통기성이 전혀 없는 싸구려 상복 치마가 속치마도 입지 않은 맨살에 진득하게 들러붙었다. 꽉 조여 맨 가슴께가 답답했다. 치마를 말아 무릎까지 걸어 올렸다. 의자 위에 발을 올려놓고 살살 주물렀다. 피로가 좀 가시는 느낌이었다. 정신없이 주무르다 언뜻 텅 빈 우동 그릇을 바라보았다. 번쩍이는 스텐 그릇에 우스꽝스럽게 부풀어진 얼굴이 비쳐졌다.

고개를 들었다. 한 남자가 서 있었다. 로만칼라에 짙은 선글라스를 쓴 남자는 관망실의 모니터에 잠시 비춰졌던 사람이었다. 영정 사진을 보고 명패를 확인하고 사라졌던 저 사람은. 발을 주무르던 손이 저절로 멈춰졌다. 처음 보는 얼굴이지만 알 수 있었다. 아빠였다. 나를 오랫동안 바라보던 아빠가 입을 열었다.

「엄마는 첼리스트였다. 아주 오래전 일이다.」

하란은 인쇄소 후문 앞에 서 있었다. 정확한 시각이었다.

「형.」

하란은 첼로 케이스를 흔들었다. 바보 같으니라고. 누가 보더라도 속이 비었다고 알 수 있으리만큼 가볍게 들려진 케이스를 서둘러 잡아챘다. 인쇄소 화장실은 열쇠로 열고서야 들어갈 수 있었다. 더럽고 비좁은 화장실 변기를 사이에 두고 마주 서서 케이스를 열었다. 활만 덩그마니 케이스 안쪽에 끼여 있었다. 16절지 유인물 2천 5백 장이 들어가고도 스크롤 부분이 놓이는 공간의 굴곡은 남았다. 하란이 이마를 찡그렸다.

「첼로보다 더 무거워요.」

조직은커녕 아직 강의실도 제대로 찾지 못하는 풋내기 대학 초년생이었다. 허리를 잘록하게 묶고 리본으로 매듭까지 짓고 있는 연둣빛 원피스 아랫단은 레이스였다. 복숭아뼈까지 올라오는 하얀 양말이 정갈했다. 누가 보아도 운동권과는 거리가 멀었다. 적선동 한옥까지 다정한 모습으로 걸었다.

「전해 주고 곧 나와야 해.」

그녀는 고개를 끄덕였다. 납작하고 단정한 단화를 벗고 하란은 방으로 들어갔다.

나는 시계에서 눈을 떼지 않았다. 1분 30초에서 2분 동안 그녀는 방에 머물 것이다. 그녀는 자신이 만나고 있는 사람이 어떤 위치에 있는 누군지도 몰랐다. 담배를 한 대 피워 물었다. 안에서 작업할 때 누군가는 밖을 지켜야 하는 것, 그것은 철칙이었다. 예사롭지 않은 눈길이 느껴졌다. 안면이 있는 기간원이 행인을 가장하여 지나는 모습이 보였다. 발소리를 내지 않고도 뛰는 법을 나는 알고 있었다. 그가 주머니 깊숙이 뭔가 찔러 넣었다. 지폐는 제법 묵직했다.

「멀리, 한 닷새만 있다 온나.」

담배가 반도 타들어 가지 않은 시간이었는데 하란은 이미 툇마루에 앉아 있었다. 신발끈을 고리에 끼워 넣느라 그녀는 고개를 숙인 채였다. 고리는 잘 끼워지지 않는 모양이었다. 서둘러 다가갔다. 끈을 쥔 그녀의 손이 사정없이 떨리고 있었다. 겨우 끈을 고리에 꿰었다.

제대로 걷지 못하는 하란을 연인처럼 끌어안았다. 허리가 확 꺾이는 그녀의 안색이 파리했다. 몇 발짝을 걸었을까, 등덜미 너머로 좁은 골목을 무서운 속도로 달려오는 차의 굉음이 들렸다. 다급하게 차문이 열리는 소리와 발소리가 두서없이 섞였다. 건장한 목소리들이 낮고 무겁게 깔렸다.

「이쪽으로!」

어디서부터 잘못되었을까. 하란과 골목을 빠져나간 직후 투입될 계획이었는데 그들은 예정된 시간보다 5분이나 먼저 도착했다.

구둣발로 방문을 걷어차는 소리와 함께 외침과 고함, 비명은 길에서도 확연히 들을 수 있었다. 하란이 조금씩 내 쪽으로 기울어졌다. 하얗게 질린 그녀가 무엇인가 말을 할 듯한 표정으로 나를 쳐다보았다.

「조용히 앞만 보고 걸어가. 우리까지 잡히면 끝장이야.」

이상한 일이었다. 내 목소리는 차문을 박차고 내리던 기간원의 목소리와 너무도 닮아 있었다.

적선동 주택가를 빠져나올 때까지 그녀는 계속 떨었다. 나는 택시를 잡고 흥정했다.

「강릉까지요?」

시내 곳곳에 바리케이드가 쳐져 별 재미를 못 보던 기사의 입이 헤벌어졌다. 하란을 내려놓고 강릉에서 일단 차를 보낸 후, 다시 간성 쪽으로 올라갈 생각이었다. 하란의 집 근처를 두 바퀴나 돌았다. 그녀는 첼로 케이스를 꼭 끌어안고 도무지 내리려 하지 않았다. 기사가 자꾸 백미러를 흘낏거렸다.

뭔가 조금씩 어긋나고 있었다. 몇 번의 실랑이를 하는 사이에 차는 시의 경계를 벗어났다. 크고 작은 도시를 빠른 속도로 지나쳤다. 하란의 꼭 다문 입이 어두운 차창에 비쳐졌다. 그녀의 잘못은 아무것도 없었다. 그녀는 클래식 동아리 선배와, 하숙촌과 대학가를 샅샅이 꿰고 간혹 스크럼에 끼어 구호를 외치는 프락치를 같은 인물이라고 생각할 수 없던 것뿐이었다.

나는 그제까지 곧추서 있던 몸을 등받이에 기댔다. 어차피 그녀는 단순가담자로 분류될 테고, 길어야 구류 며칠이었다. 모자를 눌러쓰고 잠을 청했다.

밤의 국도는 한적했다. 쉬지 않고 달려온 차는 바다가 보이는 솔밭가의 허름한 민박집에 섰다. 자정이 가까운 시간이었다. 기사에게 흥정했을 때보다 얼마간의 돈을 더 집어 주었다.

「잘 모시고 돌아가세요.」

하란이 힘겹게 첼로 케이스를 들었다. 마치 그 안에 첼로가 들어 있는 것처럼, 아니 2천 몇 백 장의 유인물이 그대로 들어 있는 것처럼 질질 끌고 차에서 내려섰다. 촉수 낮은 알전구가 툇마루를 비추고 있었다. 어디선가 통금 사이렌이 울렸다. 작은 댓돌 위에 신을 벗었다. 양말은 이미 하얀색이 아니었다. 발등을 가로지르는 구두끈 자국이 선명했다.

민박집 방 모서리에 각각 대각선으로 쭈그리고 앉아 아침을 맞았다. 터미널은 혼잡했다. TV 앞에 많은 사람들이 몰려 있었다. 비상계엄 전국 확대, 3김의 연행 구금 소식이 계속 반복해서 보도되었다. 모인 수에 비해 사람들은 거의 말이 없었다. 침묵 속에 가끔 헛기침이 터져 나왔다. 하란도 말이 없었다. 난 그저 눈만 조금 크게 뜨고 의미를 알 수 없는 난삽한 뉴스에 한 10여 분 귀를 기울였을 뿐이다. 이럴 수는 없는 것이다,라고 생각했으면 좀 의식이 있는 인간이었겠지. 당시 나는 두 명의 병자를 포함한 일곱 식구의 목구멍에 풀칠을 해줘야 하는 실질적 가장이었다.

하란을 애써 버스에 태웠지만 버스가 떠나려 할 때 그녀는 다시 내렸다. 터미널 근처를 몇 바퀴 돌았다. 하란은 타박타박 내 뒤를 끈질기게 따라왔다. 뒤를 돌아보지 않았지만 그녀의 구깃구깃한 연두색 원피스는 사각지대에서 여전히 어른거렸다. 더운 날이었다. 나도 모르는 새 온몸이 땀으로 젖었다. 그녀를 데리고 간성으로 갈 수도, 같이 서울로 갈 수도 없었다. 여전히 혼잡한 곳을 가거나 아무도 없는 곳으로 가야 했다. 다방이 눈에 띄었다. 타이틀 방어전이 중계되고 있는 다방 안은 활기가 넘쳤다. 그곳은 박찬희만 존재했다. 하란은 어항에 머리를 기대고 졸기 시작했다.

　오구마 쇼지는 생각보다 강한 상대였다. 다방 안에 모여 있는 사람들은 그 부분에 대해서는 이견이 없었다. 물론 링 위의 박찬희는 훨씬 먼저 알아챘을 것이다. 작년 7월 WBC 플라이급 챔피언이 된 이후로 그는 두 달에 한 번꼴로 방어전을 치러 왔다. 더구나 대구에서 5차 방어전을 판정으로 막아 낸 지 겨우 한 달 남짓 지났을 뿐이었다. 구티 에스파다스와의 2차 방어에서 2회 KO를 보여 준 것을 제외하고는 판정이나 무승부였다.
　챔피언이 된 후로는 오히려 화끈하게 보여 주지 못한다는 세간의 평이었다. 그래서였을까. 필요 이상 힘이 들어간 챔피언의 훅이 번번이 허방을 내질렀다. 공기를 가를 때마다, 무게 중심을 잃은 스텝은 자꾸 엉켰다.
　4라운드가 넘어가면서 그는 자주 클린칭했다. 레프리가 다가올 때까지 오구마 쇼지를 끌어안고 헉헉거렸다.
「한 방 올려붙여!」
　흰 띠로 이마의 정중앙을 질끈 묶은 박찬희의 얼굴이 클로즈업될 때마다 다방 안이 들썩거렸다.
　흰 띠라.
　조직에서 한 뭉치씩 길고 하얀 띠를 나누어 주면 저마다 이마에 묶었다. 꽉 잡아매면 느낌이 좋았다. 단단하게 뭉쳐진 혈기가 정수리 쪽으로 모아지고 눈매에도 절로 힘이 들어갔다. 무리의 중간에서 한 발짝쯤 앞쪽에 자리 잡으면 조직원들을 거의 포착할 수 있었다. 앞의 세 줄 정도는 위치까지 외워 놓고 뒷줄로 넘어갈수록 허투루 꿰었다.

실황 중계로 후끈 달아오른 다방 안은 사람들의 열기로 가득했다. 그래서인지 더욱 덥게 느껴졌다. 벽걸이 선풍기는 모두 분홍색 보자기로 싸여 있었다. 하긴 아직 선풍기를 틀 계절은 아니었다. 경기가 잘 보이는 테이블에 몰려 앉은 사람들은 저마다 주먹을 흔들고 고함을 질렀다. 잠자리같이 얇고 고운 한복을 입은 마담과 미니스커트 차림의 레지들도 손님 테이블에 끼어 앉아 분위기를 맞춰 주고 있었다. 오구마 쇼지가 순간, 비어 있는 박찬희의 가드 아래로 라이트 스트레이트를 힘껏 뻗었다. 마우스피스가 잇몸 바깥으로 튀어나온 박찬희의 스텝이 크게 휘청거렸다. 무릎이 꺾어지려는 찰나, 벨이 다급하게 울렸다. 화면 하단에 8, 7, 6으로 줄어들던 초시계 숫자 판이 벨이 울리자마자 서둘러 지워졌다. 경기에서는 간혹 시간도 지워질 수 있는 모양이었다. 하지만 이 세상에서, 삶에서, 정말 시간이 지워질 수 있느냔 말이지.

라운드 걸이 피켓을 들고 링을 크게 한 바퀴 돌았다. 크고 풍만한 엉덩이가 리드미컬하게 흔들렸다.

「오마나, 오마나!」

레지들은 쌍화차와 주스와 쿨피스를 몇 잔씩 거푸 마시고 있었다. 방정맞은 호들갑 속에 마담은 고고한 표정으로 위스키티를 마셨다. 그 속에서도 그렇게 격이 존재했다.

나는 어항을 보고 있었다. 하얗고 검은 자갈과 너무도 짙푸르러 그것이 플라스틱임을 극명하게 드러낸 수초와 물레방아가 있었다. 두어 마리의 작은 금붕어가 수초 아래 나지막하게 엎드려 미동도 하지 않았다. 입술을 비틀었다. 자식들아. 지금 가짜 풀 밑에 숨는다고 숨은 모양인데 그것은 숨어 있는 것이 아니지. 수조를 툭, 쳤다. 꼼짝 않던 금붕어들이 재빨리 흩어졌다.

뒤늦게 레지가 다가왔다. 신나게 웃고 떠드느라 뒤쪽은 돌아볼 겨를이 없었을 것이다.

「커피 주세요.」

레지는 첼로 케이스를 끌어안고 졸고 있는 하란을 쳐다보았다. 커피가 오기 전에 나는 일어섰다. 기척을 느꼈는지 그녀가 눈을 떴다. 잠에서 덜 깬 그녀가 비틀거리면서 일어섰다. 그녀의 발걸음이 조급했다. 어항 옆에 첼로 케이스만 덩그마니 남겨졌다. 되돌아간 나는 첼로 케이스를 어깨에 둘렀다.

문을 나서려는 순간, 홀 안쪽에서 탄식과 비명이 터졌다. 뒤를 돌아보았다. 링 바닥에 뺨을 대고 엎어진 박찬희가 보였다. 흑백 화면인데도 불구하고 찢어진 눈 밑의 핏자국이 소름 끼치도록 선명했다. 분명 시뻘건 핏빛이었다. 1980년 5월 18일, 챔피언은 6차 방어에 실패했다. 9라운드 KO패였다. 그의 이마를 동여맨 하얀 띠가 쓸쓸해 보였다.

6번 강하란 화장 중. 예상 종료 시각 11시 50분. 현재 시각 10시 47분.

대기실 전광판의 글씨가 번쩍거리며 왼쪽에서 오른쪽으로 흘러갔다. 뒤이어 다른 로전실 번호와 망자의 이름이 지나가고 예상 종료 시각이 이어졌다. 로전실은 풀가동 중이었다. 편한 자세로 의자에 기댔다. 대기실의 의자는 몸의 각도에 따라 뒤로 젖혀지는 신형이었다. 아빠가 캔 두 개를 뽑아 왔다. 아빠는 의자 하나를 사이에 두고 앉았다. 표시 나지 않을 만한 각도로 주변을 둘러보던 그가 전광판을 주시했다.

「예전 대학 다닐 때 좀 알고 지냈지. 들은 적은 있는지 모르지만.」

「엄마가 대학을 다녔다고요?」

아빠가 내 쪽으로 고개를 돌렸다. 선글라스를 끼고 있어서 정확하게 어디를 보는지 알 수 없었다. 물방울이 흘러내리는 캔을 감아 쥔 아빠의 손을 보았다. 납작하고, 안으로 자연스레 굽어지지 않고 밖으로 발랑 뻗쳐 자주 깎아 주어야 하는 손톱이 보였다. 나는 손톱이 보이지 않도록 주먹을 쥐었다.

「그땐 시국이 하도 어수선해도 얼마 못 다녔지. 그동안 소식을 통 몰랐다가 이제야 어떻게 연락이 닿아서.」

아빠가 캔 고리에 손가락을 걸었다. 아빠도 왼손잡이였다.

시국이 어수선했던 것이 무슨 연관이 있는지 모르지만 엄마도 좀 어수선하게 살았다. 엄마의, 네 번째인지 다섯 번째인지 모를 남자는 집 근처에서 호프집을 했다. 내가 알기로는 엄마의 마지막 남자였다. 엄마는 필시 밀린 외상값 대신 문 닫은 호프집 구석에 옹색하게 누워 가랑이를 몇 번 벌려 주었을 것이다.

호프집 남자는 얼마 전까지도 집을 들락거렸던 눈치였다. 그는 엄마가 시추를 위협했던 활을 또 다른 용도로 사용했다고 한다. 마흔 몇 살이나 된 엄마를 발가벗겨 놓고 이웃집에도 들릴 정도로 짝짝 소리나게 후려쳤다는 것이다. 엄마 집 벨을 누르면 엄마보다 먼저 문을 열고 내다보던 옆집 할머니의 말이었다. 앞이 보이지 않아서인지 더욱 예민한 귀를 가진 할머니는 늘 엄마보다 먼저 인사를 받았다.

「왜 꼭 때리고 나면 그 짓거리여?」

몇 발짝 뒤에서 따라오던 지금의 남편이 걸음을 멈췄다. 남자친구를 데리고 오겠다고 며칠 전부터 전화를 해두었는데 하필이면. 웬만한 사이는 아니라는 것을 알면서도. 등 뒤의 그는 그 자리에 서 있었다. 그냥 돌아갈까, 하는 그의 망설임이 고스란히 전해졌다. 그냥 돌아가자고 내가 먼저 말을 꺼내려는 순간 문이 열렸다.

「요즘 몸이 안 좋아져서 말이야.」

엄마는 무릎걸음으로 기어 나와 문을 열어 주었다. 활은 신발장 옆에 있었다. 그것은 내가 아주 어렸을 때부터 그 자리에, 마치 우산이나 구두 주걱처럼 세워져 있었다. 어디선가 시추가 달려와 내 발에 감겼다. 엄마는 얼른 기대 있던 활을 집었다. 벽을 탕탕 치며 시추를 을렀다.

「시추! 저리 가지 못해!」

마치 나에게 활은 그 용도로만 사용한다고 보여 주려는 것 같은 모습이었다. 결혼 후에 남편이 물었다.

「어째 장모님은 개 이름 하나 제대로 지어 주지 않은 거야?」

엄마가 늘 술만 마신 것은 아니었다. 제멋대로 남자를 끌어들인 적도 없었다. 언제나 인사를 시켰다. 주로 술 마시다 만난 옆 테이블 남자였다.
「아빠라고 불러라.」
아빠라고 불렀다. 싫지도 좋지도 않았다. 엄마는 한번 술을 마시면 며칠 동안 꼼짝 않고 방에 처박혔지만 그 외의 시간은 부지런했고, 어느 면으론 억척스러웠다.
몇 년 전 호프집 남자를 만난 뒤부터 술 마시는 간격이 조금 더 밭아지고, 조금 더 주량이 늘어난 것뿐이다. 그 남자가 결코 나쁜 사람은 아니었다. 엄마가 모든 것을 자초했을 것이다. 먼저 호프집에 드나들며 은근한 눈길을 보내고 술을 얻어 마셨을 것이다. 술값이려니 하면서 달려드는 남자에게 활을 쥐어 주었을 것이다.
「힘껏, 힘껏 때려 줘요.」
맞으면서 엄마는 울었을 것이다. 아프니까 더더욱 소리를 높여 울었을 것이다. 술 마시고 매를 맞고 울고 덤벼들고, 또 술 마시고 매를 맞고 울고 덤벼들고.

로전실이 풀가동 중인 것처럼 대기실도 풀가동 중이었다. 상복을 입은 한 무리가 일어서면, 피곤하고 지친 표정의 또 한 무리가 들어와 의자 하나씩을 차지하고 고개를 가슴팍으로 꺾었

다. 몇몇 남자들은 구석 의자에 동그랗게 몸을 말고 졸기도 했
다. 사는 것도 쉽지 않지만 죽는 것도 고달프다,고 누군가 뒤에
서 말했다.

「밖으로 좀 나갈까.」

아빠는 로만칼라를 만지작거렸다. 눈물과 애통함과 죽음이
묵직하게 깔려 있는 대기실처럼 성직자에게 어울리는 장소가
또 있을까. 하지만 아빠는 부담스러운 모양이었다. 천장이 높은
건물 실내는 쾌적했다. 마치 예식장처럼 화려한 꽃 무더기가 한
아름씩 꽂혀 있는 복도를 지나 문 밖으로 나왔다.

막 도착한 장의 버스 짐칸이 열렸다. 삼베 건을 쓴 늙은 상주
가 허리를 굽힌 채 짐짝처럼 관이 나오는 모습을 물끄러미 보고
있었다. 구석에서 소곤거리던 여자들이 서둘러 관 옆에 둘러섰
다. 차렷 자세로 서 있던 장제장 직원이 흰 국화 한 송이를 관
중앙에 올려놓고 정중하게 허리를 굽혔다. 엄마 역시 생면부지
였던 저 직원에게 꽃 한 송이를 받고 작별 인사를 받았다. 꽃 한
송이 준비해 오지 않은 아빠는 저만큼 앞서 가며 계속 통화 중
이었다.

「네, 네. 좀 늦겠습니다.」

목소리를 낮추기는 했지만 못 들을 정도로 작은 것은 아니
었다.

「아, 예전에 좀 알던 사람이 갑자기 상을 당해서.」

예전에 좀, 알던 사람…… 예전에…… 좀…….

아빠의 걸음이 조금 빨라진 반면 내 걸음은 점점 더디어졌다.

돌아갈까. 어느 순간 걸음은 저절로 멈춰졌다. 자꾸 맨살에 휘감기는 치마를 추켜올렸다. 구두 뒤축을 눌러 신은 맨발 뒤꿈치가 훤히 드러났다. 하지만 어디로? 6번 관망실로? 남편이 곯아떨어져 있는 차로?

작년 결혼한 이래 남편은 단 두 번 엄마를 찾았다. 그는 엄마를 노골적으로 싫어했다. 나는 그런 그를 질책하거나 엄마에 대해 변명하지 않았다. 나는 엄마가 싫지도 좋지도 않았다. 엄마가 데려온 '아빠'가 싫지도 좋지도 않은 것과 같은 비중이었다. 그것은 또한 내 남편이 싫지도 좋지도 않은 것과 같은 비중이기도 했다. 남편과 나는 엄마를 자주 보고 싶어 하지 않는다는 생각은 일치했으므로 자연스레 발길을 끊었다. 엄마도 나에게 전화하지 않았다. 아마 전화기를 들고 싶을 때마다 술을 들이켜거나, 너덧 번째의 아빠를 불러들였을 것이다.

발걸음은 다시 아빠를 향하고 있었다. 아빠가 자리 잡은 벤치에 나란히 앉았다. 발을 올려놓고 뒤꿈치를 살폈다. 잔금 사이로 때가 끼어 지저분했다. 아무리 관리해도 두터운 굳은살은 늘 갈라졌다. 문득 아빠의 양말을 벗겨 보고 싶은 충동이 일었다. 선글라스를 낀 아빠가 내 뒤꿈치를 보고 있을까.

멀지 않은 곳에서 나팔 소리가 들렸다. 산 위쪽이었다. 제법 긴 소절인데 끊어뜨리지 않고 부는 솜씨가 대단했다. 자주 듣던 곡은 아니었지만 귀에 익은 곡조였다. 음 하나하나가 대단히 길었다. 호흡이 긴 남자일 것이다. 문득 호프집 남자가 떠올랐다. 그 남자가 예전에 나팔을 불었다는 얘기를 들은 것도 같았다.

아빠에게 고개를 돌렸다.

「그런데 엄마가 돌아가신 소식은 누가 알려 줬어요?」

하란은 나를 보자 빙긋 웃어 보였다. 그녀는 재래시장 구석에 좌판을 벌려 놓고 있었다. 이십 몇 년 만인데도 그녀는 어제 만났다 헤어진 듯한 표정이었다. 두리두리한 뱃살을 조인 국방색 전대 아래 무릎을 덮은 낡은 담요가 조금 들썩였다. 그녀는 앉은 채로 엉덩이를 움직여, 마치 늘 오는 단골손님을 맞는 것처럼, 자리를 만들어 주었다. 나란히 앉으니 어깨가 부딪혔다. 짙은 술 냄새가 그녀의 어깨 언저리에 흠뻑 젖어 있었다. 이미 부딪힌 어깨를 다시 한 번 부딪히며 그녀가 말했다.

「형의 설교는 가끔 듣고 있어요.」

「그렇습니까.」

짐작대로 하란은 방송을 타기 시작한 나를 알고 있었다. 나는 그녀의 옆에 앉아 TV를 보았다. 새해부터는 케이블 채널에서 내가 설교하는 모습을 볼 수 있을 것이다. 지난 6개월간 민영 라디오 프로그램에 고정 패널로 출연했다. 위쪽에서 물밑 작업을 해서 다리를 놔주긴 했지만 짧은 시간 동안 청취자의 마음을 사로잡는 일은 누구나 할 수 있는 일은 아니었다. 예상대로 반응은 호의적이었다.

일주일에 한 번 30분 설교를 방영하는 조건으로 나는 기독교 채널에 막대한 헌금을 했다. 단기간 내 교회를 급성장시킨 목회자의 반열에 들 날도 멀지 않았다. 대중은 자신들의 인식에서 조금만 벗어나고 뭔가 특이하다고 생각하면 어김없이 주시하고 추종하게 마련이었다. 며칠 구류를 살았어도 운동했다고 목소리에 힘을 주는 세상이었다. 수염을 기른 운동권 출신의 목회자는 이제 서서히 두각을 나타내게 될 것이다.

열이틀 동안 솔밭 옆 민박집에 머물렀다. 방에는 TV도 신문도 없었다. 하란은 문밖을 나가지 않으려 했다. 방 안에서 라면을 끓여 먹거나, 민박집 아줌마가 차려 주는 밥상을 받았다. 밥상을 밀어 놓은 자리에 누워 그녀는 원피스를 허리까지 걷어 올렸다. 구석으로 피해 있는 나에게 달려들었다.

「제발이요, 나 좀 어떻게 해봐요.」

활을 손에 쥐어 주며 그녀는 애원했다.

「실컷, 실컷 때려 줘요.」

그녀는 분명 술 한 모금 마시지 않은 맨 정신이었다.

나는 술을 마셔야 했다. 술을 마시면 상대방이 술을 마시지 않은 맨 정신이라는 것을 잊어버린다. 세상은 내 편이 아니었고 나는 죽지 않으면 까무러치기로 살고 있었다. 아무것도 무섭지 않았다. 두려운 것은 나 자신이었다. 갑자기 파도 속으로 내 몸을 던져 버리지 않을까 해서, 내 자신이 못 미더워 백사장도 맘대로 걷지 못했다.

하루에도 몇 번씩 하란은 허리를 묶은 리본을 제 손으로 풀었다. 정신을 차리고 보면 그녀의 몸 여기저기에 길고 가는 상처 자국이 보였다. 부풀어 오르고 피가 맺힌 상처를 보면 피가 다시 끓어올랐다. 화사하던 연둣빛 원피스는 심하게 구겨지고 더러워졌다.

담배를 사러 가면서 모처럼 신문을 펼쳤다. 나 같은 잔챙이들은 알 수 없는 어떤 상황이 종료된 듯 보였다. 직원에게 전화했다.

「내일 저녁까지 머물러.」

다음 날 13시 35분, 서울에서 급파된 형사들에 의해 우리는 검거되었다.

나는 기관의 용의주도한 처리로 석 달을 넘기지 않고 출소했고, 단순 가담자로 분류된 하란은 조서 후 곧 풀려났다. 그녀는 학교에 나오지 않았고, 나는 이내 그녀를 잊었다. 사소한 것까지 기억하기에는 큼직한 사건들이 너무 자주 터지던 시기였다.

TV 화면에서는 수염을 단 남자들이 말을 타고 어디론가 달려갔다. 그녀는 내 옆에 앉아 드라마에 집중했다. 드라마는 클라이맥스를 향해 치닫는 중이었다. 둥둥 북소리가 나는 배경 음악이 점차 빨라졌다. 그들은 호기롭게, 과장되게 소리쳤다. 짬짬이 그녀는 미제 수통 뚜껑을 열었다. 사하라 어디쯤에 모래바람을 맞고 서 있는 용병의 허리춤에나 달려 있어야 할 그것이 어째서 그녀의 전대 안에 들어 있는지, 내용물이 어째서 술이어야 하는지 물을 수 없었다. 나도 모르게 덥수룩한 턱수염을 더듬었다.

「누구나 한때는 저렇게 살 때가 있습니다.」

「그거, 형 이야기예요?」

「아닙니다.」

하란이 느닷없이 일어섰다. 능숙하게 방수천으로 물건들을 뒤집어씌우고 검고 굵은 고무줄로 옥죄었다. 세 개의 알전구를 끄고 그녀는 외투를 걸쳤다. 철시한 맞은편 가게의 거무스레한 유리창으로 그녀가 내 등을 바라보며 담배를 피우는 모습이 비춰졌다. 손을 외투 주머니에 찔러 넣은 채였다. 새빨간 담뱃불이 그녀 입 언저리에서 명멸했다. 불빛이 별처럼 반짝거렸다.

「눈매는 여전하네요. 단번에 몇 군데를 꿸 수 있는 그 재주 말이야.」

등 뒤에서 조금 쉰 듯한 하란의 목소리가 들려왔다. 역시. 하란이 그때 왜 그렇게 구두끈을 매지 못했는지 알 것 같았다. 그녀와 좀더 가까워져야 할 필요가 있었다. 망설이다가 그녀의 허리를 감았다. 한쪽 어깨에 그녀가 머리를 기댔다. 두툼한 외투 안의 투실한 살집이 느껴졌다. 순간 이 여자가 정말 그때의 하란이 맞는지 혼란이 왔다.

「형은 이제 술은 못하시겠네?」

「할 수도 있습니다.」

시장 골목이 끝나는 곳에 좁고 지저분한 호프집이 있었다. 호프집 남자는 별로 말이 없었다. 셔터를 내리고 술을 마셨다. 술취한 하란이 혼자 떠들었다.

「여긴 내 집이나 마찬가지고, 저인 내 남편이나 마찬가지고, 그렇지? 여보? 이분은 이제 좀 있으면 엄청 뜰 거야. 요즘은

목사도 스타니까. 그렇죠, 형? 저이는 나팔을 불어요. 멋들어
진 양반이지?」

나는 술잔을 입에 댔다 떼기를 반복했다.

며칠 전 호프집 남자가 전화를 걸어 왔을 때, 자신과 하란과
의 관계에 대해서는 말하지 않았다. 요지에서 벗어나 적당히 생
략된 부분이었다. 호프집 남자가 협박한 것은 아니었다. 간절했
고 정중했다.

「얼마 못 삽니다. 한 서너 달? 목사님이 한 번은 만나셔야 정
리가 될 것 같아서 그럽니다.」

하란이 다시 담배를 입에 물었다. 라이터는 쉽게 불이 붙지
않았다. 나는 하란의 두 손을 감싸 쥐었다. 그제야 불길이 길게
솟아올랐다. 찌직. 하란의 앞 머리카락 몇 가닥이 그을렸다. 누
린내가 확 끼쳤다. 그녀는 양 뺨이 옴폭 파이도록 깊게 담배를
빨았다. 하란이 어깨를 으쓱 올렸다 내렸다.

「딸내미는 시집가서 매 맞지 않고 잘 살고 있고, 나 역시, 보
시다시피 이만하면 아쉬운 것은 없고. 그런데 형. 그렇게 자
꾸 존대하지 않아도 되는데. 우리 그래도 한때 그런 사이가
아니었잖아? 말 놔요.」

「죄송합니다.」

「……개새끼.」

휴대폰 속 남편의 목소리에는 짜증이 묻어났다.

「대체 어디 있는 거야? 시간이 다 되어 가는데, 관망실에도

없고, 식당에도 없고, 대기실에도 없고.」

「아, 여기…….」

「아, 저기 있구나, 보여, 보여.」

남편이 휴대폰을 든 채 길을 건너는 모습이 정면에 보였다. 얼결에 일어났다. 남편은 걸음이 빨랐다. 다가온 남편 앞에서 아빠는 선글라스를 벗었다. 외까풀의 매서운 눈초리가 드러났다. 하지만 웃으면 눈두덩이 소복해지면서 부드러워질 것이다. 선글라스를 벗으면 안 되는데, 눈웃음치면서 웃으면 안 되는데.

「대학 선배입니다. 어떻게 소식을 전해 듣고 부지런히 왔는데 좀 늦었습니다.」

「아, 네에.」

남편은 의아한 눈치였다. 그 의미는 알아들었다. 대체로 이런 뜻이었을 것이다. 장모님이 대학을 다녔다고? 술주정이 남달라 온 동네 소문이 나고, 시장통 놈팡이들을 끊이지 않고 끌어들이던 장모님이?

대기실의 의자에 앉기도 전, 전광판의 글씨가 바뀌어졌다.

6번 화장이 종료되었습니다. 삼가 고인의 명복을 빕니다. 유가족께서는 분골실로 오시기 바랍니다.

종료, 라고 쓴 커다란 원이 호프집 네온처럼 호화로웠다. 시계를 보았다. 1시간 32분 동안 엄마는 활과 함께 태워졌다.

마스크로 눈 바로 아래까지 가린 직원이 엄마의 흔적을 빗자

루로 쓸었다. 모으니 두어 줌쯤 되어 보였다. 그 흔적 속에는 활의 잔해도 얼마간 포함되었을 터였다. 작은 삽으로 떠서 흰 종이에 담고 규격에 맞추어 잘 싸 푸른빛이 감도는 항아리에 담았다. 뚜껑을 닫기 전, 다시 흰 종이로 입구를 감쌌다. 두 손으로 항아리를 안았다. 엄마는 놀라울 정도로 뜨거웠다. 가슴께가 불에 덴 것처럼 화끈거렸다. 저리 가지 못해! 엄마가 활로 나를 후려치고 있었다. 마치 시추를 몰아내듯 나를 몰아내고 아빠를 몰아냈다.

유해를 모시는 입구에 마련된 작은 대리석 단에 항아리를 내려놓았다. 향을 사르고 새 초에 다시 불을 붙였다. 남편이 영정 사진을 기대 놓았다. 엄마는 낯설었다. 엄마는 늘 그렇게 낯설었다. 직원이 와서 명패를 꽂고 갔다. 8274 강하란. 항아리에 담긴 엄마는 대형 마트의 물품 보관함만 한 곳으로 들어갔다. 나의 뒤를 남편이, 남편의 뒤를 아빠가 천천히 따라오고 있었다. 아빠가 주위를 둘러보았다. 실내는 서늘했고 고요했다.

「잠깐 기도하십시다.」

눈을 감은 아빠는 두 손을 모으고 숨을 고르고 있었다. 로만 칼라에 살짝 가려졌던 목울대가 몇 번 오르내렸다. 침 삼키는 소리가 정적을 갈랐다.

「여기, 사랑하는 자매님을 당신에게 보내드립니다. 그가 지니고 살아온 고통과 아픔과 상처는.」

기도는 중간에 끊어졌다. 아빠는 잠시 동안 가만히 있었다.

발소리를 내지 않고 아빠와 남편의 곁을 떠났다. 이제 다시는 아빠 곁에 서는 일은 없을 것이다. 대신 엄마처럼 가끔 라디오 채널을 돌려 아빠의 목소리를 들을지는 알 수 없다. 향을 사르던 곳을 지날 때 다시 이어지는 아빠의 기도 소리를 들었다.

「여기 슬픔을 당한 유족의 마음을 주님께서…….」

건물 밖으로 나왔다. 정오의 땡볕이 뜨거웠다.

검은 광택이 번쩍거리는 캐딜락이 정문 쪽으로 미끄러져 들어왔다. 보닛 위의 조화 다발은 풍성했고, 싱싱했고, 아름다웠다. 차의 지붕 위에 장식된 커다랗고 하얀 레이스 리본이 살짝 바람에 날렸다. 리본 한가운데 가득 꽂혀 있는 백장미 다발에서 진한 향내가 났다. 육중한 차의 뒷문이 열리자 꽃으로 가득 장식한 관이 보였다.

어디선가 나팔 소리가 들려왔다. 비브라토가 없는 나팔 특유의 음색으로 곧게 퍼져 나가는 소리도 꽃만큼이나 향기롭고 아름다웠다. 누구의 진혼곡일까. 머릿속을 더듬는데 느닷없이 곡명이 떠올랐다.

내 기억이 정확하다면 모차르트가 죽어 가면서 만들었다는 그의 마지막 작품인 레퀴엠 〈라크리모사〉, 눈물의 날이다.

용문(龍紋) 암막새

냉동 칸에서 고등어 한 마리를 꺼낸다. 랩에 싸인 고등어는 잘 손질되어 있다. 전자레인지에 넣고 2분간 해동한다. 주파수 2,450메가헤르츠, 약 12센티미터 파장의 전자파가 레인지 안에 누워 있는 고등어의 퍼런 등허리를 쏘아 댄다. 샛노란 전자파는 고등어 살 속의 분자를 1초에 24억 5천만 회를 진동하면서 마찰열을 발생시킬 것이다. 몇 시간 전 미리 냉동실에서 꺼내 놓았더라면 자연해동이 되었을 텐데. 나는 혀를 끌끌 찬다.

손을 바라본다. 힘줄이 나뭇가지처럼 뻗은 손등은 가는 주름으로 가득 덮여 있다. 겨드랑이나 긁어 대고 중력분 밀가루에 고등어나 굴리는 손, 벌써 몇 달째 자판 위에 올라가기만 하면 마비가 온 것처럼 굳어져 변변한 문장 몇 개도 토해 내지 못하는 손을 지그시 쏘아본다. 나의 내면 어딘가를 그 어떤 전자파가 1초에 24억 5천만 회를 진동하기 시작한다. 1초씩 줄어드는 레인지의 타이머를 보면서 나의, 이 오른손을 뭉툭한 칼로 내리쳐, 너무 놀라 피가 나오는 것도 잊어버린 채 파랗게 질려 있는 손목을 고등어의 등허리에 가지런히 놓고 또다시 2분을 돌린다면, 하고 생각한다. 깜짝 놀란다. 뒤를 돌아보지 않는다. 나도 모르게 싱크대 문짝 안쪽에 꽂혀 있는 독일제 쌍둥이 칼을 꺼낼까 봐, 나도 모르게 가장자리가 거무튀튀하게 썩어 들어가는 나무 도마의 정중앙에 손목을 올려놓을까 봐 온몸이 경직된다.

땅. 타이머가 0을 가리킨다. '나도 모르게' 무슨 일인가 저지를 것 같은 두 손을 꼭 마주 잡은 채 레인지 안의 고등어를 바라본다. 한눈에 보아도 어느 부분은 익었고, 어느 부분은 얼음에 서걱할 것이며, 또 어느 부분은 알맞게 해동된 것임을 알 수 있다. 레인지를 열고 고등어의 이곳저곳을 눌러본다. 뜨겁고 따뜻하고 미세하게 차가운 부분이 차례로 감지된다. 고등어의 방향을 바꾸어 놓고 레인지 문을 닫는다. 등 뒤의 쌍둥이 칼이 어른거린다.

어느샌가 나는 오른손을 가만히 문지르고 있다. 자판에 닿을 때마다 짤깍거리는 소리가 듣기 싫어 바짝 깎은 손톱, 한때는 혹처럼 튀어나왔던 검지 손톱 옆의 굳은살과, 엔터 키와 쉬프트 키를 누르느라 힘껏 뻗었던 새끼손가락을 쓰다듬는다. 갑자기 오른손이 허전하다. 레인지 안을 들여다본다. 고등어와 나란히 놓인 내 손목이 선명하게 보인다. 타이머를 다시 2분에 맞춘다. 몇 억 몇 천 회를 진동하며 쏘아 댄다는 샛노란 전자파가 내 손목과 고등어를 균등하게 비춘다. 이제 나는 소설을 쓸 수 없다.

불타는 낙산사를 보면서 고등어구이를 먹는다. 앉은뱅이 다 탁을 놓고 그 아래 발을 쭉 뻗고 앉아 화면에서 눈을 떼지 못한 다. 불타는 절이라. 거기에 대해서는 할 말이 여간 많아야지. 머 릿속에서도 불이 나는지 뒤통수가 따끈따끈하다. 열흘이 넘도 록 잠잠하던 전화벨이 울린다.
「TV 보고 있어요? 낙산사?」
강의 전화다. 두 달 동안이나 연락을 뚝 끊고 잠적하더니만. 전화 올 줄 알았다. 절이 불타는 것을 보고 가만있겠나. 전화기 를 든 채 뼈에 붙은 살점을 세심하게 발려 놓는 데 열중한다. 저 쪽에서는 내 입이 떨어지기를 기다리는 눈치다. 한 수저 그득하 게 밥을 뜬 다음 두툼한 살점을 얹어 입속에 밀어 넣고 우물거 린다.
「지금 밥 먹고 있거든.」
「KBS 돌려 봐요. 기자가 경내까지 들어갔네.」
강의 목소리는 엊그제 얼굴을 봤던 것처럼 천연덕스럽다. 나 는 채널을 돌린다. 불타는 동종 바로 앞에 기자가 서 있다. 저녁 이랄 수도 밤이랄 수도 없는 애매한 시간대의 하늘은 짙고 어두 운 회색빛이다. 경내 어귀에 서 있는 기자의 등 뒤로 불길은 초 속 10여 미터의 강풍을 타고 풀무질이라도 한 것처럼 거세게 타오르고 있다. 동종을 에워싼 화염은 너무도 선명하여 오히려 비현실적으로 보인다. 강의 목소리가 조금 높아진다.

「불타는 모습을 보았으니 이제는 감이 확실히 오겠네요.」

갑자기 기왓장 위로 불티가 어지럽게 튀는 모습이 화면을 가득 메운다. 강한 화력에 의해 기왓장 조각들이 튕겨 나간다. 젓가락으로 고등어의 뱃살 부분을 헤집던 나는 어쩔 수 없이 부엌쪽 식탁 위로 눈길을 준다. 용문 암막새가 노트북 옆에 놓여 있다. 저 기와 조각 역시 불이 나는 바람에 폐사되었고, 그렇게 폐허가 된 어느 절터에서 발굴된 것이다.

처음 저것이 내 손에 들어왔을 때 나는 뭔가 손에 잡힌다고 생각했다. 사실적 묘사에 이미지를 아우르고 소설적 미학까지 풀어 넣어, 저렇게 용이 하늘로 올라가는 모습을 글로 보여 줄 수 있다고 생각했다. 눈을 질끈 감는다. 보여 준다고, 보인다고 쓸 수 있는 것은 아니다. 나는 이제 소설을 쓸 수 없게 되었다고 말한다.

「왜요?」

「전자레인지에 넣고 돌려 버렸거든.」

「뭐를?」

「내 오른손.」

전화가 뚝 끊어진다. 나는 다시 고등어 가슴 부분의 큼직한 살점을 우물거린다. 제법 큰 덩어리는 더 이상 내려가지 않는다. 가슴을 탕탕 두드리며 물을 마신다. 고등어를 먹은 입이나 물을 마신 입이나 그 입이 그 입이므로 컵에는 비릿함의 잔재가 어쩔 수 없이 남아 있다. 컵의 가장자리를 손가락으로 주욱 훑고 다시 물을 따른다. 비릿한 기운이 목까지 차오른다. 얼결에 컵을 놓친다.

　수저를 내려놓는다. 진작 내려놓았어야 했다. 다탁은 엉망이
다. 나에게 물 먹이려고 엎어져 버린 것이 분명한 컵을 세운다.
고등어 대가리를 뗀 부분, 갈매기 형상의 부드러운 굴곡의 절지
면 아래 살만 남아 있는 고등어를 본다. 퍽퍽하고 맛없는 살만
남은 고등어는 퍽퍽하고 맛없는 글만 써온 나와 다를 바 없다.
다 읽은 후 감동으로 목이 메는 것이 아니라 퍽퍽함과 비릿함에
후두부가 꽉 막혀 버려 숨을 못 쉬게 된 심사위원들이 내 글을
뽑아 줄 리가 있나. 그나마 용문 암막새를 끌어안은 후로는 임
포 환자처럼 도무지 손가락이 서질 않았다.

　무시로 어루만지고 쓰다듬어 손독이 오를 지경인 암막새의
용은, 눈을 감고 만져도 용의 어느 부분인지 손끝은 분명하게
느끼겠는데 자판은 누르지 못하다니. 손끝에서 그대로 멈추어
선 용의 형상이 머릿속에서는 자유자재로 날아다닌다. 머리에
서 가슴으로 손끝으로 그리하여 단어와 문장으로 그렇게 나올
순 없나. 콧등이 시큰해진다.

　전자레인지 안에서 '2분 돌리기'를 당한 오른손으로 야멸치
게 티슈 한 장을 뽑아낸다. 일단 눈 주위를 꾹꾹 누르고 인중까
지 내려오려 하는 말간 콧물을 닦은 다음 명치 부근의 음습해진
부위를 잠시 눌렀다가 허벅지의 굴곡을 따라 팬티 라인까지 흘
러든 물줄기의 흥건한 부분에 이미 흠뻑 젖은 티슈 뭉치를 올려
놓는다. 한 장으로 어림없다. 똑같은 방식과 순서로 다시 한 장,
또다시 한 장을 사용한다.

TV 화면이 낙산사, 양양의 산불 현장, 고성의 잔불 끄는 현장을 차례로 돌면서 같은 필름을 끈질기게 되풀이 보여 주는데 어느새 현관 모니터에 강의 모습이 비친다. 빨리도 왔네. 앞뒤로 심하게 흔들리는 그의 상체가 불안정해 보인다.

내가 소설가라면 강도 소설가이고, 내가 소설가가 아니라면 강도 소설가가 아니다. 강과 나는 지역에서 결성된 동인회에서 만났다. 글을 쓰는 사람은 누구든 들어올 수 있는 동인회에서 강과 나만 소설을 썼다. 문예지의 최종심에 몇 번 오른 적이 있는 강과, 지역 백일장 출신으로 신춘문예에 몇 년째 줄기차게 응모하기를 쉬지 않는 나는 어느 정도 말이 통했다. 연말이면 출판비 얼마씩을 갹출해서 만든 동인지 세 권을 뒤로하고 그는 이내 본업인 공인중개사로 돌아갔다. 나보다 여섯 살이나 어렸던 강이 등단의 적기였음에도 소설을 접었던 것은 대한민국에서 남자가 소설가로 살아남을 확률에 대해 고심한 결과였을 것이다.

가끔 강은 전화를 걸어 안부를 물었다. 땅을 보러 간다는 그와 몇 번 점심을 먹기도 했다. 소설에 대한 이야기를 나눌 수 있는 사람은 강뿐이었다. 언제부터인가 나는 외부와의 연락을 끊고 있었으므로 강과의 동행은 즐거웠다.

「나는 소설을 써야 해.」

강에게 굳이 구질구질한 과거사를 늘어놓고 싶지 않았다. 남편과 이혼했다고, 자식들이 독립했다고 간단하게 말했다. 강은 내 말을 알아들었다.

「열심히 쓰세요.」

작년 가을 훈제 오리를 먹으러 가지 않았더라면 그냥 그런 관계가 지속됐을지도 모른다.

훈제 오리 식당은 시 경계 부근의 외곽에 있었다. 곳곳에 타워 크레인이 솟은 개발 구역과 8홀 골프장에 간간이 모텔도 눈에 띄었는데, 길가의 비닐하우스까지 뒤섞여 도로변은 어수선했다.

「발견된 지 얼마 되지 않은 폐사지인데 볼만하답니다. 멀지 않아요. 차로 한 10분? 휘 둘러보시고 오시면 얼추 시간도 맞아떨어집니다.」

훈제 오리는 주문 즉시 나오는 것이 아니라는 종업원의 말이었다. 그동안 대체 뭘 하면서 기다릴 거냐고 내가 강에게 다그치는 소리를 들었던 모양이었다. 아마 그 식당에서는, 화덕에서 오리가 구워질 동안의 시간을 견딜 수 없어 하는 손님들에게 늘 그렇게 말해 왔을 것이다.

「폐사지요?」

강과 나는 얼굴을 마주 보았다. 옛 절터라.

「어쩌면 소설의 좋은 소재가 될 수도 있으니까 한 번 가보실래요?」

강이 나를 부추겼다. 변변한 작품 하나 못 만들고 몇 달째 죽을 쑤고 있는 내 형편을 아는 강의 배려이기도 했다. 나는 다시 강의 차에 올랐다.

폐사지는 대규모 신규 아파트 단지 뒤쪽에 자리 잡고 있었다. 4차선 도로가 갑자기 2차선으로 급격하게 줄어들면서 도로면은 엉망이었다. 군데군데 깊게 파인 웅덩이를 곡예하듯 피하면서 레미콘 공장의 철옹성 같은 담을 끼고 돌았다.

야트막한 야산으로 접어들자 길은 아예 비포장도로였다. 폐사지에 대한 자그마한 안내판이 없었다면 길을 잘못 들어선 줄 알았을 것이다. 허름한 공장처럼 보이는 발굴 자료관 앞에 차를 세웠다. 폐사지 한 바퀴 둘러보기에도 빠듯한 시간이었다.

강과 나는 차에서 내려 군부대 담장을 따라 기역자로 꺾어진 길을 걷기 시작했다. 산등성이로 오르는 작은 오솔길에는 온통 기와 조각이 널려 있었다. 마치 누군가가 일부러 잘게 부수어 놓기라도 한 듯 기와 조각은 2, 3센티로 균등했다. 둔덕은 억센 잡풀로 시퍼렇게 물들어 있었다. 깎아내린 둔덕을 기와 조각으로 다져 놓은 두 평 남짓한 조망대가 나타났다. 1565년과 1595년 사이, 화재로 소실되어 폐사된 회암사지는 그렇게 해서 내 눈앞에 펼쳐진다.

음. 강과 나는 눈앞의 정경을 보고 신음했다. 완만한 산자락을 직각으로 깊게 파내 간, 만여 평이 넘는 넓은 지대에 자리 잡은 거대한 발굴지였다. 하늘 높이 떠서 땅을 바라보면 이런 느낌일까. 허리춤까지 웃자란 무성한 잡초 더미 사이로 포복하듯 낮게 깔린 크고 작은 초석이 일정한 간격으로 가지런히 널려 있

었다. 400여 년 전까지만 해도 수많은 신도와 승려들이 오르내
렸을 돌층계도 보였다. 누군가 돌층계를 정갈하게 쓸어내리는
비질 소리가 사락사락 귓전을 울렸다. 어린 시절 분필로 흙바닥
에 집을 그린 것처럼 돌덩이들로 구획이 나누어진, 이 세상에서
본 것 중 가장 큰 평면도였다. 이 절터에서 높이 솟아 있는 것은
당간지주뿐이었다.

고려 중기에서 조선 중기까지 건재했던 조선 최대의 사찰로
이성계의 또 다른 궁이기도 했던, 한때는 2천여 승려가 머무르
기도 했다는 회암사. 이제 이백예순두 칸의 대형 사찰은 불에
타 사라졌고 폐허가 된 터만 남아 있는 곳.

너른 들판뿐인 1950년대의 회암사지 흑백 사진이 조망대에
길게 펼쳐져 있다. 조망대에 구비된 홍보물 보관대 아래 누군가
써넣은 글귀가 있었다.

지금 당신이 밟고 있는 지점은 제2차 발굴 작업이 시작된 몇 년
전까지만 해도 잡목이 우거진 제법 울창한 숲이었습니다.

다리에 힘이 빠지면서 가슴이 울렁거렸다. 온몸을 웅숭크린
채 쭈그리고 앉았다. 1미터 이상 땅속에 묻혀 있던 폐사지 앞에
서 있는 것 자체가 건방지지 않은가. 그때, 강이 내 옆에 있었던
가? 이상하게도 강이 보이지 않았다. 만져지지도 않았다. 어디
선가 소리가 들렸다. 아주 멀리, 날개를 퍼덕이며 날아가는 새
에게서나 들렸음 직한 야릇한 의성어였다. 나는 그 소리의 의미

를 알아들었다.

 나는 간다. 너도 간다. 모두 가버린다. 사라진다.

 훈제 오리집이 저만큼 보이는 지점에 이르렀을 때, 신호를 기다리던 강이 문득 길 건너편을 가리켰다. 자금성. 개업 현수막이 걸린 모텔이었다. 기와를 얹고 돌벽으로 외장된 모텔은 또 다른 회암사처럼 보였다. 강의 눈빛이 이상스레 번득였다. 식당을 그대로 지나쳐 유턴했다.

 강과 나, 둘 다 말이 없었다. 붉은 주단이 깔린 복도를 조용히 걸었다. 방 안에도 붉은 주단이 깔려 있었다. 경극에서 흔히 보던, 허리춤을 묶는 붉은색 비단 가운 두 벌이 침대 머리맡에 잘 개켜져 있었다. 변검에서 사용할 법한 조악한 가면도 있었고 크고 넓은 중국식 부채도 있었다.

 오후 2시의 땡볕이 한 치도 들어오지 못하게 붉은 커튼이 드리워진 실내에는 아로마테라피 향이 그윽했다. 푸른 형광색의 가습기에서 뿜어져 나오는 하얀 김이 정강이 아래를 휘감았다. 폐사지 한쪽에 서 있던 당간지주처럼 멀뚱하니, 1미터쯤 떨어진 곳에 선 채 서로를 바라보았다. 아무 생각이 나지 않는다는 듯한 강의 표정을 읽었다. 아마 내 표정도 그러했을 것이다. 그냥, 나는 간다, 너도 간다, 모두 가버린다, 사라진다,였겠지.

 말이 없고 조신하던 강이 가면을 뒤집어쓰고 내게 달려들었다. 시뻘겋게 칠해진 눈구멍 속의, 그 깊고 무연해 보이던 눈동자가 정말 강이었을까. 부채를 살랑거리면서 강에게 끈적한 눈길을 던지던 내가 정말 나였을까.

우리는 누가 먼저랄 것도 없이 서로에게 달려들었다. 넘어지고 엎어지면서 침대 위로 기어올랐다가 다시 떨어졌다. 온몸이 땀에 젖은 채 뒹구는 모습은 K1 격투에 버금가리만큼 격렬했다. 강이 어느 순간 부르르 몸을 떨었다.

「이상해요. 어떤 기운이 느껴져요.」

번호 키가 차르르 돌아가며 문이 열린다. 강은 내 집의 현관 키 번호와 자기 집의 현관 키 번호를 같게 만들었다. 자금성 사건 이후 강은 나라에서 정한 기초생활 대상자의 소득 지원 수준으로 내게 생활비를 지원했다. 시간이 갈수록 간격이 뜸해지긴 했지만, 한 달에 두어 번 집에 머물고 가는 대가로 친다면 그런대로 괜찮은 수준이라고 나는 자위하고 있었다.

「하이.」

나는 현관에 들어서는 강을 향해 이미 쓸모없게 되어 버린 오른손을 들어 보인다. 전자레인지에 2분 들어앉았다 나오는 바람에 손가락 끝은 익어 버렸고 두툼한 손바닥은 핏물이 괼락 말락 하며 손목 어귀에는 끊어진 힘줄이 간신히 매달린 그 손을 강이 꾹 잡아 준다. 낙산사의 불길이 손에까지 와 닿았는지 화끈거린다. 정념이 무엇인지 이제야 알겠다. 파토스가 종종 이성의 명령에 반하기 때문에 어느 학파에서는 병이라고 했다지, 아마? 억지로 올린 입매가 우그러지며 사정없이 떨리기 시작한다.

「이 자식아.」

술을 마셔야만 나오는 강을 부를 때의 호칭이 그만 입에서 튀
어나온다. 강이 다탁을 장식장 앞까지 밀쳐놓고 자리를 잡는다.
다탁 주변에 흩어져 있는 티슈 뭉치 틈에 그대로 앉아 내 어깨
를 투덕거리기 시작한다. 근육질인 강의 등덜미를 힘껏 끌어안
는다. 놀이공원의 바이킹 형상으로 엉겨 아주 천천히 움직이기
시작한다. 나는 멀미가 나는 것처럼 어지러워진다.

타타타타. 낙산사 경내를 항공 촬영하는 헬기 소리가 심장의
박동 소리에 엇박자로 끼어든다. 강의 어깨 너머로 화면 속의 불
길이 보인다. 여전히 기세등등하게 타오르는 불길 속의 사찰이
줌 업 된다. 시뻘겋게 타오르던 사찰의 문설주가 힘없이 꺾어진
다. 한순간이다. 어딘가에 몰려 있던 열기가 온몸으로 퍼진다.

강이 튀김 기름으로 번들거리는 나의 입술을 잘근잘근 깨문
다. 잇새에 고등어 살점이 끼어 있는 비릿한 입안으로 강의 혀
가 들어온다. 나는 말을 할 수가 없다. 소설도 못 쓰는데 이제는
말까지 할 수 없게 되어 버렸다.

아로마테라피의 은은한 향이 생선 냄새를 몰아내고 있다. 자
금성에서의 변검 가면과 부채로 가려진 K1 격투를 잊지 못한
강이 인터넷으로 주문한 것이다. 순서대로라면 강이 오면 제일
먼저 향을 피우고, 약간의 음주를 곁들이다가 두어 번에 한 번
은 잘 정돈된 침대까지 가는 것이 정석 코스였을 터였다.

좁은 부엌에서 냉장고를 몇 번이나 여닫으며 바쁘게 움직이
던 강이 나를 부른다. 다탁에는 오징어포며 아몬드에 어디에 두

었는지 감감했던 치즈까지 놓여 있다. 아내에게도 그렇게 잘하
느냐고 묻고 싶은 것을 꾹 참고 딴청한다.

「어쩌다 보니 순서가 뒤죽박죽이 되어 버렸네.」

「다시 시작하는 거죠, 뭐.」

강은 아직도 존댓말과 반말을 반씩 섞는다. 그 말의 공허함을
직감적으로 느낀다. 그는 지금 점점 멀리 가고 있다. 언더락스
잔을 들고 식탁 주위를 서성이던 강이 나를 돌아본다.

「이게 뭡니까?」

나는 강이 뭘 말하는지 안다. 노트북 옆에 놓인 기와 파편을
이제야 발견한 모양이다. 눈을 돌릴 수 없다. 나는 눈을 내리깔
고 술만 들이켠다. 강이 얼음 조각을 깨물어 먹는다. 으드득거
리는 소리가 유난히 크게 들린다. 다가온 강이, 폐사지 초입에
우직하니 놓여 있던 괘불처럼 내 앞을 막아선다.

「그, 폐사지에 또 갔었죠?」

그의 손에 들린 작은 기와 조각을 가만히 바라본다. 용문 암
막새. 강은 모르겠지만 그의 엄지손가락은 물방울 모양으로 돌
출된 용의 눈을 가리고 있다. 마치 강이 내 눈을 가리기라도 한
것처럼 아무것도 보이지 않는다. 눈두덩을 문지르면서 어렵사
리 입을 뗀다.

「사실은 진입로 부근 길가에서 주운 건데, 별 가치는 없는 기
와 조각이야.」

힘이 쪽 빠진 내 목소리는 '사실'은 사실이 아니라고 분명히
말하고 있다. 서둘러 다시 식탁으로 다가간 강이 노트북 옆에

쌓아 놓은 복사지 더미를 뒤져 종이 몇 장을 골라낸다. 글줄이나 썼던 실력으로 단번에 내용을 훑는다. 강은 평소보다 두 배속 빠른 속도로 읽어 내려간다.

유물 명칭 용문(龍紋) 암막새. 출토유구 6단지. 유물 재질 대분류 기와류. 유물 재질 중분류 암막새. 측정값 상중하 2.1센티미터로 동일. 내림부 우측이 남아 있는 상태로 출토.

발굴 자료에서 발췌해 놓았던 용문 암막새에 대한 설명이다. 목청 큰 괘불이 바짝 내 앞으로 다가온다. 뾰족해진 눈으로 나를 노려본다.
「별 가치 없는 거라구요? 주웠다구요?」
강은 내 눈앞에서 기와 조각을 마구 흔든다. 귀신같은 자식. 나는 재빨리 기와 조각을 그의 손에서 빼낸다.

회암사지는 나 혼자 세 번이나 다녀왔다. 아무리 끙끙거려도 노트북만 열면 아무 생각이 나지 않는 상황이 몇 달이나 지속된 뒤였다. 좀더 집중을 할 수 있을까 해서 시립 도서관에라도 가면 증상이 더 심해졌다. 서가에 꽉 찬 책들 중 손에 닿는 몇 권만 들쳐도 벌써 멀미가 났다. 그래도 굳세게 책을 끼고 사는 나를 보고 강이 한마디 했다.
「차라리 공인중개사 자격증을 따는 게 낫지 않아요?」
한때 소설에 전념한 전력이 있는 사람으로서는 못할 말이었지만 그렇게 말할 수밖에 없는 강의 마음은 충분히 이해할 수 있었다. 일찌감치 습작의 대열에서 벗어난 강은 오히려 홀가분한 눈치였다. 강은 다양한 방법으로 나를 위로했다. '정통' 문예지 정기 구독권으로, 랍스터로, 혹은 나의 두툼한 아랫배를 어루만지는 것으로. 안부 전화의 말미는 언제나 비슷했다.

「그거…… 마약보다 더 끊기 어렵다네요.」

용문 암막새는 발굴 자료관에서 슬쩍 가져왔다. 중요한 유물은 이미 큰 박물관으로 옮겨진 뒤였으므로 엉성한 유리 상자 안에는 조선순백자나 청화백자, 동경 같은 청동 유물 약간, 그리고 철침, 막새기와나 화문 수막새 등 각종 기와 조각들만 몇 점 겨우 발굴 자료로써의 명맥을 유지하고 있을 뿐이었다. 설명서는 유물 옆에 비교적 소상하게 적혀있었다.

용의 머리는 여의주를 따라 우향(右向)하고 있으며, 얼굴 부분에는 사슴뿔 모양의 뿔과 물방울 모양으로 돌출된 눈, 누운 '8' 자 모양을 한 코, 꽉 다문 입술 아래로 수염 등이 잘 묘사되어 있다……. 양발은 발가락이 3개이며 다리를 움직여 여의주를 따라 가는 형상을 취하고 있다. 반구상으로 융기된 여의주는 아래로 휘날리는 긴 화염문이 표현되어 있고, 전체적으로 용의 형상은 생동감 있게 표현되어 있다…….

몇 밀리 유리의 간극을 두고 놓인 수백 년 전의 기와 조각에서 용이 화염을 뿜고 있었다. 하지만 손자국이 지저분한 진열장 유리 너머로는 용의 머리며 눈이 확실하게 보이지 않았다. 나는 보아야 했고, 만져야 했다.

안내인이 몇 사람의 관람객을 위하여 영사실에서 발굴 조사 프레젠테이션을 설명하느라 잠깐 유물 전시실을 비운 시간을 틈탔다. 조금도 떨리지 않았다. 꺼내는 장면을 안내원에게 들킨다 해도 할 말은 있었다. 한 번 만져 보고 싶었거든요.

처음에는 그럴 생각이었다. 물방울 모양으로 돌출된 눈과 꽉 다문 입술과 3개의 발가락을 만져 보고 싶었다. 유리 진열장은 쉽게 열렸고, 손안에 맞춤하여 들어오는 작은 크기의 기와 조각을 그냥 손에 꼭 쥐었다. 손아귀에서 용이 꿈틀거리면서 요동을 쳤다. 흘낏 영사실 쪽을 보았다. 이미 두 번이나 영상물을 관람했으므로 안내원이 설명하는 시간을 대강 가늠할 수 있었다.

천천히 유물 전시관 문을 열고 밖으로 나왔다. 갑자기 눈이 부셨다. 하늘을 보았다. 무엇인가 구불거리면서 하늘로 오르는 모습이 보였다. 바로 그, 용문 암막새에 새겨진 용이었다. 나는 똑똑히 보았다. 반원형으로 부조된 비늘무늬까지 선명했다. 나도 모르게 손을 흔들었다.

「그, 용이 말이야.」

나는 요괴 인간처럼 손가락을 세 개로 만들어 쳐든다. 허공에 보이지 않는 계단을 만들어 손가락을 부지런히 움직여 길게 뻗는다.

「이렇게 다리를 움직이면서 말이야. 우향, 우향 말이야, 오른

쪽으로.」

눈을 가늘게 뜨고 오른쪽으로 제일 멀리 떨어졌음 직한 레인지 후드의 버튼 하나에 시선을 고정시킨다.

「저어기, 여의주를 향하여 마악, 마악 날아가는 거야.」

나는 손가락 세 개를 더욱 빠르게 움직이려 애를 쓴다. 잘 움직여지지 않는다. 다탁에 닿을 듯 고개가 꺾인다. 뺨이 화끈거린다. 다시 고개를 불쑥 든다. 발음을 분명히 하려고 하지만 자꾸 혀가 꼬인다.

「근데 강아. 어떻게 얼굴에, 그니까 용안인데 말씀이야. 어떻게 사슴뿔 같은 게 있냐? 수염이 길게 나고…….」

「그만 하세요!」

강의 눈빛이 예사롭지 않다. 또다시 나를 타고 앉아 바이킹을 하고 싶은 건가. 나는 우물쭈물 그의 눈길을 피해, 아로마테라피가 여전히 타오르고 있는지 확인한다. 양치질도 시원하게 했으니 이번은 제대로 멍석을 펼 수 있을 것이다.

강은 화염에 쌓인 낙산사만 질리도록 보여 주는 TV를 신경질적으로 꺼버린다. 그는 여전히 얼음을 으득으득 깨물고 있다.

「처음, 그 폐사지 보고 그랬잖아요. 저런 거 정말 쓰고 싶다고. 눈으로 본 것 말고 다리가 후들거리고 맥이 쪽 빠질 정도로, 누군가 숨구멍을 틀어막은 것처럼 호흡이 가빠 올 정도로 충격적인 슬픔, 그런 거 쓰고 싶다고 했잖아요. 근데 기껏 가서 기왓장 조각이나 훔쳐 오고. 보인다고 써지던가요? 옆에 끼고 만날 쳐다보면 글이 줄줄 나온대요? 예전보다도 오히려

운신을 못하고 있잖아요. 기껏 고등어나 구워 먹을 거면서 손
목을 전자레인지에 넣고 돌렸다고 하질 않나…….」

「이 자식아!」

다탁에 명치를 부딪친다. 가슴이 뻐근해지면서 코가 맹맹해
지는 일련의 과정이 단숨에 지나가면서 눈물이 주르르 흐른다.
술김이라고 생각하겠지. 나는 마음껏 운다. 멍하니 바라보던 강
이 티슈 통을 내 품에 안겨 준다. 나는 코를 팽, 푼다.

「한 400년 살고 한 400년을 또 땅속에 한번 묻혀 봐라 이 자
식아, 글이 나오나. 말도 안 나온다 이 자식아. 낙산사 봐라.
불타서 숯 검댕이 된 걸 다시 세우면 그게 낙산사 된다디? 차
라리 숯 조각 한 뼘씩 잘라 집에 모셔 두는 게 낫지. 그래, 나
는 기껏, 기껏, 기왓장의 용무늬만큼도 나는 못 보여 준다, 이
자식아!」

강은 들은 척도 안 한다. 맘대로 서랍을 열고 닫고 하더니 손
수건 하나를 들고 온다. 용문 암막새를 잘 싸고 단단하게 매듭
을 짓는다. 부옇고 어리어리하여 별로 상태가 안 좋은 각막에
강이 손수건 뭉치를 재킷 주머니에 넣는 것이 포착된다. 나는
강에게 달려든다.

「남이 훔쳐 온 거 다시 훔쳐 가면 도굴품 장물 취득죄 플러스
절도죄다, 이 자식아!」

덜컥, 하며 차체가 순간 왼쪽으로 쏠린다. 제법 깊은 웅덩이
였다. 달 분화구처럼 크고 작은 구덩이가 파인 2차선 도로가 전

조등에 비춰진다. 출발할 때부터 조금씩 내리던 빗줄기가 조금 더 굵어진 듯 보인다. UCLA 야구 모자를 깊숙이 눌러쓴 대리 운전자의 입에서 쵯소리가 튀어나온다. 와이퍼는 고무 블레이드가 많이 닳았는지 작동할 때마다 듣기 거북한 소리가 난다.

폐사지 진입로는 여전히 비포장도로였다. 차가 갑자기 뒤편 길가 비닐하우스 쪽으로 후진한다. 차를 거꾸로 돌려놓고 핸드 브레이크를 거칠게 잡아당긴 대리 운전자는 UCLA 모자챙을 꺾어 위로 치켜 올린다. 얼굴이 드러난 대리 운전자는 의외로 강퍅해 보이는 중늙은이다. 옆자리에 앉아 있는 나는 무시하고 강을 돌아본다.

「난 이만 가야겠슴다. 저 앞, 아파트 단지까지 다시 돌릴랍니다.」

뒷좌석에서 잠이 들었던 강이 벌떡 허리를 세운다. 운전석에 바투 얼굴을 들이민다.

「아니, 기사님. 그냥 여기서 한 200미터만 가면 되는데, 잠깐 물건만 놔두고 올 건데요.」

UCLA는 고개를 설레설레 흔든다.

「시커메서 아무것도 안 보이는 저 끝에 뭘 두고 온다구랍쇼? 까딱하다가 내 혼까지 두고 올 것 같아 예서 관둘라요. 아, 술도 거반 깨신 것 같은데 사장님이 걍 운전하셔두 되겠구만. 하여튼 난 돌아가겠슴다아.」

차는 다시 돌아나간다. UCLA는 아파트 단지 앞 상가에 차를 돌려놓고 내린다. 어깨를 옴츠리고 바지 뒤춤에 손을 넣은 채 불빛 쪽으로 어적어적 걸어간다. 강이 뒷자리에서 운전석으로 타고 넘어온다. 몸집이 큰 강이 운전석 폭을 다시 조정한다. 비 오는 날 음주 운전이라. 강은 와이퍼의 속도를 조절하고 후면경까지 만지작거린다. 나는 강에게 묻는다.

「지금 음주 측정하면 얼마나 나올까?」

「음. 면허 취소까지는 안 갈 것 같고 면허 정지 내지는, 벌금은, 음, 백 얼마는 나오지 않을까 모르겠네요.」

「좀 세다.」

「그냥 돌아가자고 말하고 싶은 거죠? 저기 비 맞으며 걸어가는 기사 양반 다시 불러서 말이죠?」

강은 폐사지 쪽으로 핸들을 꺾는다. 순간, 제법 큰 돌덩이를 밟았는지 차체가 심하게 흔들린다. 강은 고개를 약간 숙이고 와이퍼 사이로 노면을 세심히 살피면서 느린 속도로 차를 진행시킨다. 전조등이 비춰지는 부분을 제외하고는 사방이 온통 시커멓다. 산모퉁이를 돌자 멀리 발굴 자료관의 가로등 불빛이 희미하게 보인다.

발굴 조사단에 의해 1단지라고 명명된 천이백여 평의 폐사지 진입로 주변을 지난다. 보도 자료에 의하면, 진입로 오른쪽의 꽤 넓은 지역에는 파가 오랫동안 밭으로 경작되면서 구지표면이 대부분 삭평되어 교란되어 있다고 했다.

용문 암막새를 손에 넣은 날, 덜덜 떨며 누렇게 센 채 방치된 파밭을 지나간 기억이 났다. 그새 갈아엎은 파밭에 직사각형의 구덩이가 균등한 거리를 두고 파여진 모습이 전조등에 비춰진다. 마치 입관하려고 관 자리를 파놓은 듯한 모습이다.

술이 깬 나는 묵묵히 운전에 열중하는 강의 귀에 대고 그동안 수십 번 들여다보았던 발굴 조사 기록을 현장에 입각하여 자세히 들려준다.

「이것이 바로 시청각 교육이라는 것이지.」

이 자식아, 하는 비속어는 빼고 목소리에 힘을 주며 나는 자못 차분해진다.

「저기, 파밭을 보아라. 지금은 이미 파밭이 아닌 파밭을. 400여 년의 세월이 흐르는 동안 땅은 겹겹이 묻혔다. 우리가 밟고 지나고 있고 우리가 보고 있는 지표층, 그 밑의 경작으로 인한 교란층, 그 아래는 산 위에서 흘러내려 유적 상부에 재퇴적된 10~20센티미터 두께의 황색 모래층, 다시 그 밑으로 형성된 흑갈색 내지 암갈색의 사질점토부식토층, 다시 그 아래로는 폐사지의 축조 이후 사용 과정에서 퇴적된 층, 그 밑으로 황색 내지 황갈색의 마사토를 인위적으로 깔아 구지표면을 형성한 유구의 지표층, 즉 폐사지가 존재했던 바로 그 층이다.」

휴. 나는 한숨을 쉰다. 부풀어 오른 가슴을 어떻게 할 수가 없어 안전벨트를 확 풀어 버린다.

「그 층만 있겠냐. 그 아래, 또 그 아래. 아래만 있겠냐. 쓰나미 보았지? 물이나 불이 한번 그렇게 모질게 쓸고 가면 그 위에 또 한 층 안 생기것냐.」

강이 차를 세운다. 부옇게 막이 서린 문 쪽의 차창을 손으로 문댄다.

고물 창고 같은 유물 전시관이 비에 젖고 있다. 몸이 으슬으슬해진다.

「강아, 너나 가서 문고리에 걸고 와라.」

차에서 내린 강이 차 앞을 빙 돌더니 내가 앉은 쪽 문을 벌컥 연다.

「결자해지. 나와요. 비는 맞을 만해요.」

겨우겨우 문고리에 용문 암막새가 든 손수건을 걸어 놓는데 희끗한 종이가 펄럭인다. 압정으로 박아 놓은 A4 용지가 비에 젖고 있었다. 희미한 가로등 빛에 의지해 눈을 바짝 들이대고 글씨를 읽어 나간다.

발굴 자료관 폐쇄 안내. 제7차 발굴 작업이 종료되었으므로 발굴 자료관은 임시 휴관합니다. 폐사지 진입로 주변에 위치한 유물 전시관 부지에 새롭게 전시관이 세워집니다.

강의 표정이 복잡해진다. 한동안 팔짱을 끼고 뭔가 궁리하던 강이 나를 다시 차에 태운다. 나는 강의 눈치를 살핀다.

차는 다시 구덩이가 파인 파밭을 지난다. 비가 좀 잦아들었는지 와이퍼가 뻑뻑하게 돌아간다. UCLA가 내렸던 단지 옆을 지날 때는 아직도 바지 뒤춤에 손을 넣고 헤매고 있지나 않은지 자세히 살펴본다. 만일 있다면 좀더 번화한 곳까지, 적어도 합승 택시가 오가는 곳까지라도 태워 줄 용의가 있다. 강의 옆에 앉아서 나는 호기를 부린다.

　차가 어느새 집 앞에 선다. 밤이 깊어 불빛이 꺼진 상가는 폐사지와 별로 다르지 않아 보인다. 핸들에 상체를 기댄 강이 입을 크게 벌리고 하품한다.

「발굴단장에게 택배로라도 보낼 거니까 흑심 품지 마세요.」

「못 믿겠는데?」

「믿거나 말거나.」

　강은 기어이 용문 암막새를 내놓지 않고 가버린다.

　냉동 칸을 뒤진다. 지퍼팩에 넣어 놓은 고춧가루, 작년에 먹다 남긴 칠곡 미숫가루, 북어포, 꽁꽁 얼린 사골 냄비, 시장에서 됫박으로 산 싸구려 다시 멸치 봉지……. 냉동 생선이 한 마리도 없다. 그럴 리가 없는데. 호일로 싼 김 덩어리들을 일일이 제쳐 보고 얼린 취나물 봉지 밑도 더듬어 본다. 역시 없다. 혹시. 강에게 전화를 한다.

「냉동 생선 가져갔지?」

「그럴 리가요.」

「키 번호 바꿔 버린다, 이제 절대 집에 오지 마.」

「염려 마세요. 제가 말은 좀 듣는 편이잖아요.」

　강은 바쁘다며 전화를 뚝 끊어 버린다. 요즘 같은 불황에 복덕방이 바쁠 리가 있나. 이 자식이 필시 용문 암막새를 옆에 놓고 걸작 하나를 만들고 있는 것이 분명하다.

　내친김에 현관문으로 달려가 번호 키 앞에 주저앉는다.

8339. 강의 아내에게는 그 번호의 의미가 어떻게 설명되는지 모르지만 83은 내 학번이고 39는 강의 나이다.

꽤 오랜 시간을 번호 키 매뉴얼에 집중한다. 아무리 보아도 알 듯도 하고 모를 듯도 한 것이 무슨 소린지 이해할 수 없다. 순서에 입각해 실행했는데도 번호는 바뀌지 않는다. 다시 뒤적이고, 다시 실행해 보기를 몇 번 되풀이하지만 여전하다. 문 앞에 쭈그리고 앉은 채 곰곰이 생각해 본다. 키의 비밀번호를 바꾸는 데 제일 쉬운 방법은 강을 다시 부르는 것이다. 그렇다면. 실내의 잠금 키를 꾹 누르며 강에게 욕을 한다. 내가 집에 없는 동안 귀신같이 들락거리면서 생선 토막이나 집어가는 자식!

거실 TV 앞에 앉은뱅이 다탁을 놓고 그 아래 발을 쭉 뻗고 앉아 마른 반찬만으로 밥을 먹는다. 강에게 계속 뒤집어씌울 생각이지만 실은 냉동 생선, 어느샌가 내가 다 먹어 버린 것을 내 양심은 안다. 가끔 전화를 할 빌미는 있어야 할 것 아닌가. 한 닷새가 지나면 다시 강에게 전화를 걸어 용문 암막새로 걸고넘어질 계산까지 하고 있다. 어차피 강은 오지 않을 테고, 이래 욕먹으나 저래 욕먹으나 마찬가지라고 그 자식은 생각할 것이다.

냉동 생선 따위는 다시는 사지 않을 생각이다. 2분 해동한답시고 전자레인지를 열다가 또 어느 순간 '나도 모르게' 글 한 줄 못 쓰는 손목까지 어찌어찌할지 나도 모르니까.

방송 순서에 맞춰 채널을 돌리던 나는 갑자기 의아해진다. 영동 산불로 떠들썩하던 때가 불과 며칠 전이었는데 아무리 채널을 돌려 보아도 불탄 낙산사는 보이지 않는다. 이럴 수가 있나.
　TV 화면은 또 다른 사건으로 시끌시끌하다. 해외 이곳저곳
을 연결한 주재원이 마이크를 들고 목소리를 높이고 있다.
　밥 한 수저를 가득 입에 넣고 소처럼 계속 우물거린다. 한없
이 우물거리면서 더 이상한 현상을 깨닫는다. 이제는 용문 암막
새가 어떻게 생겨 먹었는지 도무지 기억나지 않는다는 점이다.

어린양

무엇인가, 누군가 당신을 부르고 있어.

지나갈 어느 날 당신은 서재에 있지. 책장 옆에서 당신은 문득 뒤를 돌아보네. 아주 옅게 레몬 밤 허브향이 나는 것 같기도 하고. 당신은 천천히 발걸음을 옮겨. 허리가 굽어진 갈대의 울음 같은 작은 소리가 들리는 듯도 해. 당신이 책 한 권을 들어낸 좁고 음험한 틈새에서 차가운 김이 뿜어져 나오네. 폐를 한 바퀴 돌고 나온 담배 연기처럼, 어쩌면 가습기의 납작한 주둥이에서 나오는 촉촉한 물 입자처럼.

소리의 근원을 찾는 당신은 어리둥절한 표정이야. 책꽂이의 어두운 틈새에 슬며시 손을 넣어 보는군. 뽀얀 김이 당신의 손을 실뱀처럼 찬찬히 감고 있어. 당신의 왼쪽 손목에 서서히 금이 가네. 살색보다 조금 더 벌겋고 두둘두둘한 3, 4센티 정도의 흉터가 선명하게 드러나는군. 소리는 지르지 마. 그건 나의 마지막 선물이니까.

1

밤 11시가 넘었어. 나는 운동장 스탠드의 가장 후미진 계단에 앉아 있어. 당신의 숙소인 교수 회관이 한눈에 보이는 곳이지. 벌써 두 시간째 당신을 기다리고 있어. 흘낏, 차를 세워 둔 쪽을 바라봐. 167킬로를 달려온 나의 감귤색 소형차는 건너편 건물 뒤에 숨겨 두었어. 이제 차 키 따위는 필요 없어. 차 키는 휴대용 스위스제 나이프와 함께 묶여 있어. 고리를 풀고 차 키를 빼내 어두운 운동장 한가운데로 힘껏 던져.

나이프를 만지작거리다가 샌들을 벗고 왼쪽 새끼발가락 옆을 더듬어. 제법 큰 티눈이 만져지네. 당신과 헤어지고 난 후 티눈이 생겼어. 딱딱하게 굳은 티눈을 나이프로 조금씩 잘라 내기 시작해. 어둠 속에서 마치 연필을 깎는 것처럼 굳은살을 벗기는 거야. 티눈을 볼 수 있다면 무서워서 칼을 들이밀지 못했을지도 모르지. 조금도 아프지 않네. 아프지 않은 것이 오히려 내게는 아픔이야. 이렇게 쉽게 떼어 낼 수 있는데 몇 달이나 고통을 당했더란 말이지.

당신의 결혼 예식이 진행되는 모습을 보지는 못했어. 늦게 도착하기도 했지만 하객들이 너무 많았거든. 나는 쥐어뜯은 것 같은 머리카락을 엘르 모자로 감추고 문에 기대어 있었지. 어디선가 향기가 났어. 하얀 장미 다발이 문고리에 걸려 있었어. 싱싱

한 꽃잎 한 장을 뜯어 손톱으로 지그시 눌렀어. 손끝에 느껴지는 촉촉함, 그리고 더욱 진하게 우러나는 향기. 잎맥처럼 잘고 가늘게 꽃잎을 찢었어. 꽃잎을 갈기갈기 찢으면서 나도 모르게 중얼거렸어. 아파.

나는 발이 아팠어. 딱딱하게 굳은 티눈은 꽉 조인 앵클부츠 속에서도 자라고 있는 것 같았지. 신음을 참느라 입술을 깨물었어. 홀에서 〈결혼 행진곡〉이 울려 퍼졌어. 나는 뒷골목의 부랑자처럼 다리를 꼰 채 문에 기댔어. 당신의 팔을 끼고 빨강 카펫 위로 행진해야 할 사람이 어째서 내가 아닌지 알 수 없었어.

만찬이 세팅된 원형 테이블에 있던 하객들이 일어서면서 박수를 쳤지. 나는 박수를 치지 않았어. 돌아서면서 모자를 다시 깊숙이 눌러썼어. 절뚝거리면서 걸음을 옮겼어. 서 있는 하객들에게 직원이 티켓을 나누어 주고 있었어. 지하로 내려가십시오. 추가 예약을 해놓았습니다.

이태리 식당에 혼자 앉아 안심 스테이크를 먹었어. 웨딩 손님은 코스 요리입니다. 웨이터가 말했어. 내 의사와는 상관없이 당신이 정해 준 요리를 먹어야 했지. 내 의사와는 상관없이 당신이 결혼한 것처럼. 나는 스테이크를 가만히 바라보았어. 나이프로 천천히 잘랐어. 벌어진 고깃결 사이로 핏물이 날렵하게 비어져 나왔어. 걸쭉한 소스 아래로 슬며시 흘러내리는 핏물. 나는 한 점도 남기지 않고 다 먹었어. 보기에는 끔찍했지만 맛은 기가 막히게 좋았지. 예수가 살던 시대에는 스테이크가 없었나 보지? 스테이크 하나면 살과 피를 동시에 먹을 수 있는데 말이야. 당신이 물론 예수는 아니지만, 당신이 주는 당신의 살과 피를 내가 먹은 거야. 그렇지. 그 의식은 당신의 결정이었고 그러니까 우리는 헤어질 수 없는 거야.

당신의 아내 얼굴은 오래되고 잊혀진 배우 잉그리드 버그만을 빌려 왔어.

식장 앞자리에 앉아 있던 친구가 나에게 알려 줬거든. 굉장히 지적이더라, 우아한 데다 예쁘기까지 하고. 그러니까 나는 잉그리드 버그만을 고를 수밖에. 아주 오래된, 이미 죽어 버린 배우를 당신 옆에 세워 놓아야 조금은 위안이 되는 편협한 나를 용서해 주겠지? 전화를 받으면서 나는 거울을 보았지. 정장에나 어울리는 검정 엘르 모자를 쓴, 핼쑥한 스물네 살의 나를 본 거야. 모자를 벗었어. 찬비를 맞은 풀잎처럼 하늘을 향해 곤두선 머리카락. 맞아. 당신이 실눈을 뜨고 바라보던 길고 치렁치렁했던 머리카락을 잘라 버린 거야. 뭉텅 바닥에 떨어진 가닥들 속에서 잘려진 당신의 손도 보았어. 탱고를 추듯 허공에서 마주 잡고 쳐들고 있던 손. 손목이 화끈거리도록 힘을 주어 당신이 잡아 주었잖아. 내가 잘라 버린 당신의 손은 이미 죽어 버린 잉그리드 버그만을 꼭 닮은 당신 아내의 머리카락을 더듬고 있겠군.

지금 마악 차 한 대가 당신의 숙소 앞에 서네. 당신이 차에서 내리고 있어. 많이 취했는지 몸을 휘청거리네. 비스듬히 내리꽂

힌 불빛 아래 당신의 얼굴에는 음영이 드리워져 있어. 오랫동안
광야를 걸어온 듯 지치고 위태로운 모습이야. 회식 자리에 동석
했던 친구가 조금 전 전화로 귀띔해 주었지. 오늘은 교수님이
술이 좀 과하신 것 같아. 돌아오는 술잔을 사양하지 않으시고
전부 받으셨어. 당신의 일거일동을 다 알 수 있는 것은 늘 친절
한 친구 덕택이기도 하지. 당신의 숙소가 305호실이라는 것, 내
일 오전 시험 감독을 끝으로 계절 수업은 끝나고 당신은 이곳을
떠난다는 것과, 그러므로 오늘 밤이 당신이 이곳에 머무는 마지
막 밤이 될 것이라는 것도 모두 그 친구가 알려 준 사실이야. 아
참, 그러고 보니 이 스위스제 나이프도 그 친구의 선물이네.

　당신은 차가 돌아 나갈 때까지 손을 흔드는군. 계단을 헛디뎌
넘어질 뻔하네. 나도 모르게 벌떡 일어났어. 한달음에 달려가
팔을 부축하고 싶지만 참아야겠지. 하루에도 몇 통씩 보내는 내
메일을 스팸 메일과 함께 삭제시켜 버리는 당신이 나를 보면 저
렇게 손을 흔들지 않을 테니까. 그 언젠가처럼 완강하게 밀어낼
테니까.

　수신 확인을 열 때마다 나는 당신의 고지식함을 확인할 수밖
엔 없어. 읽지 않음, 읽지 않음, 읽지 않음. 결혼을 했으므로 읽
지 않겠다는 건가? 만나자는 것도 아니고, 섹스하자는 것도 아
니고, 그냥 당신 앞에 던져진 러브 레터 몇 줄도 읽을 수 없다
니? 그렇게 나는 삭제되었어. 당신의 오른손 검지 끝이 삭제하
기 위해 마우스를 누르는 순간을 생각만 해도 나는 달아올라.
나를 겨냥해 불을 뿜어 대는 듯한 그 손끝으로 나를 손끝 하나

움직일 수 없도록 하는 당신에게 이제 나는 간다.

305호의 불이 켜지네. 저곳에 당신이 있어. 당신이 깊은 잠에 빠질 때까지 나는 기다릴 거야. 기다리면서 주머니 속의 나이프를 만지작거려. 어쩐 일인지 나이프가 뜨겁게 느껴지네. 당신은 이제 곧 나를 만나게 될 거야. 멋지지 않아? 오늘 이후로 우리는 서로 볼 수 없게 되겠지.

교수 회관에 켜 있던 두어 군데의 불빛이 하나둘 꺼지네. 드디어 305호의 불도 꺼졌어. 나는 천천히 자리에서 일어서. 티눈을 떼어 내서인지 온몸이 깃털처럼 가벼워.

건물은 고요한 어둠에 잠겨 있네. 계단에 발을 올려놓는 순간 센서가 작동하는지 불이 켜지는군. 내가 지나친 계단은 어둠 속에 잠기면서 나의 발자취를 감춰 주고 있어. 나는 불빛을 따라 걸음을 옮겨. 당신은 저 센서와 같아. 나는 당신을 향하여 발을 옮겨. 그 뜨거움, 그 환함. 뺨이 홧홧해져. 303, 304, 아, 저기 305호실이 보여. 당신의 제자라면 누구나 드나들 수 있는 숙소지. 저곳은 당신의 신혼집이 아니잖아.

당신의 집 거실 소파에 내가 잠깐씩 머물다 간 것을 모를 거야. 때로 상상은 현실보다 더 현실적으로 느껴질 때도 있는 거지. 머릿속에 또렷하게 자리 잡고 있는 거실의 풍경.

찻물이 끓고 있어. 하얀 법랑 주전자에서 뱃고동 소리가 나고 있네. 당신은 소파에서 일어나려는 아내의 어깨를 살며시 끌어안아. 편한 실내복 차림으로 당신은 거실을 가로질러 주방으로 들어가는군. 서툰 솜씨로 다탁에 찻주전자를 내오는 당신 얼굴로 모락모락 피어오르는 레몬 밤 허브 차 향기. 내가 그렇게도 좋아했던 당신의 구레나룻에도 상큼한 레몬향이 올올이 스며들고 있어.

당신의 아내는 당신에게 연둣빛 설명서를 읽어 주고 있어. 상큼한 레몬향의 허브는 식전 식후의 음료로는 최적격이어서 프랑스 인들은 '프랑스의 차'라고 부르기도 한다는군요. 한 모금 마시고는 또 이렇게 덧붙이지. 뇌의 활동을 높이기 때문에 '학자의 허브'라고도 한다네요. 당신의 아내 잉그리드 버그만은 신중하게 고개를 끄덕여. 학자의 아내로서 그것을 일평생 끓여 내오겠다고 단단히 결심을 하는 모양이야. 내가 택배로 보낸 열 통의 레몬 밤 허브는 사랑하는 제자의 선물로는 손색이 없었을 거야. 하지만 순진한 당신의 아내와는 달리 당신은 조금 머리가 복잡할지도 모르지. 물 위로 떠오르는 초록 이파리를 보면, 그 이파리처럼 떠오르는 나를 가라앉힐 수는 없을 테니까.

나는 305호 앞에서 서서 작게 심호흡을 해. 가만히 손잡이를 비틀어. 역시. 당신은 문을 잠그지 않았어. 당신은 문을 잠그는 것에 익숙하지 않거든. 한 번 문을 걸어 잠근 적이 있었지. 작년 여름 늦은 밤 내가 연구실로 찾아갔을 때.

테이블 위에 초밥 도시락을 풀어놓으면서 나는 심상한 표정을 지으려 애썼지. 후문 옆의 원룸에 살거든요. 밤마다 조깅을 하는데 아까 보니 교수님 방에 불이 켜 있기에. 나는 당신의 눈길을 잡으려고 계속 테이블 주위를 서성거렸어. 당신이 나의,

하얀 나이키 팬츠 아래로 쭉 뻗은 다리를 보도록, 흠뻑 젖은 티
셔츠 앞자락의 도드라진 가슴을 보도록. 초밥 하나를 입에 넣으
며 당신은 고개를 숙였어. 뭔가 생각하는 듯 이마에 두어 줄 금
이 그어졌어. 초밥 고마워요. 당신은 겨우 두어 개를 먹은 초밥
도시락을 슬며시 내 쪽으로 밀었어. 내가 울기 시작한 것은 그
때부터였을 거야.

2

가여운 것. 아빠는 나를 보면 언제나 그렇게 운을 떼었지. 하
지만 그것뿐이었어. 언제부터인가 아빠는 더 이상 내 뺨에 구레
나룻을 비벼 대지 않았어. 아빠의 눈길은 이내 엄마에게로 돌려
지거나 어린 동생의 재롱을 쫓아갔지. 나는 푹신한 소파에 엉덩
이만 걸치고 불청객처럼 앉아 있다가 돌아오곤 하는 거야. 주머
니에 넣어 주는 두툼한 봉투를 만지작거리면서 일어서면 모두
안도하는 표정이란. 집에서 나오면 내 뺨은 누군가 채찍으로 후
려친 것처럼 아팠어. 얼음장 같은 고독이 차갑고 예리하게 살갗
을 파고들었지. 얼얼한 뺨을 어루만지며 나는 당신이 한 말을
떠올리곤 했어.
바닷속에 떠 있는 섬 그랑 베 절벽에 바다를 향하여 샤토브리
앙의 무덤이 있죠. 허리가 굽어진 채 흐느끼는 갈대 사이로 돌
로 깎은 우직한 모양의 십자가 하나가 바다를 향하여 두 팔을
벌리고 있어요. 콩브르 성 아래 마을 어귀에 있는 샤토브리앙
동상을 찾아보세요. 긴 망토를 두르고 다리를 꼬고 서 있는 건

방진 듯한 그의 모습에서 황량하면서도 위대한 그의 고독을 느껴 보세요.

강의 시간에 양념으로 던져 준 당신의 여행담이야. 눈도 깜빡이지 않고 듣고 있는 나를 보고 당신은 웃었지. 그때 나는 당신의 구레나룻과 눈가에 주름이 많이 잡히는 미소에서 눈을 뗄 수 없었어. 낮게 깔린 목소리조차 아빠와 똑같았어. 당신은 나에게 시선을 떼지 않고 말했어. 혼자 가지는 마세요. 너무나 고독해져서 브르타뉴의 파도 속으로 몸을 숨기고 싶어질지도 모르니까.

지금도 나의 수첩 뒷장에 적혀 있어. 생 말로의 콩브르 성, 샤토브리앙의 무덤 그리고 브르타뉴의 파도. 해마다 수첩을 새로 장만하면 나는 친구의 연락처를 적듯 옮겨 적었지. 혼자 그곳으로 가서, 그래서 너무나 고독해져서 브르타뉴의 파도 속으로 몸을 숨기고 싶어서. 하지만 지금 이 순간은 고독하지 않아. 이렇게 당신이 있잖아. 연구실 소파에 풀썩 주저앉아 흐느끼는 나를 바라보던 당신은, 당신의 눈길은. 그때의 기억만으로도 나는 촉촉하게 젖어 와. 이른 새벽 화단으로 던져진 신문 뭉치가 이슬 머금은 풀잎에 젖는 것처럼 말이야.

맞은편 소파에 앉아 있던 당신은 무척 당황한 듯 보였어. 무, 무슨 일이 있는 건가? 나는 온몸을 떨었어. 눈물이 가득 담긴 눈으로 당신을 쳐다보았어. 당신을, 당신을 사랑해요.

당신은 한동안 아무 말이 없었어. 테이블 위를 무릎걸음으로 기어 건너편의 당신에게로 갔어. 당신의 무릎 위로 올라갔어. 당신의 목을 끌어안았어. 까실하게 수염이 자란 당신의 뺨을 쓰다듬었어. 새끼손가락을 당신의 입안에 집어넣었어. 깨물어요. 그냥, 초밥처럼 먹어요, 나를 먹어요. 당신의 손이 미세하게 떨렸어. 자신의 얼굴을 마구 헤집고 다니는 내 손을 기어이 붙잡았어. 이러면 안 되지. 당신의 팔 힘이 그렇게 센 줄 몰랐네. 정답게 탱고라도 추는 것처럼 허공에 잡혀 있는 손. 우리는 손을 마주 잡은 채 한동안 움직이지 않았어. 불에 덴 것처럼 손목이 화끈거렸지. 어느 순간 당신은 나를 밀치며 일어섰어. 사랑은 이런 게 아니지. 당신은 팔짱을 끼고 등을 돌렸어. 영혼, 그렇지, 영혼이 먼저 교감되어야 순서가 아닌가?

당신에게 밀쳐진 그대로 나는 소파에 엎드려 있었어. 일어나요. 당신의 목소리는 더 이상 감미롭지 않았어. 눈물범벅이 된 내 얼굴을 쳐다보던 당신의 냉소 어린 눈빛을 기억해. 아주 잠깐, 당신의 눈길이 내 길고 검은 머리카락을 향했어. 오늘 일은 기억하지 않겠네. 문밖으로 밀려난 내게 당신이 한 마지막 말이었지. 그리고 딸가닥, 하고 잠기는 문소리. 나는 그렇게 밀쳐졌어.

3

방문 손잡이에 힘을 주고 서서히 돌려. 문이 열리면서 조금씩 어두운 실내가 드러나네. 내가 실내로 들어가자 복도의 센서 불이 꺼지는군. 그래야지. 나의 자취를 아무도 찾을 수 없도록. 문을 살며시 닫아.

방 안에는 술 냄새가 가득해. 당신은 얕게 코를 골고 있네. 약간 거친 당신의 숨소리. 이렇게 가까이에서 당신의 숨소리를 들을 수 있다는 것이 꿈만 같아. 어둠이 익숙해질 때까지, 그래서 희미하게 당신의 모습이 드러날 때까지, 나는 당신과 같이 들숨과 날숨을 쉬며 생의 찰나를 함께 하는 거야.

무릎을 꿇고 샌들을 벗어. 티눈이 있던 왼쪽 발가락을 한 번 쓰다듬어. 당신의 구두 옆에 내 샌들을 놓았어. 가난한 연인이 머문 싸구려 여인숙 댓돌 위에 놓인 것처럼 그렇게 가지런히. 실내가 어렴풋이 눈에 들어와. 현관 옆에 욕실이 있는 널찍한 방. 내가 살고 있는 원룸과 똑같은 구조.

커튼도 달려 있지 않는 휑하니 넓은 창이 자정 넘은 밤하늘을 고스란히 보여 주는군. 창 아래 일인용 침대에 누워 있는 당신 곁으로 다가가. 흐트러진 머리카락. 속이 좀 불편한 것일까, 양미간을 살짝 찌푸리고 있네. 와이셔츠 단추를 풀다가 그대로 잠이 들어 버린 모양이야. 세 번째 단추까지 열려진 사이로 가슴이 드러나 있네. 저 속으로 손을 들이밀어 당신의 따듯한 심장을 어루만지고 싶어. 하지만 나는 가만히 있어. 영혼이 먼저 교감해야 하니까. 주위를 둘러보고 있어. 한 쪽짜리 키 작은 장 옆으로 유리 없는 책장 그리고 길쭉한 화장대. 아니 저것은. 저기 커피포트 옆에 있는 것, 바로 내가 선물한 레몬 밤 허브 통이군. 잉그리드 버그만이 챙겨 준 게 틀림없어. 그녀는 학자의 아내 노릇을 톡톡히 하는 모양이지? 책장 아래 비스듬히 세워 놓은 샘소나이트 가방. 당신은 이미 짐을 다 쌌는지도 모르겠네. 어디로 가려고? 잉그리드 버그만에게 가려고?

아빠처럼 나를 떠나려고?

　내 생일 밤 아빠가 인터폰을 했어. 나다, 잠깐 들러도 되겠지. 나는 얼른 블라인드 틈으로 밖을 내다보았지. 아빠의 차가 길가에 세워져 있었어. 아빠는 당장이라도 올라올 태세였어. 내 몸에서 빠져나간 바이브레이터는 침대에서 혼자 진저리를 치고 있었어. 나는 슬며시 그것을 다시 몸속으로 집어넣었어. 낮에 친구가 와서 샴페인과 함께 들이민 생일 선물이었지. 성능이 장난 아니야. 친구가 키득거리며 포장지를 풀러 내게로 불쑥 내밀었을 때 나는 뒤로 자빠질 뻔했지. 친구가 엄지를 치켜들며 속삭였어. 오늘 밤 한번 시험해 봐. 포르노 사이트를 연결하고 작동시키면 기쁨 두 배. 나는 다리 한 쪽을 곱창 같은 라디에이터 위로 올려놓고 창문에 기댔어. 떨림은 창문까지 밀려 올라왔어. 아, 아빠. 지금은, 지금은 좀 곤란해요. 갑자기 아랫도리에 황을 그어 댄 것처럼 무엇인가 화악 치밀어 올랐어. 으음. 나는 허리를 뒤로 젖혔어. 누가 있는 거냐. 아빠의 목소리가 떨렸어. 나는 대답을 할 수 없었어. 목구멍에서 흠뻑 젖은 신음이 나도 모르게 튀어나왔어. 누가 먼저 끊었는지 모르게 찰칵, 전화는 끊어졌어. 차가운 창문 유리에 등을 기댔어. 등이 끈적하게 창에 들러붙었어. 텅. 머리가 유리창에 부딪혔어. 차에 시동 거는 소리가 났어. 바이브레이터가 더욱 격렬하게 몸속으로 파고들었어. 창문이 우르르 떨렸어. 머릿속에서 별이 보였어.

어린 나는 아빠의 품에 안겨 있어. 하늘에는 별이 총총 떠 있고 어둠 속에 끝없이 너른 풀밭이 있네. 저만큼 강물이 흘러가고 있어. 아빠는 얇은 담요에 싼 나를 가슴에 안고 휘청휘청 걸음을 옮기고 있어. 어느새 나는 풀밭 위에 누워 있어. 한동안 흐르는 강물을 쳐다보던 아빠가 나에게 눈길을 돌려. 아빠의 눈가가 젖어 있어. 애야, 이제 너에게도 엄마가 생겼단다. 그리고 앞으로는 곧 동생이 있게 될 거야. 아빠가 내 뺨에 입술을 갖다 대. 나는 눈을 감고 아빠에게 말해. 나는 아빠만 있으면 돼. 다른 것은 아무것도 필요하지 않아. 아빠는 부드럽게 내 머리카락을 쓰다듬어. 너는 앞으로 행복하게 될 거야. 나는 눈을 번쩍 뜨고 아빠의 귀를 잡아당겨. 나는 지금도 행복해, 아빠가 내 옆에 있으니까. 아빠도 풀밭에 누웠어. 내 눈을 감기고 토닥이며 나를 재우고 있어. 아빠의 가슴에서 둥둥 북소리가 나. 파도 소리에 귀를 기울이는 소라처럼 귀를 한껏 열고 아빠의 숨소리를 빨아들여. 내 가슴에도 어느덧 작은 북소리가 나. 둥둥둥둥. 나는 아빠를 껴안아. 아빠, 사랑해.

사랑해. 나는 당신에게 말해. 하지만 발화되지 못하고 입술만 달싹이니 당신은 영혼으로 내 목소리를 들어야겠지. 당신 말대로 영혼이 서로 교감해야 하는 거니까. 당신에게 손끝 하나 대지 않아도 나는 이렇게 펄럭이고 있어. 당신이 내 가슴 깊숙이 깃발을 꽂아 놓았지. 깃발은 발끝까지 죽순처럼 곧게 뻗어 내려오감의 세밀한 구멍마다 끝없이 바람을 불어넣고 있어.

당신이 나를 문밖으로 밀어낸 이후 그렇게 줄곧 밀쳐진 채 앉아 당신의 눈을 보고 있어 그렇게 질끈 감은 눈 속에서 당신이 보고 있는 것은 무엇일까. 조금만 기다려. 지금부터 나를 보여 줄게.

욕실 문은 부드럽게 열리는군. 물론 불을 켜진 않았어. 어둠 속에서 나는 타일 위로 조심스레 맨발을 옮기고 있어. 무엇인가 부딪혀 소리라도 나면, 그래서 그 결에 당신이 깨어나면 곤란하니까.

어둠뿐인 욕실에 서서 옷을 벗어. 한 겹 한 겹 어둠이 내 몸을 감싸도록. 욕조까지 아주 조금씩 걸음을 옮겨. 아, 드디어 잡히네. 샤워기를 청진기처럼 가슴에 갖다 대. 촘촘하게 뚫어진 물구멍으로 섬뜩한 찬 기운이 느껴져.

타월로 물구멍을 몇 겹 두르고 살며시 물을 틀어. 물은 소리 없이 타월을 적시기 시작하네. 마치 당신이 조금씩 내 마음을 적시기 시작한 것처럼.

4

졸업 여행에서 당신은 나에게 사진을 찍어 주었지. 마악 아빠의 네 번째 전화를 끊고 난 직후였어. 나는 일행과 저만큼 떨어져 혼자 걷고 있었어. 몽골 마상쇼를 볼 때도 아빠는 전화했어. 관람 태도는 그다지 좋지 않았어. 모두 감잎으로 물들인 카우보이모자를 하나씩 쓴 채 웃고 떠들면서 가끔 휘파람을 불어 대는, 가벼운 분위기였지.

나는 몽골 청년을 보고 있었어. 그가 말 위에 거꾸로 올라서서 두 손으로 말안장을 짚고 훌라후프를 하는 동안 세 번이나 목에 건 휴대폰에서 진동음이 들렸어. 나는 받을 수 없었어. 귀청을 울리는 음악 소리가 너무 크기도 했지만 그것보다, 그것보다…… 말의 갈기도 잡지 않고 말 위에서 공중돌기를 하며 높게 솟아올라 저만큼 앞서 달리는 말 위에 오뚝하니 서는 몽골 청년의 눈매가 너무 선해 보여서 눈물이 났거든. 순간, 몽골에 나 갈까, 그런 생각을 했어. 가서 저 몽골 청년같이 순진한 눈매를 가진 청년과 결혼하면 어떨까, 그런 생각도.

부재 중 전화 3통. 후덥지근한 천막 공연장을 나와서야 비로소 아빠가 전화를 했다는 것을 알았어. 끝없이 뻗은 늘씬하고 아름다운 비자림 길을 걷는데 아빠가 네 번째 전화를 했어. 어디냐. 제주도요. 묻는 말도 간결했고 답하는 말도 짤막했어. 아빠는 누구와 같이 있느냐고 묻지 않았어. 만일 물어보았더라면 솔직하게 졸업 여행 중이라고 말했을지도 모르지. 누가 먼저 끊었는지 모르게 또다시 전화는 끊어졌어. 목에 걸린 휴대폰을 바라보았어. 어쩌면 아빠는 더 이상 전화하지 않을지도 몰라. 눈물이 후드득 떨어졌어.

어디선가, 누군가 나를 부르는 것 같아 문득 뒤를 돌아보았지. 당신이 서너 발짝 뒤에서 나를 향해 셔터를 누르고 있었어. 해를 등지고 걸어오는 검은 구레나룻의 남자가 아빠인지 당신인지 순간 헷갈렸어. 아름다운 머릿결이야. 당신이 성큼 큰 걸음으로 다가오면서 말했어.

물속에서 눈을 뜨고 있는 것처럼 당신의 얼굴이 부옇게 흐려 보였어. 어어. 당황한 당신의 표정에도 두 겹의 물금이 둘러져 있었어. 오래된 웅덩이 가장자리에 쭈글쭈글한 물금이 그어진 것처럼 당신의 얼굴도 차츰 일그러지고 있었어. 당신은 다가올 때보다 더욱 보폭을 넓혀 앞에 가는 일행들에게 다가갔어.

아빠도 마찬가지였어. 낮고 감미로운 목소리로 다가왔다가 빠른 걸음으로 서늘한 등을 보이면서 성큼성큼 스쳐 지나가 버렸지.

과 대표가 사진을 전해 주며 말했어. 참나, 어째 교수님은 이렇게 뒷모습만 찍어 준 거야. 석 장의 사진 모두 비자림 사이로 걸어가는 나의 뒷모습이 찍혀 있었어. 사진은 초점이 맞지 않아 조금 흐릿했어.

그중 한 장에서 나는 얼굴을 돌리고 있어. 너무 흐릿해서 눈물은 보이지 않았어. 당신인지 누구인지 모를 어떤 것을 쳐다보고 있는 사진.

블라인드에 사진을 프린트해서 창문에 걸어 놓았지. 내 사진은 아주 커다랗지만 희미해. 나는 그렇게 걸어가고 있어. 간혹, 누군가 나를 부르면 저렇게 뒤를 돌아볼 수도 있는 거야. 나는 잠이 들 때까지 블라인드를 보면서 바이브레이터 스위치를 눌러.

지금 샤워기 레버를 이리저리 돌려 보고 있어. 왼쪽, 그리고 오른쪽. 왼쪽이 뜨거운 물이로군. 뜨거운 물이 수건을 흥건하게 적시기 시작하네. 보이진 않지만 하얀 김이 모락모락 나고 있을 거야. 욕조 아래 배수구를 막고 슬며시 바닥에 샤워기를 내려놓았어. 욕조에 물이 찰 때까지 나는 기다려야겠지.

욕실 문을 조금 열고 방 안의 기척을 살펴. 당신의 숨소리가 조금 거칠어졌네.

나는 화장대 위를 더듬어 커피포트 옆에 있는 허브 통을 찾고 있어. 묵직하네. 통에 손을 넣어. 메마른 찻잎이 삭제된 내 메일처럼 통 속에 가득 들어 있어. 기다려요, 당신 가슴에 곧 내 마음을 쏟아부어 줄게요. 통을 든 손에 나도 모르게 힘이 들어가는군.

타일에도 김이 서렸는지 바닥이 미끈거리고 있어. 외줄타기를 하는 어릿광대처럼 나는 조심스레 욕조로 다가가. 손가락을 세워 욕조의 물 높이를 가늠해 봐. 당신이 들려준 시를 외우면서 기다려야겠지. 당신의 호흡에 운율을 맞추어 천천히 아주 천천히 읊조릴 테니 당신은 영혼으로 듣는 거야. 아, 지금 막 가운뎃손가락에 뜨거운 물이 닿았어. 레버를 잠근 후 팔을 높이 쳐들고 허브 통을 거꾸로 세워. 사라락, 마른 낙엽들이 바다에 떨어지는 소리가 들리네. 뜨거운 김이 얼굴에 촉촉하게 달라붙고 있어.

자, 루미의 시를 들려줄게. **봄의 과수원으로 오세요.** 레몬 밤 허브 향이 서서히 올라오는군. **꽃과 촛불과 포도주가 있어요.** 욕조의 물에 온통 찻잎이 떠 있네. 손으로 느끼는 아름다움. 정말 아름다워. 당신이 안 오신다면. 뜨거운 물속에 잠겨 있는 허브 잎들은 지금 푸릇푸릇해지고 있을 거야. 이런 것들이 다 무슨 소용이겠어요. 어두워서 볼 순 없지만 새롭게 살아나고 있을 이파리들을 만지고 있어. 바스러지던 마른 잎들이 데친 시금치처럼 녹녹하게 늘어지기 시작하네. 당신이 오시면. 점점 향기가 짙어지고 있어. 욕실 문틈으로 향기가 조금씩 당신을 찾아가겠지. 욕실 안은 수증기와 레몬 밤 허브 향기로 터질 것 같아. 또한 이런 것들이 무슨 소용이겠어요. 촉촉하게 내 몸이 젖고 있어. 따뜻한 김이 구석구석 전신을 쓰다듬는군.

으음. 욕조 가장자리에 걸터앉아 나는 온몸으로 당신의 손길을 받아들이는 중이야. 짓눌린 꽃잎처럼 내 속에서도 향기가 솟아나고 있어. 머리카락이 젖고 있네. 관자놀이 근처에서 땀이 한 방울 떨어지려고 해. 가슴 사이에도 아랫배에도 거웃에도 당신의 손이 스쳐 가. 정수리에 숯불을 올려놓은 것처럼 온몸이 화끈거리고 있어.

당신이 이번 계절 수업을 끝으로 UC버클리에 교환 교수로 가게 되었다는 말을 들었을 때도 이렇게 온몸이 화끈거렸지. 그곳은, 그곳은 이렇게 두 시간을 달려서 도착할 수 있는 곳은 아니잖아. 8시 40분에 당신의 차가 후문으로 들어가는 모습도, 동료들과 코트 깃을 세우며 근처 회식 장소로 걸어가는 모습도 다시는 볼 수 없게 된다는 뜻이지. 그러면 나는 어디에 있어야 할까. 블라인드 속의 나는 어디를 바라보아야 할까?

창문을 조금 열어야겠어. 조금씩 움직일 때마다 물기에 젖은

바닥이 미끈거리네. 방 안에도 레몬 밤 허브향이 그득해. 가습
기를 틀어 놓은 것처럼 실내가 축축해.

당신은 엎드려 자고 있어. 시트에 뺨을 댄 채 어린아이처럼 주
먹을 불끈 쥐고 있네. 나를 봐. 당신의 머리맡에 무릎을 꿇고 앉
아 있는 나를 쳐다봐. 나는 다가갈 수 없으니 당신이 다가와야
하는 거야. 여섯 살의 나에게 아빠가 처음으로 다가온 것처럼.

5

부활절이었지. 개나리가 만발한 샛길을 걷고 있었어. 성당에
서 복지원까지의 길은 온통 개나리 천지였어. 노란 원복을 입은
고만고만한 아이들은 찬미가를 부르며 걸었어. 무슨 뜻인지도
모르고 부르던 노래였어.

천주의 어린양 세상의 죄를 없애시는 주여 우리를 불쌍히 여기
소서……

우리들은 작은 바구니를 하나씩 들었어. 대나무 손잡이에는
장미꽃이 달렸고 하얀 솜을 깐 바구니 속에는 물감을 들인 삶은
달걀이 두 개씩 들어 있는 바구니였지. 베드로 신부님은 우리의
머리를 한 번씩 쓰다듬어 주시고는 손에 바구니를 들려 주었어.
나는 달걀을 보면서 울었어. 천주의 어린양이 그 달걀이라고
생각했어. 그런데 삶아져 있다니 어떻게 그것을 먹을 수 있을
까. 처음에는 조금씩 훌쩍거렸는데 나중에는 소매 끝이 흠뻑 젖

도록 울면서 찬미가를 불렀어. 천주의 어린양 우리를 불쌍히 여기소서. 우리를 불쌍히 여기소서.

누군가 겨드랑이에 손을 넣어 나를 번쩍 들어 안았어. 너, 왜 우니. 나는 구레나룻이 시커먼 남자의 품에 안겨서 더욱 흐느꼈어. 눈물이 후드득, 바구니 속의 솜을 적시고 색 달걀로 떨어졌어. 달걀을 칠한 진홍색 물감이 핏물처럼 번졌어.

나는 달걀을 가리켰어. 천주의 어린양 우리를, 우리를. 나는 딸꾹질을 하면서 노래를 불렀어. 남자가 나를 꼭 껴안고 말했어. 너를 행복하게 해줄게. 아빠는 그렇게 나에게 다가왔지. 너를 행복하게 해줄게.

당신을 바라보고 있어. 아름다워. 당신은 더욱 아름다워질 거야. 시선을 나에게 돌리지 않아도, 푸른 기억 속에서 내가 존재하지 않아도, 내가 당신의 나이 든 모습을 보지 못한다 하더라도.

허브향이 점점 짙어지고 있네. 욕실은 습 사우나처럼 온통 김이 가득 차 있어. 으음. 정말 좋은 냄새야. 나는 물속에 손을 넣어 봐. 알맞게 따뜻해졌어. 한 발을 욕조 속으로 들이밀어. 허벅지에 허브 이파리가 달라붙네. 당신의 입술은 아마 이렇게 촉촉하고 부드럽겠지.

나는 천천히 욕조에 몸을 누워. 땀구멍이 열리면서 허브향을 힘껏 빨아들이고 있어. 목과 턱 주위로 이파리들이 물의 흐름에 따라 넘실거리네. 나는 물을 휘저어 봐. 이파리들이 팔 언저리

에 다닥다닥 들어붙고 있어. 허브 이파리에 잠겨 꿈을 꾸는 내
모습을 보고 싶어.

　루미의 시를 들려줄게. 어떻게 아프가니스탄에서, 그것도 중
세기에 어떻게 그런 멋진 시인이 나올 수 있었는지 모르겠다고
당신이 감탄하던 바로 그 시야. 당신은 누구를 생각하면서 그
시를 읊었을까, 잉그리드 버그만? 그렇다면 나는 누구를 생각
하면서 그 시를 들려주어야 할까? 길을 가다가 언뜻 뒤를 돌아
보았을 때 마주친 눈동자에게? 혹은 뿌옇게 흐려 오던 비자나
무 사이에 나타나 은빛으로 반짝이던 햇살에게? 아니면…….
　사랑에 취하여. 나는 눈을 감고 물속에서 춤을 추고 있어. 여
기가 어딜까, 나는 알 수 없어. 나는 태초의 여인처럼 나뭇잎으
로 몸을 가렸어. **당신의 사랑 때문에 맑은 정신을 잃었습니다.** 저
만큼 당신이 있네. 눈을 뜨고 있을까? 아니면 아직도 잠이 들어
있을까? 나는 물속으로 숨어 버릴 테야. 숨을 쉬지 않고 나는
물속에서 눈을 떠. 아무것도 보이지 않아. 손을 휘저어 한 움큼
이파리를 집어 가슴에 올려놓아. 하지만 곧 흩어져 물 위로 떠
오르네. **사랑의 광기에 취해 버렸습니다.** 물속은 아주 따뜻해. 언
젠가 이렇게 따스한 물속에서 논 기억이 나. 그게 언제였을까.
온몸을 공처럼 구부리고 두 손을 마주 잡고 고개를 한껏 숙이고
나는 물속을 떠다니고 있어. 짙은 안개 속에서 자신에게 낯선 나
그네가 **되었습니다.** 당신의 숨소리를 듣고 있어. 내 가슴에 손을
대고 당신과 호흡을 맞추기 위해 나는 숨을 멈추고 있어. 손을

허공으로 쳐들어. 허브 이파리가 소리 없이 떨어지고 있네. 손등에 붙은 허브에 입술을 갖다 대. 조금은 까실한 줄기가 느껴지는군. 당신의 구레나룻처럼 그렇게 기분 좋은 까실함이 내 심장을 쓸어내리고 있어. 너무나도 취하여 집으로 가는 길을 잃었습니다. 한 움큼의 이파리를 내 얼굴에 뿌려. 나를 뿌려 줄 사람은 누구일까, 당신일까, 아빠일까. 아빠한테서는 더 이상 전화가 오지 않아. 모르지, 내 생일이 되면 또다시 원룸 앞에 와서 전화를 할지도. 하지만 아빠. 나는 지금 충분히 행복해요. 그러니까 이젠 당신이 필요 없어. 그리고, 그리고 당신은 나를 행복하게 해주지 못했잖아. 이제는 더 이상 내 뺨에 당신의 구레나룻을 비벼 대지도 않잖아. 정원에서 내가 보는 것은 당신 얼굴뿐이요, 이 스위스제 나이프는 작고도 귀여워. 바이브레이터를 선물했던 그 친구가 주었지. 은장도야. 키 걸이에 같이 꽂아 놔. 지니고만 있어도 든든할걸. 커피를 마시던 친구의 얼굴이 점점 굳어져 갔어. 근데 말이야, 너 그러다가 스토커라고 소문나겠어. 짝사랑은 그냥 가슴속에 묻는 거야. 그래야 아름답지. 나는 나이프를 세웠어. 그래? 번쩍, 친구의 비밀스런 웃음이 날에 비춰졌어. 내 뒤에서 웃고 있는 친구의 입가에 아주 잠깐 스치던 경멸. 나무에서 꽃에서 맡는 것은 당신 향기뿐입니다. 욕조 바닥으로 나이프가 가라앉네. 어디 있을까. 물이 더 식기 전에. 이렇게 따뜻할 때가 가장 좋아. 손으로 물속을 휘젓고 있어. 물을 저을수록 향기는 더욱 짙어지네. 가만, 인기척이 나. 철벙거리는 물소리를 당신이 들었을까. 듣고 깼을까? 당신이 기침을 하네.

습한 이 허브향이 당신의 얼굴 위로 조금씩 내려앉았겠지. 눈을
뜨지 마. 아직, 조금 더 시간이 지날 때까지 기다려 줘. **사랑의
황홀함에 취하여.** 어느 손으로 나이프를 쥐어야 할까. 나는 잠시
망설이고 있어. 오른손으로 나이프를 세워. 철컥. 작지만 예리
한 소리가 날카롭게 허공을 가르네. 이렇게 따뜻하고 포근한 분
위기와는 전혀 어울리지 않는 차갑고 명징한 쇳소리. 더워. 지
금 굉장히 더운 것 같아. 물속에 있으니 땀이 나는지 알 수가 없
네. 이상하게 갑자기 등줄기가 섬뜩해져. 초겨울, 해 진 바닷가
를 거니는 듯한 싸늘함이랄까. 이곳이 혹 그곳인지도 모르겠어.
더 이상 주정뱅이와 술, 사랑하는 이와 사랑 받는 이가. 있는 힘껏
나이프를 눌러. 예전 당신이 내 손목을 잡은 것처럼. 그때는 마
치 탱고를 추는 것 같았지. 아파. 당신의 악력이 그렇게 센지 정
말 몰랐어. 아파. 다이아몬드만 한 티눈처럼. 모르겠어, 어디가
아픈지. 아니, 아픈 건지 아닌지. 당신처럼 미간을 찌푸리지만
나는 웃으려고 애를 쓰고 있어. 노곤해지네. 무척 먼 길을 달려
와서 나, 피곤한 것 같아. 167킬로는 가까운 거리는 아니지. 하
지만 이제 당신은 그보다 더 멀리 떠나려고 하잖아. 당신의 손
을 꽉 붙잡듯 나이프를 잡고 있어. 있는 힘을 다하여 다시 찍어
눌러. 흐흠. 이 냄새 허브의 냄새일까. '학자의 허브'라고도 한
다는 레몬 밤 허브. 이 냄새, 정말 허브의 냄새일까. **어떻게 다른
지를 모르겠습니다.** 나는 욕조에 머리를 기대. 눈이 감겨. 어디
선가, 누군가 나를 부르고 있어. 나는 투둑, 눈물을 떨어뜨리고
있어. 진홍색 물감을 칠한 달걀에 얼룩무늬가 생기네. 붉은 물

감이 번지고 있어. 물감은 점점 더 진하게 퍼져 올라. 나는 구레나룻에 내 뺨을 가져다 대. 울면서 노래를 불러. 우리를, 우리를, 불쌍히 여기소서…….

삿뽀로 가는 길

무대 아래 대기실은 낡고 퇴락한 고깃배 같다.

가파른 계단을 조심스레 딛는다. 배의 밑창으로 내려가는 느낌이다. 나무가 삭아 주저앉은 세 번째 계단은 카펫을 뭉쳐 대강 키 높이를 맞췄다. 뻘 속으로 빨려 들어가는 기분이 드는 계단은 건너뛴다. 그 결에 들고 있는 잔 밖으로 위스키 몇 방울이 튀어나온다.

취기가 오른 김 사장이 한 잔 가득 따라 준 17년산 발렌타인이다. 대기실 문 앞에 서서 찰랑거리는 위스키를 홀짝 들이켠다. 불소 치약을 입안 가득히 짜 넣은 것 같다. 실눈을 뜨고 잔의 8부 정도를 가늠한 다음, 보이지 않는 눈금에 맞추어 다시 홀짝거린다.

텅 비어 있던 뱃속이 자르르 울린다. 온종일 목까지 차올라 있던 소독약 냄새가, 퀴퀴하고도 음습한 병실 냄새가 가라앉는다.

　문고리 대용으로 매달려 있는 헝겊 매듭을 잡아당기자 '관계자 외 출입 금지'라고 쓴 작은 팻말이 기우뚱 흔들린다. 창문도 환기구도 없는 10평 남짓한 어둑신한 공간으로 한 걸음 내딛는다.

　대여섯 명의 악단원이 조도가 낮은 붉은 조명등 아래 둘러앉아 화투 패를 돌리고 있다. 제가끔 코트나 망토를 어깨에 두른 그들의 모습은 부연 담배 연기에 가려 잘 보이지 않는다. 악단장이 흘낏 내게 눈길을 준다.

「씹 번아, 니, 아까 코러스 연습할 때 읊었든 거 같은데?」

　나는 어깨를 으쓱해 보이며 테이블을 넘본다. 판돈은 빈약하다. 천 원권 지폐와 백동전 나부랭이가 볼품없이 흩어져 있다.

　차고지 구석 컨테이너 안에서 남편이 긁어모았던 지폐는 손아귀로 잡을 수 없을 정도였다고 했다. 신새벽까지 팔뚝에 알이 솟도록 힘을 주어 내리쳤던 화투짝이 그렇게도 잘 맞더라고. 칼을 휘두른 사람은 남편과 가장 절친했던 동료였다.

「설령 의식이 돌아온다 해도 병상에서 일생을 보내야 할 겁니다.」

　의사는 무표정한 얼굴로 차트를 훑었다.

　아름다웠던 시간은 고작 반년이었다. 허름한 보퉁이 하나를 안고 그의 집으로 합류하자 남편은 곧 나를 잊어버렸다. 그는 자신의 손안에 들어온 화투 패를 종종 바닥에 내리쳤다. 나는 목단 껍데기나 흑싸리처럼 패대기쳐진 채, 핏발 선 눈동자의 남편을 기다렸다.

검은 숄로 온몸을 두른 미세스 조는 무릎을 세운 채 구석에 앉아 있다. 웅숭크린 악단장의 그림자가 숄처럼 그녀를 다시 한 번 둘러싼다. 그림자에 가려 그녀는 쉽게 눈에 띄지 않는다. 그녀의 상처는 그래서 아무도 보지 못한다. 나는 뒤집힌 그녀의 구두를 가지런히 모아 준다. 허리를 굽힌 눈높이에 그녀의 하얀 맨발이 까딱인다. 얼핏, 그것은 남편의 발로 보인다.

하얀 시트 밖으로 빠져나온 남편의 발가락이 아주 조금씩 움직이고 있었다.

「하이고야!」

가망 없다는 아들 병문안을 올 때도 꽃단장을 잊지 않는 시어머니가 내 손을 꼭 잡았다. 눈썹 모양의 손톱자국이 선명하게 손바닥에 찍혔다. 빨갛게 칠한 긴 손톱은 나의 손금에 또 다른 금을 새겨 넣었다. 거의 넉 달 동안 혼수상태에 있던 남편이 거짓말처럼 눈을 번쩍 뜬 순간, 나는 숨을 쉴 수가 없었다. 그의 부릅뜬 눈동자 속에 커다랗게 확장된 내 동공이 그대로 비춰졌다.

남편은 오늘 중환자실에서 입원실로 올라갔다. 일주일마다 결제해야 하는 병원비가 청소부인 시어머니 한 달 월급을 훨씬 웃돌았다. 남편은 중환자실에서 입원실로 올라갈 것이 아니라 영안실로 내려갔어야 했다. 나도 모르게 눈물이 줄줄 쏟아지기 시작했다. 가망이 없다더니, 마음의 준비를 하라더니 이게 뭐야.

환자 보호자 대기실에 갖다 놓았던 영정 사진을 병원 옥상으

로 들고 가 힘껏 밟았다. 짝짝 유리가 갈라졌다. 틀의 모서리에
서 못이 비어져 나왔다. 뻣뻣한 사진은 구겨 쓰레기통에 던졌
다. 미처 던져 버리지 못했던 유리 조각과 못이 가슴 깊숙이 파
고들었다.

　미세스 조 옆에 엉덩이를 들이민다. 겨드랑이에 끼었던 책을
빼내 술잔을 받친다.
　「김 사장님이 보냈어요, 책이랑 술 한 잔.」
　나는 그녀의 짙푸른 눈가 빗살무늬 주름을 본다. 엊그제 볼
때는 마흔 중반쯤 되어 보였는데 오늘은 예순을 바라보는 추레
한 노년의 얼굴이다.
　「또 왔어? 김 사장?」
　희고 가는 그녀의 팔이 꼭꼭 여민 숄 사이에서 뱀처럼 기어
나와 위스키 잔을 들어 올린다. 그녀의 눈이 감긴다.
　「발렌타인이로군.」
　한 모금씩 넘길 때마다 그녀의 발가락이 옴찔거린다. 리드미
컬하다.
　「그리구, 이 책 꼭 읽어 보시래요.」
　나는 수표가 끼워져 있는 책을 그녀에게 들이민다. 미세스 조
는 책장을 후드득 넘겨 쉽게 수표를 찾아낸다.
　「짜식, 25만 원짜리 술 마시면서 만날 한 장이야.」
　그녀의 표정이 야릇해지면서 수표를 공중에 쳐든다. 수표의
색이 다르다. 나는 침을 삼킨다.

「뭐, 딴소리는 없구?」

그녀의 목소리가 낮아진다.

「11시에 2057 체어맨 대기시켜 놓겠대요. 윈저 바에서 한잔 하자구요. 이쪽 말고 잠실 윈저 바.」

미세스 조가 가방을 뒤적인다. 2만 원을 내 손에 쥐어 준다.

「병원에서 배곯지 말고 국밥이라도 사 먹어. 죽을 사람이야 어쩔 수 없는 거고 산 사람이나 살아야지. 스물 몇 살 밖에 안 된 얼굴이 영 말씀이 아니네.」

좀처럼 말이 없던 그녀가 수표 한 장에 녹녹해져 있다. 지폐를 반으로 접어 주머니에 넣는다. 문 밀치는 소리를 들었는지 악단장이 뒤도 돌아보지 않고 소리친다.

「씹 번아, 이따 〈치리비리빈〉 할 때 22번 없다고 힘 딸려서 데스칸트 음 떨어지면 안 된다이. 돌아 돌아. 죽어도 고야. 이게 얼마 만이냐. 씹 번아, 아예 이 플랫으로 반 음 낮춰 주까? 똑바로 봐, 띠 붙었지? 또 고야!」

테이블은 빈자리가 거의 눈에 띄지 않는다. 이달 말이면 문을 닫는다는 소문을 들었는지 얼굴이 알려진 사람들도 하루에 몇 팀씩은 찾아온다. 클래식 홀의 원조라는 명성을 뒤로하고 낡은 건물은 헐리게 되었다. 건물을 신축하면 지하에 최고급 시설을 완비하고 다시 문을 연다고는 하지만 그건 2년이나 지난 후의 일이다.

무심결에 왼쪽 주머니를 더듬는다. 미세스 조가 준 지폐가 얄

팍하게 잡힌다. 주머니 속 지폐는 하루를 못 넘기고 이내 가족이라 지칭하는 사람들의 주머니로 들어갔다.

맨 처음 몇 달은 아버지의 바지 뒤춤에, 남편의 집에 합류한 이후는 빈번하게 찾아오는 두 여동생의 교복 주머니에, 아니면 남편의 재킷 주머니에. 자신이 받는 청소부 월급보다 훨씬 더 많은 돈을 써버리는 시어머니의 가방 속으로, 무면허 음주 운전에 뺑소니까지 치고 교도소에 들어간 시동생의 공탁금으로도 흘러갔다. 그리고 지금은, 혼수상태로 누워 있던 노름꾼 남편의 코에 꿴 미음 줄로 흘러간다. 2년 후? 그때까지 남편이 살아 있다면 내가 죽어 있겠지.

김 사장이 2층 로열석에서 나를 내려다보며 손을 흔든다. 2층으로 오르기 전에 13번 테이블에 들러 맥주잔을 채워 준다. 부적절한 관계인 듯한 두 쌍의 남녀가 자리를 차지하고 있어 나는 서 있을 수밖에 없다. 만일 네 명이 모두 남자라면 등받이 없는 의자라도 하나 집어와 귀퉁이에 앉았을 것이다. 노닥거리던 남녀들은 입을 꾹 다물고 맥주병 따는 모습을 보고 있다. 골샌님이라고 남자들의 얼굴에 써 있다. 실버 마스터 카드로 긁을 때 봉사료가 포함된 것을 알고 조목조목 따지고 들 위인들이다. 깊숙하게 허리를 굽혀 인사하고 미련 없이 돌아 나온다. 김 사장이 아니면 오늘은 정말 공칠 뻔했다.

2층으로 오르는 층계참에서 3번 언니와 마주친다.

「열 번아, 너 아까 출근비 냈던가?」

3번이 수첩을 꺼내려고 주머니를 뒤지는 사이, 나는 얼른 계단을 뛰어오른다.

「널 한꺼번에 넣게요.」

김 사장의 앞자리에 풀썩 주저앉는다.

「미스 한, 조 여사가 뭐라던가.」

그의 얼굴은 초조와 긴장이 양주와 뒤섞여 벌겋게 달아올라 있다. 나는 일단 뜸을 들인다. 꽃잎 모양의 햄 치즈를 오래오래 우물거린다. 김 사장이 크리스털 병을 기울여 컵에 가득 우유를 따라준다. 나는 천천히 딸기와 키위를 얹은 크래커를 아삭거린다.

「아무 말씀도 없으셨어요.」

나는 크래커 조각처럼 바싹 마른 목소리를 낸다. 한동안 머리를 감싸고 생각에 잠겨 있던 김 사장이 다시 묻는다.

「수표는 받았고?」

뱃속에서 뒤늦게 꾸르륵 소리가 난다. 우유를 한 모금 들이켠다. 그의 눈에는 스물여섯 살의 젊은 나는 보이지 않는 듯하다. 술을 따르거나 미소를 짓지 않고도 거액의 수표를 손쉽게 챙기는 미세스 조처럼 살고 싶다. 나는 도도하게 허리를 편다. 내가 마치 미세스 조라도 된 것처럼 건방진 표정으로 냉랭하게 말한다.

「수표는 지갑에 넣으시던데요.」

무대가 환해진다. 30분간의 휴식이 끝난 모양이다. 정 선생이 콘트라베이스를 끌어안고 현을 퉁겨 보고 있다. 언제 나왔는지 악단장이 아이보리색 그랜드 피아노 앞에 앉아 A음을 똥똥거린다. 미세스 조도 무대에 모습을 나타낸다. 가슴이 깊게 파인 진홍빛 롱드레스의 길게 갈라진 옆트임 사이로 허벅지가 언뜻언뜻 드러난다. 아름다운 몸매다. 경쾌한 걸음걸이는 그녀의 나이를 한순간에 20년쯤 잘라 내 버린다. 어쩌면 무대 위에서는 세월이 흐르지 않는지도 모른다. 서른 안쪽의 나이였을 때 그녀는 무엇을 하고 있었을까.

붉은빛이 도는 바이올린을 왼쪽 어깨와 목 밑에 낀다. 활을 치켜드는 가느다란 그녀의 팔이 허공을 반원으로 가른다. 그녀는 음악을 들려주기 전에 춤을 먼저 보여 준다. 붉디붉은 꽃 한 송이가 꽃잎을 한 장 한 장 날려 보내고 있다. 그것들은 제가끔 팔랑거리며 촉촉해진 가슴을 찾아 내려앉는다. 엉긴 기억의 뇌수를 헤집어, 아스라하거나 잊혀졌던 타래의 끝을 찾아 손님들의 손끝에 감아 준다. 중환자실에서 파란 불을 반짝이면서 남편의 검지 끝을 물고 있던 집게처럼 단단하게.

튜닝이 끝나자 〈매기의 추억〉이 연주된다. 난간에 팔을 걸치고 아예 무대 쪽으로 몸을 돌려 미세스 조를 주시하던 김 사장이 나에게 내려가라는 고갯짓을 한다. 나는 별 모양의 햄 치즈를 하나 더 집어 들고서야 일어선다.

〈매기의 추억〉이 세 번 되풀이되는 동안 테이블에 앉아 있거나 대기실에서 노닥거리던 스물여섯 명의 웨이트리스는 무대 위에 올라가 정렬해야 한다.

홀 안의 모든 손님들이 볼 수 있도록 중앙의 통로로 줄을 지어 걸어간다. 꼬박 5년 동안 〈매기의 추억〉을 부르기 위해 이렇게 걸어갔다. 고개를 들고 조금 건방진 듯하게. 지배인은 시간이 날 때마다 그렇게 주입시켰다.

소매가 넓고 하얀 홀 복은 서빙하기에 여간 불편한 게 아니지만, 손님들에게 고상한 합창단원들과 같이 앉아 있다는 느낌을 주려는 영업 방침에는 잘 들어맞는다. 나는 주머니 속의 오프너를 만지작거린다.

정 선생이 퉁기는 콘트라베이스의 저음이 얼룩이 가득한 바닥으로, 물기를 머금은 명치 아래로 후드득 떨어져 내린다. 홀 안에는 시계가 없다. 종업원들도 시계를 찰 수 없다. 〈매기의 추억〉이 흘러나오면 9시고, 미세스 조가 무대 아래로 사라지면 11시다. 이 선생이 피아노 의자를 뒤로 밀고 허리를 우두둑 꺾으면서 자리에 일어나면 11시 반, 홀 안의 조명이 가득 켜지면 11시 50분이다.

조명이 뜨겁다.

세 번째 〈매기의 추억〉 후렴을 허밍하면서 슬금슬금 줄을 맞춘다. 흰색이 더 도드라져 보이도록 머리 꼭대기의 조명이 하나 더 켜진다. 스탠드 마이크를 조금 멀리 밀어 놓는다. 합창 순서에는 방송실에서 마이크에 에코를 많이 넣어 주기 때문에 너무 가까이 세워 놓으면 노래가 끝날 때까지 잉잉거린다.

테이블마다 빨간색의 램프가 켜져 있다. 홀에 가득 찬 손님들은 저마다 추억 속으로 들어가기 위해 무대를 주시한다. 중후반대의 손님들은 〈매기의 추억〉을 들으며 이미 절반쯤의 세월과 나이를 잘라 냈다. 이제 그들의 까까머리 시절과 풀 먹인 흰 교복을 입었던 시절의 기억들을 핀셋으로 뽑아내 주어야 한다.

김 사장은 추억으로 온몸을 휘감은 대표적 인물이었다. 새벽찬 공기를 가르면서 200부 신문 뭉치를 옆구리에 끼고 달리던 가난한 고학생 시절을 〈매기의 추억〉을 들으며 떠올리다가, 미세스 조가 꽃잎 날리는 모습을 보다가, 타일 박은 이층집 고명딸이던 조명화를 기억해 냈다.
「머리 이쪽으로 도마뱀 핀을 단정히 꽂고 말이지.」
김 사장은 자신의 성긴 머리카락에 손가락을 핀처럼 갖다 댔다.
「넝쿨 장미가 흐드러지게 피어 있는 집 앞에 미세스 조, 아니 조명화가 서 있는 거야. 자주색 바이올린 케이스와 수틀 따위를 들고 자가용이 올 때를 기다리는 거지. 난 그때 바로 윗동네에 살았거든. 한옥 처마에 덧대어 지은 슬레이트 문간방에서 아침부터 수제비를 뜨던 내가 늘 여신처럼 바라보았지. 꿈. 그렇지, 꿈. 꿈도 못 꾸나. 그땐 그 꿈으로 하루하루를 버텼는데 말이야. 근데 필동에서도 소문이 자자했던 조명화가 어쩌다 저렇게 됐지?」

「몰라. 전혀 모르는 사람이야.」

술잔을 받아든 미세스 조는 고개를 흔들었다. 김 사장의 첫 심부름이었다. 곁들여진 베스트셀러 갈피에서 수표 한 장이 나왔다. 솔기가 헤진 낡은 밍크코트 위에 숄까지 둘둘 말고 앉은 그녀의 무릎이 달달 떨렸다.

「추우신가 봐요.」

나는 전열기를 그녀의 발 가까이 옮겨 주었다.

「내가 필동에서 살았던 걸 알고 있다구?」

그녀가 든 술잔도 자르르 흔들렸다. 술잔은 단번에 비워졌다. 그녀의 목덜미에 파랗게 힘줄이 솟았다가 이내 주름 속으로 사라졌다. 먹장구름 같은 굳은살이 왼쪽 턱 아래 걸려 있었다. 그녀가 눈을 감았다. 눈두덩이 한가운데 길게 찢어진, 부자연스러운 쌍꺼풀 자국이 드러났다. 눈 가장자리로 넓게 펴 바른 시퍼런 아이섀도가 별처럼 반짝였다.

피아노 옆으로 바싹 다가선다. 같이 데스칸트를 하던 22번은 손님과 삿뽀로에 여행을 간다더니 근 한 달째 출근하지 않고 있다.

「어려서 그래.」

대기실에서 뜨개질에 여념이 없던 3번 언니가 말했다. 스물한 살이니 어리긴 어렸다. 질끈 묶은 머리가 청초해 보이는 전문대 휴학생이었다. 노래가 끝날 때 무대 위로 꽃다발을 들고 뛰어올라오는 손님도 그녀가 제일 많았다.

「지배인이 그 사실을 알면 당장 해고야.」

손님과는 절대로 사석에서 만나면 안 됩니다. 우리 업소의 이미지는 다른 곳과 달라요. 코러스 단원이라는 자부심을 가지세요. 파바로티와 엇비슷한 체구의 2번 지배인은 시간만 나면 대기실을 들락거렸다.

「그 손님, 테헤란 IT 업계에서 삼인방이래. 삿뽀로에 눈꽃 축제를 같이 보러 가자나?」

손님의 바쁜 일정으로 날짜가 계속 늦춰지자 그녀는 눈꽃 축제가 끝나 버리겠다며 조바심을 쳤다.

「시계탑 아래서 사진도 찍고, 라멘 요코쵸에서 그 유명한 삿뽀로 라면도 먹어야 할 텐데 말이야.」

그녀는 여행 안내서를 작게 접어 호주머니에 넣고 다녔다.

「사진 많이 찍어 올게.」

내게만 귓속말로 속살거린 줄 알았더니 그녀의 삿뽀로행은 모두 알고 있었다.

중환자실 보호자 대기실에 끼어 새우잠을 자면서 종종 꿈을 꾸었다. 온통 눈으로 가득한 곳에서 나는 혼자 뛰어다니고 있었다. 삿뽀로라고 꿈속에서 누군가 알려 주었다. 산소 호흡기를 댄 남편도 없었고, 술 취한 아버지의 모습도 보이지 않았다. 아아아. 나는 커다랗게 노래를 부르며 밤새 눈이 가득한 세상을 뛰어다녔다.

3번 언니는 뜨개질의 코를 자꾸 놓쳤다. 그런데 그녀는 정말 삿뽀로에 갔을까.

뜨거운 조명 때문에 이마가 땀으로 반질반질해진다. 앞쪽 테이블에서 카메라 플래시가 터진다.

「개새끼.」

옆에 선 7번이 입매를 위로 당겨 미소를 지으며 이빨 사이로 분절음을 내뱉는다. 못으로 양철 차양을 긁은 것처럼 소름이 끼치는 목소리다. 그래 봐야 극장식 맥주홀이다. 찍어 간들 변변하게 내보일 곳도 없으면서 손님들은 굳이 셔터를 눌러 댄다. 밋밋하게 종아리까지 내려오는 하얀 원피스는 자세히 보면 군데군데 얼룩이 묻어 있다. 저마다 오른쪽 주머니에는 오프너가, 왼쪽 주머니에는 팁으로 받은 지폐가 있다. 지폐는 다시 공들여 펴진 후, 대개는 저마다의 가족에게 뭉텅이로 넘어가곤 했다.

〈치리비리빈〉을 부른다.

정보통신 공업고등학교라는 긴 이름의 학교에 입학하자마자 합창단에 들어갔다. 한 울타리 안에 유치원에서 전문대까지 있는 기독교계 매머드 학원이었다. 〈치리비리빈〉을 배울 때 합창단 단짝이 조그맣게 물었다.

「너네 아빠, 아직도 엄마 두들겨 패냐?」

레퀴엠 악보 맨 뒷장에 답을 적어 그녀에게 보여 주었다.

「울 엄마 두 달 전에 공장장이랑 날랐어.」

단짝이 바싹 다가왔다.

「어디로?」

「몰라. 인도네시아라나 베트남이라나.」

〈치리비리빈〉을 부른다.

남편은 스물한 살 때 만났다. 이곳에 들어온 지 두 달 만이었다. 그는 영업용 택시 스페어 운전사였다. 성남 따블을 외치고 택시 문을 열자마자 뒷좌석에 엎어졌다. 너무 취해 목소리도 제대로 나오지 않았다.

「아저씨 저 토할 거 같아요.」

중간에 두 번이나 주유소에 차를 세웠다. '아저씨'는 후미진 화장실까지 따라와 휴지를 들고 서 있었다. 변기를 끌어안고 비칠거리는 내 어깨를 단단히 잡았다.

「술을 못하시는 것 같은데 왜 그렇게 많이 드셨을까.」

낮고 부드러운 음성이 따뜻하다고, 그 와중에도 생각했다. 딸꾹질을 하면서 그에게 기대 질질 끌려가다시피 했다.

「딸꾹, 제가요, 딸꾹, 초짜라서요.」

그날따라 골목 입구에 아빠가 지키고 서 있었다. 때에 절어 누렇게 변한 러닝셔츠 바람으로 건들거리는 아빠 손에는 소주병이 들려 있었다. 벌겋게 달아오른 아빠의 얼굴은 어둠 속에서도 탄불처럼 이글거렸다. 택시 문을 열던 나는 다시 차 안으로 엎어졌다. 엎드린 채 외쳤다.

「아저씨, 그냥 가요. 앞으로 그냥 디립따 달려요.」

미세스 조가 간주를 넣는다. 코러스 때문에 한쪽으로 밀려난 스트링 단원들은 어깨를 늘어뜨리고 앉아 있다. 그들은 손님들과 눈길이 마주치지 않기 위해 무대에 깔린 마루의 옹이나 세고 있을 것이다. 그랜드 피아노 날개 사이로 악단장의 벗겨진 머리가 반짝인다. 샛노란 베레모를 쓴 사진사 언니가 뚱뚱한 뱃살을 아코디언처럼 접은 채 무대 오른쪽 계단에서 앵글을 맞추고 있다.

「해가 갈수록 뱃살에 관록이 붙네. 이게 다 맥주 살이야.」

늘 그렇게 말하면서도 손님이 잔이라도 건네주면 얼굴에 화색이 돌았다.

그녀는 미세스 조 쪽에 한 방, 알토 쪽의 누구인가에게 한 방 터뜨리더니 뒷걸음으로 계단을 내려간다.

미세스 조가 천천히 일어선다. 합창과 합창 사이에는 늘 미세스 조의 독주가 있다. 뜨겁고 환한 조명 아래에서 그녀는 눈을 감는다. 그녀의 눈두덩에는 푸른색의 펄이 반짝인다. 그녀가 높은 음 하나를 긋는다. 음은 곧고 길게 퍼져 나간다. 정 선생이 콘트라베이스의 묵직한 저음으로 그녀의 음을 쫓는다. 악단장이 뭉툭한 손가락을 곤두세우며 건반 가득 팔 화음을 펼친다.

그녀는 활을 끝까지 길게 늘인다. 그녀는 타일 박은 이층집의 흐드러진 장미 넝쿨 사이를 더듬고 있는지도 모른다. 음의 끝이 가늘게 떨리다가 어느새인지 사라져 버린다. 꼼짝도 하지 않고 내려다보던 김 사장이 허리를 세우는 모습이 보인다. 미세스 조보다 스무 살쯤 젊은 내게는 책갈피에 수표도 넣어 주지 않고, 바에서 한잔하자고 애원하지도 않는다. 앞으로 스무 살쯤 더 나이를 먹어도 그럴 사람은 없을 것이다. 나는 장미 넝쿨이 화려한 이층집에 살지도 않았고, 바이올린을 들고 다니지도 않았으니까.

악단장이 내 쪽을 보고 고개를 끄덕인다. 데스칸트를 시작하라는 신호다. 22번은 지금 무엇을 하고 있을까. 삿뽀로에 같이 가자던 손님을 아직도 만나고 있을까. 이제는 삿뽀로까지 가지 않고, 장흥이나 양평의 후미진 모텔을 드나들지도 모른다. 나는 배에 힘을 주고 호흡을 가다듬는다. 악단장이 이 플랫으로 낮춰 주었을까. 높은 음을 내기 위해 입안을 동그랗게 넓힌다.

아네스.

남편이 얇은 책 한 권을 내밀었다. 하얀 표지 가장자리로 색동 무늬가 둘러져 있었다.

「성당 앞에서 손님을 태웠는데 이게 결혼식 하례품이라며 주더라구.」

의사인 아네스와 변호사인 아오스딩이 주고받은 편지글이었다. 사랑하는 아오스딩. 그 맑고 따뜻한 마음으로 어렵고 힘든 사람들을 변호해 주시기를. 사랑하는 아네스. 여호와 라파의 하느님께서 치료하는 광선을 발하시는 것처럼, 고통당하는 육신만이 아니라 영혼까지 아름다운 길로 인도하는 당신의 손길이 되기를 기도합니다. 사랑하는 아오스딩, 사랑하는 아네스…….

「아네스.」

남편이 말했다.

「이제부터 당신을 아네스라고 부르겠어.」

그래서 나는, 한 정미는, 아네스가 되었다. 손님 대신 아네스를 태운 영업용 택시는 한강변에 세워지거나, 자유로 갓길에 세워졌다. 자신을 아오스딩이라고 불러 주길 원하는 그는 러시아의 깊은 저음인 콘트라 옥타바로 나를 불렀다.

「아네스.」

노래를 부르는 듯한 남편의 낮은 목소리가 밤이슬에 흠뻑 젖은 풀잎 사이를 떠다녔다. 하늘이 보였다. 별들 사이에 내가 서 있었다. 하얗고 조그마한 작은 집 앞에 서서 나는 손을 흔들고 있었다. 품에 안긴 갓난아기는 쌔근거리며 곤하게 자고 있었다. 빠아앙. 번쩍번쩍하게 닦여진 개인 택시 안에서 사랑하는 아오스딩이 번쩍 손을 쳐들었다. 서너 살 된 귀여운 계집아이가 꽃무늬 잠옷 바람으로 손나팔을 하며 맑고 높은 목소리로 아빠를 불렀다. 아빠 안녕. 아빠 안녕.

〈동무 생각〉을 부른다. 모데라토에 샾이 두 개 붙어 있는 박태준 곡. 중학교 때 배웠던 부분 2부 합창곡이다. 그땐 편지를 열심히 쓰던 시절이었다. 모두 아버지에게 썼다. 물론 보여 주지 않았다. 아버지는 글자를 싫어했다. 학교에서 보낸 공지문은 특히 더 싫어했다. '기일 안에'라는 문구가 공통분모로 들어 있는 공지문은 철저하게 거부했다. 야근을 하고 밤늦게 들어온 엄마의 머리채를 잡아챈다던가, 공부는 좆도 못하는 년이, 하면서 공문 쪽지와 함께 나를 마음껏 밟아, 꼬깃꼬깃하게 구겨 버리는 따위로.

아빠. 아빠는 열다섯 살 때 뭘 꿈꾸셨어요?

밤이 깊어지면 수학책 밑에 일기장을 펴놓고 편지를 끄적거렸다. 그때쯤이면 거의 언제나 아버지는, 옷을 입은 채 술에 취해 곯아떨어져 있었다.

고아원에서 매를 많이 맞으셨어요?

취해 널브러진 아버지의 입가에 흘러내린 걸쭉한 침을 보고 다시 편지를 이었다. 그래서 화가 많이 나서, 식구들을 보면 그저 그렇게 마구 때리고 싶으세요? 동생들이 담 밑에 쭈그리고 앉아 있다가 아빠를 보면 슬슬 도망가는 게 좋으세요? 아버지의 무릎 나온 바지에 가랑이를 타고 차츰차츰 적셔지는 오줌 자국을 가만히 바라보았다. 편지의 말미는 언제나 똑같았다. 아빠, 빨리 천국으로 가세요.

악단장이 홀을 향해 오른손을 번쩍 든다. 허공을 커다랗게 휘젓는 엉성한 지휘다. 술에, 옛 추억에 거나해진 손님들이 일제히 노래를 따라 부르기 시작한다. 두 번째 노래의 후렴은 손님들과 같이 합창하는 하이라이트다. 단골들은 〈들장미〉나 〈그 집 앞〉이나, 〈희망의 속삭임〉을 같이 부르기 위해 합창 시간에 맞춰 오기도 한다. 사람들은 깊은 감회와 열에 들뜬 목소리로 한 소절 한 소절을 이어 나간다.

청라 언덕과 같은 내 맘에 백합 같은 내 동무야. 네가 내게서 피어날 적에 모든 슬픔이 사라진다…….

13번 테이블을 치우던 2번 웨이터가 손짓을 한다.

「손님이 주라던데.」

만 원짜리 석 장을 주머니 깊숙이 찔러 넣는다. 예상은 가끔 빗나가기도 한다. 나는 마음속으로 골샌님을 샌님이라고 정정한다. 파바로티 지배인이 다가온다.

「저기, 6번 테이블 손님, 22번 찾는데 말이야, 열 번이 가라. 가서 잘 둘러대.」

혼자 앉아 있는 남자는 벌써 취해 있다. 큼직한 차의 스테레오에는 클래식 시디가 늘 틀어져 있고, 골드 카드가 대여섯 장쯤 지갑에 가지런히 꽂혀 있을 것 같은 사십 중반의 남자다.

무테 안경 속에서 남자의 눈은 반쯤 풀어져 있다. 테이블엔 양주병과 맥주잔들이 어지럽다.

「어떻게 혼자 오셨어요?」

남자는 와이셔츠 윗 단추를 풀고 넥타이를 느슨하게 잡아당긴다.

「이런 데를 누가 혼자 오나? 지금까지 같이 있다가 다들 갔죠. 근데, 난 22번을 불렀는데?」

나는 솜씨 좋게 맥주잔을 채워 준다.

「미스 리는 삿뽀로 갔어요.」

「삿뽀로?」

나는 테이블을 대강 정리한다.

「눈꽃 축제에 갔어요.」

무릎에 두 손을 모으고 단정하게 대답한다. 남자가 머리카락을 헤집는다.

「그 삿뽀로가 삼성동에 있나? 아까 낮에 코엑스 근처에서 분
명히 봤는데.」

가만히 남자의 얼굴을 쳐다본다. 아끼던 장난감을 남에게 빼
앗긴 아이처럼 서운함이 가득 차 있다. 남자는 바다 위에 떠 있
는 것처럼 출렁거린다. 핏줄 속을 떠도는 알코올이 목을 조여
오는지 자꾸 넥타이를 느슨하게 늘인다.

「며칠 후 외국 지사로 나가요. 그래서 송별회 겸 마지막으로
미스 리 얼굴 좀 보려고 왔더니만.」

그의 가슴이 커다랗게 부풀었다가 가라앉는다. 나는 남자가
22번과 '2차'까지 몇 번 연결되었을 것이라고 짐작한다. 그녀도
미세스 조처럼 남자에게 무던히 애를 먹였을 것이다.

「이번에 나가면 다시는 안 돌아올 예정이죠, 이건 비밀이지
만.」

남자가 맥주잔을 높이 치켜든다. 나는 언더락스 잔에 위스키
를 반 남짓 따른다. 덜그럭거리며 얼음을 고른다. 콜라도 섞지
않고 얼음 덩어리만 몇 개 넣는다. 남자의 잔에 부딪히고 단숨
에 들이켠다. 술 향기가 독하다. 어떻게 하면 가서 안 돌아올 수
있느냐고 묻고 싶다. 물음표가 목에 걸려 술은 쉽사리 넘어가지
않는다. 남자가 주위를 둘러본다. 혹시 어딘가에 22번이 있지
않을까, 찾는 모습이다.

「미스 리가 없어서 무척 아쉬우신가 봐요.」

웃으려고 입매를 당겼는데 어쩐 일인지 입가에서부터 경련이

인다.

「아니, 뭐 꼭 그렇지도 않죠. 근데 어째 분위기가 예전 같지
않네. 폐선 같기도 하고.」

남자가 하품을 한다. 나는 입술을 비튼다. 어디에도 누구의
가슴에도 나는 없다. 병원 옥상에서 밟은 유리 조각이, 못 하나
가 날아와 박힌다. 가슴에 푸릇푸릇 멍이 생긴다.

「2층 3번, 계산.」

2번 웨이터가 귓속말을 해주고 간다. 김 사장이 카운터 앞에
서 있다.

「가시게요?」

「벌써 10시 반이야. 차에 가서 기다려야지.」

그가 지갑을 연다. 얇고 하얀 선들이 참빗처럼 촘촘한 수표
중 하나를 꺼낸다.

「수고했어, 미스 한. 그런데 조 여사가, 아니, 조명화가 나와
줄까?」

수표를 반으로 접어 주머니에 넣으며 나는 모처럼 이를 드러
내며 웃는다.

「사장님의 첫 부탁인데 들어주시겠죠. 윈저 바 정도라면.」

6번 테이블로 다시 돌아간다. 남자는 혼수상태로 누워 있던
남편처럼, 허물만 남은 스러져 가는 모습으로 설핏 잠이 들어
있다.

「언니.」

　나는 사진사를 부른다. 비뚤어진 노란 베레모를 매만지며 달려온 사진사가 손님 앞에 선다.

「아니, 손님 말고 나.」

　나는 이름표를 떼고 허리를 편다. 10번. 미스 한. 흰색 아크릴로 새겨진 이름표는 학교 다닐 때 달던 것과 별반 다르지 않다. 학교와 마찬가지로 이곳에서도 대개 번호를 부른다. 열 번이나, 씹 번으로 변형되기는 하지만. 나는 이름표를 주머니에 넣는다. 오프너와 부딪혀 짤가닥거리는 소리가 들린다.

「가까이 와서 잡아. 얼굴 크게 나오게.」

　허공에 네모난 틀을 만들어 준다.

「왜, 손님이랑 같이 찍지 않고?」

　나는 고개를 반짝 들고 네모난 작은 구멍을 똑바로 쳐다본다. 플래시가 코앞에서 팍, 터진다. 남자가 깜짝 놀라 눈을 뜬다. 폴라로이드 필름을 흔들면서 사진사가 남자에게 찡끗, 윙크를 한다.

「손님도 한 방 박으셔요.」

「아아, 노 탱큐. 하지만 계산은 제가 하죠.」

　남자가 지갑을 꺼낸다. 김 사장만큼이나 두둑한 지갑이다. 남자는 사진 값에 그 몇 배의 팁을 얹어 준다. 그녀는 남자가 그득하게 따라 준 맥주까지 한 잔 얻어 마시고서야 자리에서 일어난다. 그녀가 내 귓가에 취한 입김을 불어넣는다.

「열 번아, 오랜만에 봉 잡았구나. 잘해 봐.」

　폴라로이드 사진은 초점이 맞지 않았는지 선이 뭉개진 데다

가 뺨 언저리에 지문까지 찍혀 있다. 사진사 언니의 취한 손가
락일 것이다.

「아네스.」

손님들은 대화가 끊어졌을 때나 딱히 할 말이 떠오르지 않을
때 이름이 뭐냐는 질문을 던진다. 남자는 팔짱을 낀다.

「이름이 아네스? 성당에 다니나 보네요.」

나는 고개를 끄덕인다. 급하게 마신 몇 잔의 양주가 뜨겁고
격렬하게 가슴속을 휘젓고 다닌다. 나는 남자에게 혀 꼬부라진
목소리로 말한다.

「결혼식도 성당에서 했죠.」

「아하.」

남자는 무료한 표정을 감추지 않는다.

「남편 이름은 아오스딩이죠.」

남자는 계속 고개를 끄덕인다.

「삿뽀로에 가보셨나요?」

이번에는 내가 질문을 던진다.

「아직.」

나는 남자에게 바투 얼굴을 들이민다.

「우리, 같이 갈까요? 삿뽀로에?」

남자가 앞 머리카락을 쓸어 넘긴다.

「삼성동 근처의 삿뽀로 말인가?」

「어디든 좋아요.」

「이봐요, 아네스라는 분.」

남자는 손가락을 엇끼고 우두둑 꺾는다. 테이블 위에 놓인 사진을 손가락질하며 남자는 길게 하품을 한다.

「당신은 22번이 아니잖아. 내가 같이 가고 싶은 사람은 22번이라구.」

남자가 빨간 램프를 들고 흔든다.

「대리 기사 좀 불러 주시죠.」

웨이터가 차 키를 들고 내려간다.

홀 안이 왁자해진다. 무대 위로 뛰어오른 술 취한 손님이 마이크를 거머쥐고 있다. 오선지에 그려 넣을 수 없는 노래가 튀밥처럼 난반사된다. 웨이터 두엇이 달려 나가 취객을 감싼다. 기다렸다는 듯 홀 안에 조명이 켜진다. 남자는 지폐 몇 장을 사진 위에 올려놓고 가버린다.

나는 환한 불빛 아래에 혼자 앉아 있다. 지폐를 반듯하게 접는다. 누군가가 이렇게 나를 접어 주머니에 넣고 어디론가 데려갔으면 좋겠다. 삿뽀로 같은 곳으로 데려갈 사람은 없나. 아니면 베트남이나 인도네시아라도.

탈의실에서 옷을 갈아입는다. 술 얼룩이 묻은 홀 복이 번호가 붙어 있는 옷걸이에 후줄근하게 늘어진다. 벌겋게 달아오른 얼굴이 거울에 비친다. 나는 세상을 다 산 것 같은 늙은이의 모습이다. 미세스 조처럼 목에 주름이 가득하고 눈가가 쪼글쪼글하다. 허리를 구부리고 무대에 올라 〈매기의 추억〉을 부른다. 목소리는 제대로 나오지 않는다. 파 샾까지 올라가는 데스칸트도 할 수 없다. 늙은 나는 손님의 어깨를 밀치고 욕을 하면서 술병을 쳐든다. 나는 아네스야, 성당에서 결혼식도 했다구!

차가운 바람이 부는 거리로 나선다. 보도블록이 울퉁불퉁하다. 나는 걸음을 제대로 옮길 수 없다. 백내장이 잔뜩 낀 것처럼 시야가 부옇다.

도보에 바짝 붙여 놓은 검은 차의 차창이 내려간다.

「미스 한, 조 여사 언제 나가든가?」

김 사장의 걸걸한 목소리가 튀어나온다. 나는 어깨를 으쓱해 보인다.

「아직 안 나오셨나요?」

그는 가난한 고학생의 얼굴처럼 초췌하다.

「미스 한, 조 여사 언제 나갔는지 몰라?」

나는 차 안으로 얼굴을 들이민다.

「사장님, 저랑 같이 가시지 않겠어요, 윈저 바?」

「무슨 소리야.」

차 유리가 다시 올라간다. 검은 유리에 내 얼굴이 비친다. 주름이 가득한 얼굴이다.

저만큼 미세스 조의 뒷모습이 나타난다. 직원들만 드나드는 후문으로 나왔는지 그녀의 모습은 느닷없다. 김 사장 눈에 띄지 않도록 한 블록쯤 걸어가서 택시를 잡으려는 모양이다. 조금 서두르는 듯한 발걸음은 허방을 딛는 것처럼 위태로워 보인다. 적어도 오늘은 윈저 바에 갈 마음이 없는 듯하다.

몇 사람의 취객이 그녀의 뒷모습을 가려 준다. 검은 숄의 끝자락이 바람을 안고 어둠 속에서 부챗살처럼 퍼진다.

나는 차도에 내려선다. 달려오는 차들을 향해 커다랗게 손을 휘젓는다.

「삿뽀로, 삿뽀로.」

파 샵보다 더 높은 음으로 나는 쏜살같이 달려오는 차들에게 고함을 지른다. 차들은 아슬아슬하게 내 곁을 스치고 지나간다. 미세스 조의 검은 숄처럼 나의 바바리코트가 바람을 가득 물고 휘날린다.

보도에 바짝 붙이고 서서히 움직이는 검고 육중한 차가 눈 안에 들어온다. 김 사장의 체어맨이다.

나는 두 손을 번쩍 든다. 폭우 속 와이퍼처럼 쉴 새 없이 흔들며 차 앞으로 달려간다. 검은 차창에 내 뺨을 부빈다. 사진사 언니가 내 사진에 문대 놓은 것처럼 뺨이 일그러진다.

차 유리문이 반쯤 내려간다. 김 사장은 의아한 표정이다. 나는 재빨리 차문을 열고 뒷좌석에 몸을 밀어 넣는다. 엎어진 채 차 시트를 꽉 움켜쥔다.

「그냥 달려요! 앞으로 그냥 디립따 달려요!」

바알

현관문은 비죽이 열려 있었다. 고개가 꺾인 부츠 뒤축이 완강하게 버티고 있는 틈 사이로 노란 불빛이 새어 나왔다. 현관 바닥에 제멋대로 엉겨 있는 신발들을 발로 밀어내고 겨우 안으로 들어서자 발자국이 찍혀 있는 마룻바닥이 가장 먼저 눈에 띄었다. 푸른 조끼의 사내들 틈에 끼어 무언가를 먹던 상미가 입가를 훔치며 일어섰다.

「신은 벗지 않아도 돼. 그냥 올라와.」

그녀의 흐트러진 머리카락이 낯설었다. 그녀 역시 긴 굽의 검은 구두를 신은 채였다.

나는 새삼 주위를 돌아보았다. 짐은 거반 꾸렸는지 거실 구석에 몇 무더기씩 몰려 있고, 거실 한가운데에서 푸른 조끼의 사내들은 저마다 박스를 하나씩 꿰차고 앉아 탕수육에 소주를 마시고 있었다. 그들 역시 하나같이 지저분한 운동화나 뭉툭한 랜드로바를 신은 채였다.

　빈 박스가 포개져 있는 사이의 결 고운 마루에 구두를 신은 채 올라섰을 때, 유리 한 조각이 박힌 듯 날카로운 통증이 가슴을 후볐다.

　재작년 결혼과 함께 이 아파트에 입주하면서 상미는 종이에 그득히 적힌 목록들을 포기하고 거실에 마루를 깔았다. 열 자 반의 맞춤 붙박이장과 가장자리를 레이스로 박음질한 아사 커튼, 그리고 수없이 노래를 불러 댔던 콘솔까지 단념하면서. 집들이 선물로 한 무더기의 프리지어 다발을 내밀었다. 그녀는 무대에서 꽃다발을 받듯 무릎을 살짝 내렸다 폈다. 그러고는 노란 프리지어 다발을 가슴에 안고 마루를 넓게 한 바퀴 돌았다.

　커피 분쇄기의 청동 손잡이를 서툴게 돌리고, 작은 서랍에 소르르 내려앉은 고소한 커피향을 맡았다. 쿠션 하나씩을 끌어 안고 마룻바닥에 엎드려 손가락으로 하나하나 짚어 가며 마루의 이음새를 찾다가 똑같이 잠이 들었다. 봄 햇살이 나른한 오후였다.

　상미가 담배 보루 포장지를 허리까지 부욱 찢었다. 네댓 개의 담뱃갑이 바닥에 쏟아지자 주섬주섬 주워 푸른 조끼의 사내들에게 하나씩 건넨다. 신문지와 테이프와 분홍끈 뭉치가 널려진 바닥에 주저앉은 그녀가 나에게도 불쑥 담배 한 갑을 내밀었다.

　「이건 고모 거.」

고모? 나도 반년쯤 전에는 고모가 될 줄 알았다. 결혼 후 2년 만의 임신은 모두를 들뜨게 했다. 소식을 알리는 상미의 목소리가 전화기 너머에서 가늘게 떨렸다.

「윤주야, 이제부터는 널 고모라고 부를 수 있게 되었어. 얼결에 이름을 부르면 아버님이 얼마나 눈총을 주었는데. 고모, 축하해 줘.」

그후 그녀는 말끝마다 장난스레 '고모'를 붙였다. 놀러 와, 고모. 연출가 김이 아직도 잘해 줘, 고모? 갓김치 가지러 와, 고모…….

나는 선 채로 허리를 꺾어 그녀가 켜주는 라이터에 불을 붙이고 힘껏 빨았다. 푸르스름한 연기가 눈에서도 나오는 듯 눈이 맵싸해진다.

누군가 박스 하나를 밀고 와 만들어 준 자리에 앉아 누군가 건네준 소주를 입속에 털어 넣고, 차갑게 식은 탕수육 한 점을 먹었다. 술이 바닥나자 사내들은 일어나 다시금 짐을 싸기 시작했고, 상미는 어디선가 양주 한 병을 가져왔다. 양주병 허리에 먼지가 살포시 앉아 있었다. 나는 흐물거리는 종이컵을 구겨 버리고 새 컵에 술을 따랐다. 술 한 모금에 양파 한 조각, 술 한 모금에 단무지 한 입.

벽에 기대어 앉아 한쪽 무릎을 세운 채 아무 말 없이 앉아 있는 상미를 쳐다본다. 시린 바람이 한 겹 둘러진 듯한 저러한 모습을 지나간 어느 날, 한 번이라도 상상해 보았던가.

「윤주야.」

상미가 자신의 빈 컵을 높이 쳐들었다. 술 때문인지 그녀의 눈자위가 붉게 물들어 있다. 가슴 한구석이 서늘해진 나는 박스에서 슬며시 내려앉았다. 나는 고모가 아닌, 윤주가 되어 여전히 쳐들고 있는 그녀의 빈 컵에 술을 채웠다.

검은 뿔테 안경 속의 상미 눈이 번득였다. 창백한 이마에 땀이 배었는지 몇 가닥의 새카만 머리카락이 붙어 있다. 그녀는 언제나 빗살 자국이 드러날 정도로 말끔하게 빗어 묶고 다녔다. 흔한 염색 머리 가운데 그녀의 새까만 머리카락은 오히려 눈에 뜨였다. 하얀 가르마는 또 얼마나 정갈했던가. 유난히 도드라진 이마에 마치 늙은 지네처럼 달라붙어 있는 머리카락을 내 손으로 치워 주고 싶었다. 하지만 나는 손을 내밀어 머리카락을 치워 주는 대신, 고개를 젖혀 남은 술을 들이켰다.

푸른 조끼의 사내가 다가와 상미에게 무엇인가 묻는다. 취해서인지 나는 무슨 말인지 알아들을 수 없다. 양쪽 귀에 가득 물이 차 있는 것같이 웅웅거렸다. 상미가 내 어깨를 흔들었다.

「아버님 짐은 오늘 가지고 갈 거지?」

갑자기 상미의 목소리가 우물에 대고 소리치듯 먹먹하게 들려왔다. 나는 그 우물에 갇힌 여섯 살 아이처럼 도리질을 했다. 나는 흐트러진 그녀의 머리카락이 싫었고 숨을 쉴 때마다 튀어나오는 양파 냄새가 싫었다. 그리고 무엇보다 마루에 찍혀 있는 발자국이 끔찍하게 싫었다.

마침내 굳게 닫혀 있던 아버지 방의 문이 열렸다.

아버지는 갑자기 사라졌다. 불과 다섯 달 전 일이었다. 아버지가 사라졌다, 나로서는 그렇게밖에 이해할 수 없었다. 아버지는 주말 낚시 중이었다. 잔고기 두 마리가 죽어 있는 노란 비닐통 안에서 지갑이 발견되었다.

오빠는 일본 출장 중이었고, 상미는 임신 초기라 장거리 여행이 불가능했다. 갓 제대한 윤철과 밤을 새워 달려간 해남경찰서에서 아버지의 지갑을 건네받는 내 손이 떨렸다.

이렇게 지갑 하나만 달랑 남기고 아버지는 어디에 가셨단 말인가. 만 원권 지폐 몇 장과 맞은편 비닐 커버에 들어 있던 사진. 아버지의 주민등록증 옆에 나란히 꽂혀 있던 상미의 사진. 나는 사진 속의 그녀처럼 눈이 둥그레질 수밖에 없었다. 그 스냅 사진은 내가 찍어 준 것이었다.

병원에서 임신을 확인한 상미는 자신이 소속되어 있던 발레 시어터에 사표를 냈다. 그리고 세종문화회관에서 있었던 공연에서 그녀는 25초 동안 혼자 춤을 추었다. 그것은 그녀의 마지막 공연이었다.

6만 원짜리 표를 아버지와 오빠에게 주고, 나는 회관 뒤 분수대 앞에 앉아 상미를 기다렸다. 공연장 쪽문에서 나비가 팔랑이듯 그녀가 뛰어나왔다. 조심해야지, 나는 그녀의 가벼운 날갯짓에 깜짝 놀라 자리에서 일어섰다. 그녀의 얼굴은 낯설었다. 검은색의 눈썹 선이 코 중간까지 짙게 그려진 낯선 그녀의 얼굴에는 붉은색의 볼 터치가 양 뺨을 가득 메우고 있었다.

상미는 나의 재킷 왼쪽에 노란 리본을 핀으로 찔러 주었다. 행사 요원. 쪽문 안으로 나를 이끈 그녀는 몇 명의 무전기를 든 사내를 지나쳤다 상미는 내 손을 잡고 작은 복도를 이리저리 돌고 한없이 긴 계단을 내려가 대기실 문을 열었다.

저마다의 도시락을 먹고 있던 상미와 비슷한 몇 명의 여자들이 인사를 했다. 나는 숨을 고르며 크고 둥그런 조명등이 환히 켜진 거울 앞에 앉았다. 거울 속에서 그녀가 재미있다는 듯 코를 찡긋했다.

나는 우산을 쓴 일본 여인이 그려진 도시락을 풀었다. 상미는 입술 색이 지워질까 봐 입을 크게 벌려 초밥을 먹었다. 나는 몰래 들고 온 폴라로이드 카메라로 입을 크게 벌리고 있는 그녀를 찍었다. 젓가락 끝의 초밥이 반쯤 잘려진 렌즈 속에서 그녀는 눈을 동그랗게 뜨고 있었다.

공연이 시작되었다. 대기실에 있는 작은 TV에서 공연 모습이 중계되었다. 바닥에 주저앉아 팔을 죽죽 뻗어 몸을 풀던 상미가 안내 방송이 나오자 다시 나를 끌고 복도를 지났다. 상미와 같은 옷을 입은, 혹은 다른 옷을 입은 여자들이 잰걸음으로 한 방향을 향해 가고 있었다.

벽 쪽에서 오케스트라 소리가 작게 들려왔다. 무대 바로 뒤쪽이었다. 모두들 발을 감싸고 있던 털 뭉치 같은 양말을 벗고 작고 가파른 계단 위에 줄을 지어 섰다. 상미는 아직도 따뜻한 보온 양말을 벗어 나를 향해 던졌다. 나는 작은 틈새로 얼굴을 디

밀고 극장을 들여다보았다.

　무대 조명은 엷게 객석을 비추어 주고 있었다. 가끔씩 조명 불빛에 의해 객석의 얼굴이 정면으로 튀어나왔다가 곧 사라지곤 했다. 나는 간혹 비춰지는 객석에서 아버지와 오빠의 얼굴을 찾으려 애썼다.

　「찾을 수 없을걸. 모두 똑같아 보이지 않아?」

　과연 아버지와 오빠는 찾을 수 없었다.

　공연이 끝나고 근처의 식당에서 상미를 기다리는 동안 아버지는 연신 수건으로 이마의 땀을 닦았다.

　「전부 상미 같더라.」

　말쑥하게 정장으로 차려입은 오빠도 웃었다.

　「몇 십 명이 똑같이 머리를 뒤로 묶고, 똑같은 옷을 입고 이리 왔다 저리 왔다 엉기는데 정말 저도 모르겠던데요.」

　두 남자는 똑같이 아리송하다는 표정이었다.

　「참나, 끝에서 두 번째 작품에서 혼자 춤을 추었다니까요.」

　「윤주야, 작품마다 독무는 한두 번씩 꼭 있던걸.」

　오빠가 혀를 찼다.

　「글쎄다, 그런데 얼굴도 똑같더라니까.」

　아버지도 나름으로 열심히 보았다는 표정이었다. 나는 분장실에서 찍은 상미의 사진을 아버지에게 건넸다. 아버지, 다른 건 몰라도 며느리 얼굴은 구별하실 수 있으셔야죠.

　사진을 든 아버지의 손이 파르르 떨렸다. 아버지는 다시금 이마의 땀을 훔쳤다.
「그런데 상미가 이렇게 생겼더냐…….」

식탁 위에 엎어져 있던 뻐꾸기시계에서 하얀 뻐꾸기가 나와 부리로 식탁 유리를 쪼았다. 뻐꾹 따닥, 뻐꾹 따닥. 나는 휴대폰을 꺼내 시간을 확인했다. 9시였다. 푸른 조끼의 사내들은 서둘러 돌아갔다. 그네들의 어깨에 걸친 수건은 보송보송했다. 한 사내가 마지막으로 문을 나서며 흩어진 신발들을 구멍 뚫린 플라스틱 궤짝 안에 차곡차곡 채워 넣고 갔다.

아버지 방에서 나온 박스는 세 개였다. 그것들은 현관 앞에 일렬로 늘어서 있었다. 그 속에는 아마도 내가 알지 못하는, 알 수도 없는 아버지의 삶이 한 자락 깔려 있을 것이다. 사람이 사람의 마음, 혹은 생을 어디까지 이해할 수 있는지. 긴 세월 엄마의 병석을 지키면서 아버지에게는 두껍게 입은 속내의처럼 쓸쓸함이 몸에 달라붙어 있었다.

밖으로만 나도는, 아무 쓸모없는 딸이었던 내게 아버지는 아무 일도 시키지 않았다. 오랜 습관으로 아버지는 아침 일찍 일어나, 두툼한 손을 밥솥에 집어넣어 밥물을 가늠했다. 낡은 한옥 아궁이에 허리를 굽히고 연탄을 갈면서 구멍을 맞추던 아버지.

시내가 내려다보이는 라운지에서 아버지께 점심을 사드린 적이 있었다. 엄마가 오랜 병에서 놓여나 드디어 다른 세상으로 가게 되었을 때 이미 우리에게는 집조차 남아 있지 않았다. 아마도 아버지는 꽤 오랫동안 이런 곳을 출입하실 수 없었을 것이다.

아버지는 널찍한 등받이에 몸을 기대고 사면이 유리창인 주위를 돌아보았다. 정오의 햇살이 아낌없이 우리가 앉은 테이블을 비추고 있었다.

테이블에는 하얀 옥스포드 천 위에 같은 질감의 선홍빛 천이 마름모꼴로 겹쳐서 깔려 있었다. 음식이 나오는 동안 나는 라운지 이름이 인쇄된 냅킨으로 종이 접기를 했다. 아버지는 햇살 때문인지 가늘게 눈을 뜨고 주위를 돌아보았다. 조심스럽게 우윳빛 크림수프에 후추를 갈아 뿌리고, 샐러드 옆에 동그랗게 말린 홍당무를 조용히 우물거렸다.

「오랜만에 호사를 하는구나.」

후식으로 나온 아이스크림을 조심스럽게 뜨시며 아버지는 또다시 혼잣말처럼 되뇌었다.

상미가 정식으로 우리 집으로 인사를 온 날, 그녀는 오빠와 함께 큰절을 올리면서 언뜻 눈물을 비쳤다.

「아버님, 제 손으로 따뜻한 진지 올리고 싶습니다.」

상미가 정성스레 차린 상을 받으며 아버지는 혼잣말처럼 중얼거렸다.

「오랜만에 호사를 하는구나.」

나는 박스에 찍힌 글자들을 읽었다. 새우깡, 새우깡, 죠리퐁. 상미의 짐은 익스프레스 글자가 질서 정연히 찍혀 있는데 내가 가져가야 할 아버지의 짐은 겉에 적힌 스낵 이름처럼 아주 가벼위 보였다. 정말 그 속에 새우깡이나 죠리퐁이 가득 들어 있다면 좋겠다. 그렇다면 한 봉지씩 꺼내어 양파 대신 아삭거릴 것이 아닌가. 나는 반 남짓 남은 양주병을 다시 기울였다.

초록색 테이프가 칭칭 감긴 스낵 박스를 쳐다보던 상미가 나를 쳐다보았다.

「저거…… 열어 보지 마.」

나는 순진한 표정으로 고개를 끄덕였다.

「그냥 가져가서, 구석에 처박아 두고 잊어버려.」

「그럴려구 해.」

「그냥, 속에는 새우깡이나 뭐 그런 스낵이 있다고 생각해 버려.」

다시 뻐꾸기가 나와 식탁 유리를 쪼았다. 나는 휴대폰을 열었다.

「올라와.」

어깨를 웅숭크린 윤철이 들어왔다. 머리가 좀 젖어 있었다. 누구에게랄 것 없이 고개를 주억거리며 바닥에 눈길을 주었다. 그 역시 거실을 둘러보기 전에 마룻바닥에 찍힌 발자국을 먼저 보는 듯했다.

「어서 와요, 도련님.」

반 옥타브쯤 올라간 상미의 목소리가 어색하게 들렸다. 무릎을 짚고 일어서는 상미의 몸이 흔들렸다. 여전히 이마에 늙은 지네를 붙인 채 마치 처음 스케이트보드를 타는 것처럼 허우적거리는가 싶더니 이내 마른 지푸라기처럼 풀썩 엎어졌다.

그녀의 구두 긴 굽에 짐을 싸는 분홍 타래 끈이 옭매어져 있었다. 그녀의 발목을 잡는 것이 어디 저뿐인가.

나는 천천히 그것의 매듭을 풀었다. 상미는 등을 돌리고 그대로 누웠다. 그녀의 등에 눌린 빈 단무지 그릇을 빼낼 때, 손끝에 전해졌던 아주 가느다란 떨림.

윤철은 박스를 하나씩 어깨에 얹고 세 번을 들락거렸다. 끈으로 마무리를 하지 않은 탓에 쉽게 들 수 없었을 것이다. 세 번째 박스를 들기 전, 윤철은 나에게 눈짓을 했다. 가야지?

「먼저 집에 가 있어.」

나는 십자가를 보고 있었다.

그것은 벽 쪽의 식탁 다리 사이에 끼어 마치 그것을 고이고 있는 지렛대처럼 옆으로 누워 있었다. 빛이 닿지 않는 구석에서 거무죽죽한 모습으로, 검은 두건을 쓰고 벽에 붙어서 누군가를 기다리는 범죄자처럼, 그렇게 우리의 행태를 빠짐없이 지켜보고 있었다.

아버지는 엄마가 돌아가신 후 교회에 다니기 시작했다. 어느 날 아버지는 제법 굵은 나뭇가지를 하나 들고 와, 댓돌 위에 앉아 과도로 힘들게 두 동강을 내고 연필을 깎듯 그것을 다듬어 긴 십자가를 만들었다.

간밤의 숙취로 비몽사몽 냉장고의 물병을 꺼내는 내 등 뒤로 아버지는 슬며시 비껴 지나쳤다. 그때 아버지의 손에 들려 있던 두꺼운 성경책.

성경 뒤에 붙어 있는 지도 여기저기를 짚어 보는 아버지에게 나는 장난삼아 말했다. 아버지의 십자가를 짚고 절뚝거리며 우스꽝스럽게 걷는 시늉을 했다.

「욥바, 다메섹, 갈릴리…… 아버지, 이걸 지팡이 삼아 한 바퀴 돌아오시죠. 참, 그러려면 조금은 더 길었어야 하는데.」

아버지의 십자가.

머리카락의 빗물을 턴 윤철은 다시 박스를 어깨에 얹었다. 여전히 등 돌린 채 누워 있는 상미는 못 본 척했다. 뒤이어 들리는 계단을 내려가는 무거운 발소리. 그는 한쪽 어깨를 짓눌린 채, 그렇게 평생을 살아가야 할지도 모른다.

윤철의 낡은 차에서 가르릉거리는 소리가 작게 들려왔다.

어둠 속에서 누워 거실 창밖을 보고 있던 나는 몸을 일으켰다. 휴대폰을 열었다. 노란 액정판에 숫자가 떴다. 오전 4시 15분.

여름 차렵이불 하나씩 꺼내어 맨바닥에 깔고 덮고 한숨을 잔 것 같다. 상미는 옆에서 이불 하나를 반쯤 덮고 엎드려 있다. 아직도 자는 것일까?

나는 벽에 기대어 있는 십자가를 바라보았다. 아버지 방에 걸려 있던 것처럼 희미한 형체로 뭉뚱그려진 채였다. 참으로 초라하다. 그것의 삶은 벽에 기대거나 누워 있지 않으면 못에 박혀 공중에 떠 있을 터. 그런 초라한 모습으로 어떻게 인간을 구원한다는 것인가.

「아버님의 십자가였어.」

어느새 일어난 상미가 성냥을 그었다. 탁하고 갈라진 목소리에는 얇은 비닐 막이 덮여 있었다. 그녀는 담배에 불을 붙이고 손끝까지 타 들어간 성냥불을 십자가에 가까이 갖다댔다. 꺼멓게 탄 둥근 황이 목이 부러지듯 툭, 바닥에 떨어지고 이어 불이 떨어졌다. 나는 얼결에 손바닥으로 내리쳤다.

「여기 이 모서리.」

작은 불똥 하나가 남긴 흔적으로 화끈한 손바닥으로 야윈 나무를 잡았다. 이 나무는 어느 순간 아버지의 눈에 뜨였을까. 이 나무는 어느 순간 사지가 두 동강 나 허리가 겹쳐진 채 이런 모습으로 서 있게 되었을까. 하나는 짧게, 또 하나는 그보다 조금 길게 잘려져서. 자신이 쉰아홉이 된 늙은 사내의 방에서 예수의 삶을 조용히 얘기해 주는 성물(聖物)이 될 것을 어찌 알았을까…….

예수의 피가 뚝뚝 연이어 떨어졌음 직한 긴 쪽의 나무 끄트머리가 심하게 패어 있었다.

「윤혁 씨가 이걸로 나를 쳤어.」

오빠가? 그렇다면 그곳엔 정말 핏자국이 배어 있을지도 모르겠다.

도대체 어디서부터 일이 잘못된 것일까. 나는 머리를 흔들었다.

오빠는 해남에서 일주일을 머물렀다. 까칠한 얼굴로 돌아온 오빠의 눈동자는 새빨갛게 충혈되어 있었다. 윤철과 거실 마루에서 기진맥진해 누워 있던 나는 일어설 힘도 없었다. 아무도 내색하지는 않았지만 모두 포기하고 있었다. 아버지를 다시는 볼 수 없을 것이다.

우리는 자석에 끌리듯 오빠를 따라 아버지의 방으로 들어갔다. 상미가 혼수로 해온 보료 위에 시원한 삼베요가 정갈하게 깔려 있었다. 삼 단짜리 작은 책장, 그리고 그 옆의 작은 공간에 못 박혀 있는 나무 십자가.

온 식구가 모인 가운데 오빠가 서랍을 뒤지기 시작했다. 반쯤 남은 박하사탕 봉지, 작은 수첩, 아버지가 홀로 다녔을 극장표, 고궁 입장권, 차곡차곡 쌓여 있는 낡은 앨범…… 그리고 그 옆에 있던 서너 묶음의 편지 뭉치.

맨 밑의 서랍 바닥에서 두꺼운 노트를 발견한 오빠는 후드득 그것을 펼쳤다.

相美에게.

첫 장 맨 위에는 그렇게 쓰여 있었다. 유난히 획이 긴 아버지의 글씨. 덩그마니 이름만 적어 놓은 밑으로 하얗게 비어 있는 공백. 다음 장도 마찬가지였다. 相美에게. 때마침 얼음물을 들고 안으로 들어선 상미가 새파랗게 질려 뒷걸음을 쳤다. 잠이 덜 깬 윤철은 어리둥절한 표정이었고, 나는 목구멍 밑에서부터 치밀어 오르는 비명을 삼키느라 손바닥으로 입을 가렸다.

오빠는 첫 장부터 마지막 장까지 천천히 넘겼다.

相美에게, 相美에게, 相美에게…….

상미는 유산했다. 그러나 내가 정신없이 달려갔던 병원은 애초에 그녀가 정기적으로 다니던 산부인과가 아니었다. 수술실에서 입원실로 자리를 옮긴 그녀는 덜덜 떨고 있었다. 토인의 그것처럼 부풀어 있던 시퍼런 입술, 입술색보다 더 진한 퍼런 멍이 가득한 얼굴, 붕대가 터번같이 둘려 있는 머리. 나를 보자 그녀는 입술을 달싹였다.

「꿈이지? 지금 나, 꿈을 꾸고 있는 거지?」

퇴원한 그녀를 뉘어 놓고, 서툰 솜씨로 미역국을 끓이던 나는 부엌 창문으로 꾸역꾸역 밀려들어 오는 불길한 그림자를 보았다. 후덥지근하고 음습한 대기 속에서 주차된 차 보닛에 피어오르는 열기의 아지랑이. 32도의 열기는 지상의 형태를 굴절시킨다. 마주 보이는 건너편 아파트 베란다 창틀이 구불구불 휘어져 있었다. 어느 순간 날카롭게 굽어진 그녀의 인생처럼 말이다.

오빠는 아무에게도 알리지 않고 아버지처럼 사라졌다. 상미가 퇴원한 지 일주일이 채 지나지 않아서였다. 중국. 하긴 그당시에는 오빠가 어디로 가버렸는지 아무도 몰랐다. 오빠의 행방은 그 며칠 후에 회사에서 알려 주었고, 다시 며칠인가 지난 후에는 신문에서도 확인을 해주긴 했다. 사회면 밑단에 몇줄로 드러난 오빠의 행적. 고객 돈 빼돌린 투신사 대리, 중국으로 잠적.

상미가 십자가 위로 길게 담배 연기를 내뿜었다.
「언젠가 꿈을 꾸었어.」

상미가 뚫어지게 나를 쳐다보았다. 그녀의 앙 다문 입술이 파르르 떨렸다. 이어 뺨으로 어깨로 그리고 온몸으로 떨림이 번져가는 그녀를 보며 나는 눈을 크게 떴다. 그녀의 머리 주위에 마치 달무리 같은 희미한 빛이 둘러 있었다. 저것이 무엇일까. 선뜻 손을 내밀지 못하는 대신 나는 떨고 있는 상미의 손을 잡았다. 그녀의 손은 섬뜩할 정도로 차가웠다. 마치 한 움큼의 칵테일 얼음 조각을 쥔 것같이 쩍쩍 달라붙는 냉기.

「나는 춤을 추고 있었어. 이 자리에서. 저 끝까지 마치 무대의 조명처럼 햇볕이 쏟아지고 있었지. 몸이 굉장히 가볍게 느껴졌어. 지붕이 없다면 하늘까지 날아갈 것 같았지. 입고 있던 꽃무늬 홈웨어에서 꽃들이 전부 튀어나와 공중에 둥둥 떠 다녔어. 데이지, 마가렛, 리시안샤스…… 온갖 꽃들이 이 거실 안에 가득 찼어. 향기가 굉장했지. 그때, 나는 무슨 춤을 추었을까. 아주 익숙한 흐름으로 봐서는 예전에 추었던 어떤 대목이었는지 모르지. 격렬하고도 아름다운 음악이 흐르고 있었는데 그게 오디오에서 흘러나오고 있는 건지, 아니면 내 머릿속에서 흐르고 있는 건지 알 수 없었어. 얼마나 춤을 추었을까. 온몸이 땀에 흥건히 젖어 나는 바닥에 쓰러졌지. 마루에 뺨을 대고 허공에서 꽃들이 날아다니는 모습을 바라보았어. 얼마나 아름답던지. 그때, 가슴이 터질 것 같이 가쁜 숨을 몰아쉬는 나에게 누군가 다가왔어. 아주 조용히 다가온 사람은 처음 보는 사람이었어. 그는 어디에서 왔을까. 하늘에서? 창문으로? 아니면 꽃들 속에 숨어 있던 정령 중 하나는 아니었을까. 그가 땀으로 범벅이 된 내 얼굴을 핥기 시작했어. 젖은 머리카락도, 가슴과 겨드랑이까지 그리고 땀으로 미끈거리는 발가락 하나하나까지. 눈을 감고 생각했어. 같이 춤을 추어야지. 그다음엔 내가 이 사람의 땀을 핥아 주어야지. 어찌된 셈인지 나는 꼼짝도 할 수 없었어. 하지만. 두렵지도 무섭지도 않았어. 나는 춤을 추고 있었어.」

상미는 한 컷씩 잘려진 슬라이드 필름처럼 조금씩 몸을 뒤로 꺾어 누웠다. 그녀의 머리 근처를 맴돌던 뿌연 빛이 어느새 보이지 않았다.

상미 옆에 나도 쓰러지듯 바닥에 몸을 누인다. 연꽃 모양의 전등과 같이 달려 있는 실링 팬 날개 사이로 작은 야광별이 보였다. 조금 큰 별 두 개와 작은 별 하나. 별이 보고 싶다는 상미를 위해 오빠는 팔을 길게 뻗어 붙여 주었을 것이다.

침실 천장에 가득 붙여 놓은 별. 그 별 중 얼마가 흘러나와 거실 천장까지 왔노라고 상미는 별을 가리키며 함박웃음을 터뜨렸었다. 그렇게 웃는 그녀를 폭행한 오빠가 바로 저 별을 하나하나 붙여 주던 그 오빠인가?

지나간 반년의 세월이 이제껏 내가 살아온 서른 해보다도 길게 생각되었다. 나는 갑자기 늙어 버린 것처럼 온몸에 힘이 빠진 채 거리를 쏘다녔다. 작정하고 달려들었던 뒤늦은 논문도 팽개쳤다. 적어도 서른 번 이상의 아침을 그의 옹색한 원룸에서 맞이하던 나를 연출가 김이 별 이유 없이 피해 다니기 시작해도 전혀 신경이 써지지 않았다.

「오빠는 그 돈을 어디에 썼을까?」

내가 알던 오빠는 전철에서 매일 만나는 걸인에게도 동전이 없어 주지 못하면 미안해하는 사람이었다. 아파트를 사기 위하여 회사에서 융자를 얻었을 때 오빠는 조금이라도 융자금을 덜 얻기 위해 자신의 차를 팔아 버렸고, 어린 신부는 착하게도 자신의 적은 개런티를 모두 생활비에 집어넣었다. 그리하여 그것은 어느 때는 아이스크림 케이크도 되고, 또 어느 때는 아버지가 좋아하는 꽃게 찌개도 되었을 터.

오빠가 며칠 동안 회사에서 틀어박혀 이제껏 세상을 살던 성실한 지식으로 고객의 돈을 빼내며 무슨 생각을 했을까. 모든 것을 팽개친 채 비행기에 올라 구름 밑의 세상을 내려다보며 대체 무슨 생각을 했을까.

상미는 조금씩 밝아 오는 밖을 내다보고 있었다.

집은 얼마 전 차압이 들어왔다. 집값의 열 배가 넘는 돈을 가지고 간 오빠는 지금쯤 중국에서 그 많은 돈을 어떻게 써야 할는지 고민하고 있을지도 모르겠다.

이제 곧 푸른 조끼의 사내들이 들이닥칠 것이고 그녀는 떠날 것이다. 그녀의 목소리가 아득하게 들렸다.

「윤혁 씨는 자신이 다시 이곳으로 돌아올까 봐 겁이 났을 거야.」

나는 싱크대로 다가가 가스레인지 후드에 불을 켰다. 샛노란 불빛이 삼각형으로 부엌을 비추었다. 그 불빛의 얼마쯤은 식탁 모서리에 굴절되어 상미의 등덜미까지 다가간다. 개수대 위에 설치된 라디오 버튼을 눌렀다. FM에서 음악이 흘러나왔다.

이렇게 이른 새벽, 상미는 쌀을 씻거나 감자를 깎으며 음악을 들었겠지. 언제나 일찍 일어나는 아버지는 벌써부터 거실에 앉아 신문을 펼치고 있었을 것이다. 테이프로 문을 막아 놓은 냉장고에 노란 포스트잇이 붙여져 있다. 나는 가까이 다가가 얼굴을 들이대고 희미한 어둠 속에서 글자들을 하나하나 읽었다. 내일 아침의 메뉴. (밑줄 두 개 긋고) 시금치 된장국, 어리굴젓, 계란찜, 김치 겉절이, 김……. 내일 아침의 메뉴에서 그 '내일'은 오래전에 사라졌다.

대학 때부터 연출을 공부한답시고 자유와 방종의 중간쯤을 풍미하던 내 청춘에 비하면 상미의 청춘에는 연습실과 공연장을 오가며 땀을 흘리는 춤밖에 없었다. 두 번째 남자와 헤어지고, 그녀를 불러냈다. 어둡고 냄새나는 지하 술집에 앉혀 놓고 눈물을 안주 삼아 테이블에 즐비하게 맥주병을 늘어놓고 주정하는 나를, 그녀는 단정히 앉아서 바라보았다. 계속 같은 얘기를 되풀이하는 내 신파조 넋두리를 한 마디도 중간을 자르지 않고 들었다. 그리고? 자꾸만 공중을 휘젓는 내 팔을 택시 안에 밀어 넣고 집으로 데려다 주었다.

낡은 한옥 대문 앞에서 그녀는 심호흡을 크게 한 후 초인종을 눌렀다. 허리가 반쯤 꺾인 나를 억지로 세워 놓고, 문을 열어 주는 아버지의 심각한 얼굴 표정이 점점 누그러져 종내 소리 없는 미소로 바뀌게 될 때까지 열심히 변명해 주던 상미.

밖에서 부르릉거리는 소리가 들렸다. 이삿짐 트럭이 도착했다. 밤새 가는 비가 왔었는지 바닥이 축축하게 젖어 있었다. 아니, 어쩌면 지금도 비가 오는지 모르겠다. 푸른 조끼의 사내들이 차 문을 열고 훌쩍 뛰어내려 성큼성큼 걸어오고 있다. 저마다 빨간 페인트가 칠해진 장갑을 꼈고, 그중 한 사람은 허리에 잔뜩 연장을 달고 있었다.

상미가 부석부석한 얼굴을 한 번 부비고, 문을 열었다. 차가운 공기가 싸하니 안으로 흘러든다. 두런거리는 목소리와 묵직한 발소리가 뒤섞여 들리면서 사내들이 들어왔다. 그들의 어깨에 빗방울이 몇 개씩 떨어져 있다.

상미가 다가와 내 어깨에 숄을 감아 주었다. 그녀의 검은 숄이다. 숄은 끈질긴 인연처럼 내 몸을 한 바퀴 돌고도 남아 팔에 늘어졌다.

짧은 시간에 푸른 조끼의 사내들은 짐을 다 옮겼다. 상미가 배달되었던 그릇에 신문지를 덮고 현관 밖에 내놓았다. 한 사내가 마지막으로 올라와 커다란 쓰레기봉투에 바닥에 흩어져 있는 모든 것을 쓸어 담았다. 신문지, 빈 병들, 우그러진 컵. 아직 술이 남아 있는 양주병을 사내에게 건네주었다. 그것은 사내의 앞자락으로 들어가 불룩한 가슴을 만들었다. 상미가 나동그라져 있는 십자가를 집어 쓰레기봉투에 집어넣었다.

가는 비가 내리고 있었다. 이삿짐 트럭 옆의 차에는 한 남자가 시동을 걸고 있다. 차 앞에 얇은 면바지에 맨발 차림의 여자가 서 있다. 뒤로 아무렇게나 틀어 올린 목덜미가 상큼하다. 여자의 품에 안긴 어린아이가 알 수 없는 말을 옹알거린다. 여자가 무슨 말을 했는지, 남자는 지갑을 꺼내어 몇 장의 지폐를 아이 손에 쥐어 준다. 이야호. 여자 입에서 아주 맑은 새소리가 난다. 이야호. 아이의 입에서도 그와 비슷한 소리가 났다. 상미의 눈길이 오래도록 '가족'에게 머물러 있었다. 나는 그렇게 정신없이 쳐다보는 그녀를 바라보았다.

아버지가 사라지고, 오빠도 떠나가 버렸고, 이제는 상미도 어디론가 가려 한다. 갑자기 오스스 한기가 돌았다. 상미가 나에게로 다가왔다. 나는 가만히 서서 바들바들 떨리는 몸을 그녀에게 기댔다. 그녀는 무릎 아래까지 흘러 내려가 있던 숄을 다시 걸쳐 주었다. 토닥토닥, 그녀가 내 어깨에 숄을 눌러 준다. 흘러내리지 마라. 토닥토닥. 흘러내리면 안 돼.

나는 차에 오르는 그녀의 팔을 붙들었다.

「그래, 대체 어디로 간다는 거야?」

상미는 팔짱을 낀 채 앞만 바라보았다. 운전기사의 장갑을 낀 손이 기어를 움켜잡았다. 언뜻 그녀가 나를 돌아보았다. 무어라 말을 하는 것 같았다.

「뭐라고? 안 들려!」

상미가 차창 유리를 내렸다. 갑자기 하느작거리던 빗줄기가 거세졌다. 얼음장같이 차가운 빗줄기에 내 입에서 하얀 입김이 새어 나왔다. 잘못 보았을까, 상미는 빙긋 웃고 있었다.

「지금 뭐라고 하는 거야!」

나는 서서히 움직이는 차를 따라 뛰며 소리쳤다.

차에서 나는 소음 때문에 그녀의 말을 알아들을 수 없었다.

사이드 미러에 상미의 얼굴이 비쳤다. 그녀의 입이 다시 자그
맣게 움직인다. 나는 상미의 입 모양을 그대로 되뇌어 보았다.

해남.

레몬의 시간

이제 곧 쉰두 살이 된다고 그녀가 갸르쳐 준다. 만으로는 쉰하나가 되는 셈이지.

나는 웃는다. 웃으면서 분꽃 피리를 불던 그녀의 입술에 검지를 세워 갖다 댄다.

쉬잇. 다물지도 벌어지지도 않은 그녀의 입에서 술에 젖은 노랫가락이 흘러나온다. 나도 빨리 그녀처럼 온종일 노래를 읊조리게 되기를 바란다. 그녀가 눈을 뜨면 가장 먼저 보이는 것이 은빛 수통이 아니라, 술에 흠뻑 젖은 나이기를.

작은 창으로 어두운 밤하늘이 한 조각 떨어진다. 창틈을 비집고 들어온 바람 한 줄기가 내 얼굴 위로 나붓나붓 내려앉는다. 나는 조용히 누워, 점점 잦아지는 그녀의 노래를 듣는다. 으깨진 레몬 씨가 떠다니는 소주잔을 부딪치며 거친 날숨끼리 부딪히며 가끔씩 툭, 어깨도 부딪히던, 그녀, 손목을 가만히 잡는다.

나는 그녀의 이름을 부른다. 오래전 내가 알던 여자가 그녀인지 아닌지, 이름을 불러 보고, 손목을 잡아 보아야 겨우 알겠다. 조금씩 아주 조금씩 기억의 끈을 당긴다. 먼 곳에서 희미하게 보이는 그녀의 손을 잡고 나는 운다. 취했구나. 내 입술에 검지를 갖다 대며 역시 취한 그녀가 속삭인다. 쉬잇.

그녀가 내 머리까지 시트를 뒤집어씌운다. 내가 잠들면 수통 뚜껑을 열 생각이겠지. 언제나처럼 뚜껑을 열기 전에 귀에 대고 흔들어 맑게 찰랑거리는 소리를 들을 것이다. 하지만 나는 안다, 오늘도 어제처럼 그녀가 먼저 잠이 들 것이다.

큼큼. 풀 먹인 옥양목에 밴 비릿한 풀 냄새를 맡는다.

오래전, 내 목을 감고 있던 그녀의 손에서도 이렇게 비릿한 냄새가 났다. 끈적하면서도 섬뜩한 감촉에 어느 순간 잠에서 깨어났을 때, 나와 죽음을 동시에 끌어안은 그녀를 보았다. 우리의 비아 돌로로자, 그 첫 번째 지점에서 도망치던 내 목 언저리에 처연하게 찍혀 있던 검붉은 꽃잎 자국.

그때처럼 지금도 그녀는 미소 짓고 있다. 어두워도 그녀의 입매를 만지면 알 수 있다. 술의 힘. 그녀가 갖고 싶어 하는 것이 은빛 수통뿐이라고 해도 나는 이해할 것이다. 나는 그런 그녀를 위해 더욱 열심히 레몬을 썰 것이다. 잠든 그녀의 목을 끌어안는다. 그녀의 헝클어진 머리카락을 귀 뒤로 가지런히 쓸어 넘겨 준다. 나는 그녀의 이름을 부른다. 그녀가 다른 말은 듣지 못하도록 그녀의 귓바퀴에 바짝 대고 그녀를 부른다.

얼굴이며 팔에 닿은 뻣뻣한 시트가 계속 사각거린다. 풀 먹인 옥양목에서 바람이 나부끼는 소리가 난다. 높은 장대 위에 꽂아 놓은 깃발처럼 조금은 쓸쓸한 소리다. 뒤집은 모래시계에서 쏟아진 짙푸른 시간이 유리 대롱을 벗어나 내 귓전에 소복하게 흘러내린다. 나는 만족한다. 이제 아무도 지나간 세월에 대하여 이야기하지 않을 것이다. 내 덥수룩한 수염이나 그녀의 왼쪽 손목에 대해서도. 혹 그들이, 눈앞에 보이지 않는 우리에 대하여 이야기할 때, 조금은 관대해지기를 바란다. 하얗지도 누렇지도 않은 시트의 색이 부옇게 번져 보인다. 나는, 통이 넓은 수의를 입은 기분이다. 그녀는 나에게 자신의 나이뿐 아니라 관 속에 눕는 법까지 가르쳐 준다.

1

어머니가 위암 말기로 고생할 때, 나는 눈 덮인 하바로브스키의 계곡을 더듬고 있었다. 벌써 1년 넘게 내 바짓가랑이를 붙잡고 놓아주지 않는 쏘냐와 함께였다. 뾰족한 계곡 끝으로 차갑게 얼어붙은 푸른 하늘이 맞닿아 있었다.

40콤마 고속 연속 촬영으로도 잡히지 않는 놈들의 발자취를 묻어 버린 눈 속에, 나는 서 있었다. 내가 보고 싶은 것은 덩치 큰 포유류의 행적이 아니었다. 이번 프로젝트는 계획부터 무리가 따랐고, 현지 사정은 더욱 형편없었다. 동행했던 연구원은 두 달도 되지 않아 철수했다. 학회에서도 바닥난 지원금을 핑계 삼아 송금을 중단하고 귀국을 종용했다. 그렇다고 내가 돌아갈 리가 있나. 어디든 머무르면 남이 아무리 등을 떠밀어도 3년은

꿈쩍하지 않는 내가.

나는 앵글을 잡았다. 기역 자로 펼친 엄지와 검지가 네모난 틀을 만들어 얼음 박힌 허공을 비추었다. 윤이 둥실 떠올랐다. 깃털처럼 작고 가볍게 그녀는 위로 솟았다. 그녀는 늘, 발이 땅에 닿지 않는 곳에 존재했다.

짙은 회색 구름이 빠른 속도로 하늘을 덮었다. 날이 갑자기 어두워지고 회초리로 등짝을 후려치는 듯한 바람이 몰려왔다. 예보에 없던 강풍이었다. 고성능 마이크를 씌워 놓은 샛노란 털 마개의 술 자락이 일제히 한 방향으로 나부꼈다. 3미터 전방 돌 틈에 세워 놓았던 카메라가 럭비공처럼 튀면서 눈보라 속으로 사라졌다. 익숙하던 지형이 순간마다 변하고, 눈으로 덮여 어디가 어딘지 가늠할 수 없을 지경이 되자 지프의 지붕으로 기어 올라갔다.

쏘냐의 빨간 모자를 부러진 가지 끝에 매달아 힘껏 흔들었다. 쏘냐가 내 어깨를 잡았다. 그렇게 힘들게 흔들지 않아도 바람 때문에 저절로 흔들려요. 알아듣긴 했는데 공중으로 쳐든 손은 쉽게 내려오지 못했다. 팔이 아프도록 흔들어 대면서도 살려고 버둥거리는 자신이 이상했다. 어째서 나는 윤처럼, 큰형처럼 한 순간에 자신을 던져 버리지 못하는가.

바람이 잠잠해진 틈을 타 겨우 계곡을 내려왔다. 낫처럼 예리 하게 굽은 달이 시퍼런 눈길을 비춰 주었다. 등 뒤 어디선가 거 대한 눈 뭉치 떨어지는 소리가 둔탁하게 들렸다. 도망치는 사람 은 언제나 뒤를 무서워한다. 나는 돌아다 볼 수 없었다. 늘 생각하는 것이지만 하늘은 내 편이 아니니까.

쏘냐의 비명을 세 시간 넘게 듣다 보니 귀에서 이명이 들릴 지경이었다. 저만큼 오두막이 보이자 쏘냐는 다시 비명을 질렀다.

나는 벌겋게 달아오른 난로를 껴안고 부들부들 떨었다. 나는 잘 때도 모자를 벗지 않았다. 항암 주사를 맞는 어머니처럼 모자를 쓰고 감자만 잔뜩 들어가 걸쭉해진 솔랸카를 먹었다. 쏘냐는 고개를 갸웃거렸다.

누구든 나를 만나는 사람은 그녀처럼 고개를 갸웃거렸다. 무엇이 당신을 그토록 황폐하게 하는가. 그것이 낯선 나라의 언어인 경우, 그들의 눈동자는 한층 더 깊어졌다. 나로 하여금 '황폐'의 뜻을 깨닫게 하려는 듯, 그네들은 진지한 표정으로 어깨를 으쓱하거나 파란 눈동자를 더욱 가까이 들이밀었다.

쏘냐는 내 배 위에 걸터앉아 소리쳤다. 우리 같이 죽어 버리자. 쏘냐는 그 말뜻을 알지 못했다. 언젠가 그녀를 껴안고 그렇게 부르짖었다. 우리 같이 죽어 버리자. 그게 무슨 뜻이냐고 그녀가 물었다. 사랑한다는 뜻이라고 알려 줬다. 야 루블류 찌바! 그녀는 서둘러 한국말을 외웠다. 울가이죽뻐리쟈. 울가이죽뻐리쟈. 그녀는 말의 갈기를 휘어잡듯, 더부룩한 내 수염을 잡고 흔들었다. 포르노 배우답게 정강이까지 오는 긴 부츠를 신은 채였다.

나는 누운 채 쿠바 산 시거를 입에 물고 푸른 연기를 그녀에게 날려 보냈다. 쏘냐는 허리를 뒤로 꺾어, 노래처럼 긴 울음을 남기고 어디론가 저 혼자 달려가 버리고, 그러고 나면, 아랫도리와 연결되지 않은 뇌수 가닥마다 윤의 얼굴이 대롱대롱 매달렸다. 황폐란 이를테면 그런 것이다.

어머니의 근황은 늘 작은형이 전해 주었다.
「임종은 지켜야 할 것 아니냐, 이제 들어오너라.」
「…….」
한참 대답을 기다리던 형이 단어 사이를 널찍하게 건너뛰며 말했다.
「마지막엔, 모든 사람의 손을 잡고 싶어 하는 게, 사람이니까.」
형이 전화를 끊기도 전에 나는 이미 윤을 보고 있었다. 그렇지. 마지막에는 모든 사람의 손을 잡고 싶어 하는 게 사람이니까. 나는 쏘냐를 불렀다. 말을 꺼내기도 전에 내 표정을 본 쏘냐는 새파랗게 질렸다. 허둥거리며 뛰어와 시거를 입에 물려 주었다. 서둘러 내 옷을 벗기며 그녀는 눈물을 흘렸다. 눈물을 흘리면서 쏘냐는 소리쳤다. 울가이죽뻐리쟈. 흠. 그녀의 말은 윤이 버릇처럼 나에게 들려주던 말이었다.
「이제 그만 들어오라니깐.」
두 달 후 다시 걸려온 전화에서 형은 짜증을 냈다. 나는 창을 열었다. 시베리아 기단이 몰고 온 맵싸한 바람이 단번에 실내를 휘저었다. 코끝에 벌써 윤의 냄새가 맡아졌다. 마당에 의자를 내놓고 축축한 옷가지를 말렸다.

쏘냐는 내가 두 달 안에 돌아오겠다고 아무리 얘기해도 믿지 않았다. 그녀는 현관 옆에 놓여 있는 내 짐 꾸러미를 발로 차며 울었다. 당신은 가면 오지 않을 것 같아. 그녀는 열여섯에 찍었다는 첫 포르노 시디를 내 트렁크에 넣어 주었다.

가슴을 들먹이지 않고도 우는 법을 어머니는 알고 있었다. 망막에는 물기조차 없었다. 어머니는 검은 씨앗 같은 눈으로 나를 바라보았다. 머리카락 하나 없는 정수리에 푸른 핏줄이 도드라져 보였다. 반으로 줄어든 몸피를 덮은 샛노란 공단 이불은, 햇살에 반짝이는 무덤의 금잔디 같았다.

주둥이를 벽 쪽으로 돌려놓은 가습기에서 뿜어져 나오는 축축하고 뿌연 김이 침묵의 공간을 타고 넘었다. 발이 저릴 정도의 긴 시간 동안 어머니는 그저 감았던 눈을 한 번 떠 보였을 뿐이다.

초점은 명확하지 않았다. 나를 알아보지 못하기를 바라는 내 심중을 아는 것처럼 무연히 가라앉은 눈빛 그 속에, 짤막하게 남은 이승이 비춰졌다.

발이 따끔거려 일어설 수가 없었다. 절룩이며 무릎걸음으로 어머니 곁을 물러났다. 문을 닫으려다 다시 한 번 어머니를 바라보았다. 어머니는 이미, 무덤에 있었다.

작은형은 여전히 못마땅한 얼굴이었다.

「그 수염 좀 어떻게 할 수 없냐.」

어떻게 할 수 없다,고 나는 말했다. 이제껏 내 생을 지탱해 준

유일한 것이라고 설명할 수는 없는 노릇이었다. 내가 나를 알아볼 수 없어야 했고, 내 자신을 잃어버리거나, 잊어야 했다. 시간이 흐르면서 수염이 얼굴을 덮었다. 거울 속의 나는 내가 아닌 것처럼 보였다.

나는 낯설어진 나를 보고 안도했다. 길섶의 잡초처럼 얼굴에 빗금이 그어진 것을 신께 감사했다. 어머니는 이러한 나를 알아보았을까?

2

윤은 공원 가로등에 기대 담배를 피우고 있었다. 노란 헬륨등 불빛 아래는 따뜻하고 아늑해 보였다. 나도 모르게 엄지와 검지로 틀을 만들었다. 바삭하게 구운 비스킷처럼 건조해 보이는 윤의 얼굴이 들어왔다. 앞가르마를 탄 긴 머리카락이 그녀의 뺨을 반 남짓 가리고 있었다. 늙었고, 병색이 완연한데 눈빛만 형형했다. 그녀의 눈을 보자 가슴이 뛰기 시작했다. 눈빛은 그대로였다. 윤은 나를 보자 빙긋 웃어 보였다. 그녀의 버릇이었다. 그녀가 웃으면 위험한 순간이다. 가장 힘든 순간에는 그냥 빙긋 웃어 버리고, 그리고 자신이 원하는 방향으로 서슴없이 가버린다.

왼쪽 손목에 피 묻은 붕대를 감은 그녀와 뇌출혈로 쓰러진 큰형과는 어딘가 닮은 구석이 있었다. 남들이 하는 말을 듣지 않는 것, 듣지 않는 척하는 것, 한결같이 내면에 빗장을 지르고 말 없이 눈을 감고 있는 것.

사흘을 중환자실에 있던 큰형은 틈을 타서 자신을 지탱해 주던 모든 끈을 잡아 뺐다. 무서운 악력이었다. 육신을 연결하던 모든 줄을 움켜쥔 손아귀의 힘이 너무도 강해, 그가 죽은 뒤에도 쉽게 펼 수 없었다. 의사들은 사인을 놓고 고민했다.

나는 수염을 문질렀다. 알코올 홀릭이라고 들었는데 그녀는 편안해 보였다.

「20년 만인가?」

「얼추 그렇게 되었네요.」

「너는 여전해 보이는구나.」

내가 여전해 보이지 않는다는 것은 알고 있었다. 윤이 변한 것처럼 나도 변했을 것이다. 윤은 필터까지 타들어 간 담배를 그대로 문 채였다.

「오랜만인데 술 한잔해야지?」

「해야죠.」

지하 호프집에서 레몬 소주를 마셨다. 윤은 주인을 소개시켰다. 내 애인이야.

「시는 쓰지도 않으면서 시인이라고 불러 주면 좋아해.」

「쓸데없는 소릴…….」

시인은 얼굴을 붉혔다. 4, 50대로 보이는 비쩍 마른 남자였다. 불빛이 닿지 않는 모서리 벽면에 250페이지를 펼쳐 굵은 못으로 박아 놓은 문예지가 있었다. 펼쳐진 책은 못 박힌 예수의 손처럼 쓸쓸했다. 어두워서 시를 읽을 수는 없었다. 대신 시인이 틀어 놓은 시 같은 노래를 들었다. 시인이라고 불리기를 좋아한다는 주인 남자는 오래된 LP판을 번갈아 걸어 놓았다. 오래된 노래들이 들려왔다. 사랑에 빠진 여자는 남자를 그리워하고, 남자는 떠나보낸 여자를 못 잊는다는 식의 흘러간 사랑 노래가 느릿느릿 공간을 떠돌았다.

〈베티 블루〉 브로마이드가 조명도 받지 않는 구석에 걸려 있었다. 베아트리체 달의 두툼한 입술이 어둠 속에서도 확연히 드러났다. 다물지도 벌리지도 않은 모호한 입 모양이었다. 아무것도 가지지 않고, 아무것도 바라지 않고, 그래서 아무것도 생각하지 않으면 저런 얼굴이 되지 않을까. 병적인 집착과 히스테리에서 벗어난 저런 모습이 영화의 어느 장면이었는지 기억나지 않았다.

레몬향이 촉촉하게 다가왔다. 시인이 등을 돌리고 레몬을 썰고 있었다. 뚜걱뚜걱. 칼 소리는 일정하지 않았다. 시인의 목 뒤로 묶은 앞치마 끈이, 그가 내려쓴 옛 시처럼 길게 늘어져 있었다. 그의 등을 타고 시 몇 조각이 떠듬떠듬 넘어왔다. 그의 시는 못에 박혀 뒷장을 넘길 수 없다.

윤이 시인의 팔을 잡아끌었다. 나는 잔뜩 굳어 있는 시인에게 잔을 건넸다. 그의 오른손 중지 굳은살에서도 레몬 냄새가 났다. 그녀가 술 마시는 시인의 어깨를 감싸 안았다.

「이봐, 시인 양반. 내 이 사람 좀 소개시켜 줄까? 우리 막내 도련님이셨지, 왕년에. 서울로 유학 와 우리 집에 머물 때, 그때.」

시인이 더듬거리며 말을 막았다.

「알아, 안다구. 예, 예전에, 말, 말해 줬, 잖아. 새삼스레 무슨…….」

윤이 남자처럼 너털웃음을 터뜨렸다.

「그랬던가?」

나를 바라보는 윤의 눈이 형형하게 타올랐다. 시인이 그녀의 팔을 뿌리치고 일어났다. 시인은 휘청거리며 걸음을 옮겼다. 등을 돌리고 시인은 다시 레몬을 썰기 시작했다. 뚝, 뚜걱, 뚝. 레몬을 저미는 솜씨가 더 서툴러졌다. 조금씩 한쪽으로 기울던 그녀가 시인이 앉아 있던 빈자리에 천천히 쓰러졌다.

윤의 곁으로 자리를 옮겼다. 그녀의 겨드랑이에 손을 넣어 일으켰다. 그녀를 감싸 안았다. 그녀의 주머니에 감춰졌던 손을 빼냈다. 투실한 왼쪽 팔목에 두둘두둘한 흉터가 잡혀졌다. 나는 그녀를 이해했다. 예전과는 다른 의미의 이해였다. 그녀는 여전히 아름다웠다.

「야 루블류 찌뱌.」

나는 나직하게 그녀를 불렀다. 윤이 갑자기 눈을 떴다.

「그게 무슨 뜻이지?」

윤의 허리를 감았다. 귀에 대고 속삭였다.

「우리 같이 죽어 버리자, 그 뜻이에요.」

큰형은 자고 있었다. 그는 늘 술에 절어 들어왔다. 카라얀처럼 힘차게 손을 휘둘러 가끔 아내를 멍들게 하는 것은 그 나름

의 지극한 애정 표현이었다. 그의 두 번째 아내는 부어오른 턱
과 멍든 눈자위를 문지르며 하루를 보냈다. 그녀가 룸살롱에 있
었을 때는 너털웃음과 함께 뭉텅이 팁을 건네던 호방한 사람이
었겠지만, 손님으로서의 큰형과 남편으로서의 그가 같을 수는
없었겠지.

나는 문틈에 귀를 대고 그들의 행적을 낱낱이 쫓아 다녔다.
책이고 음악이고 몰두할 수 없었다. 윤의 신음 소리가 엷게 들
려왔다. 쿵. 나는 머리를 벽에 찧고 모로 쓰러졌다. 극대화된
촉수가 현관문이 살며시 열리는 기척을 잡아냈다. 윤이 떠나려
고 한다. 그녀가 견딜 수 없는 것은 의혹의 눈초리가 깊어지는
남편이 아닐 것이다. 눈빛이 엉키고 손끝만 스쳐도 전신이 녹
아내리는 기이한 떨림을, 똑같이 느끼는 존재에 대한 두려움일
것이다.

막 문을 빠져나가려던 윤이 뒤를 돌아보았다. 얇은 홈웨어 차
림이었다. 승강기 앞의 센서가 켜지면서 그녀의 머리카락이 반
짝였다. 후광이 그녀의 어깨까지 내려앉았다. 계단에서 몰려온
바람 한 줄기가 그녀의 치맛자락을 정강이까지 들어올렸다. 그
녀의 가슴에 수놓아진 한 쌍의 은빛 나비를 보았다. 왼쪽, 심장
을 누르고 날갯짓을 하던 나비 하나가 내게로 날아왔다. 나는
깊게 숨을 들이마셨다. 그리고 내게 날아든 나비를 향해, 손을
내밀었다.

나는 뒤도 돌아보지 않고 신발을 꿰었다. 내가 등을 돌린 것
은 깊은 잠에 빠진 큰형과 핏줄로 얽혀진 얼굴들과 그리고 혼돈

에 빠진 스물한 살의 청춘이었다. 내 생을 뭉뚱그려 저당 잡힌 보따리를 단단히 묶었다. 죽음을 담보로 한 매듭은 쉽게 풀리지 않을 것이었다.

큰형의 스텔라를 타고, 큰형이 보이지 않는 곳으로 우리는 날아갔다. 2천 3백 킬로였다. 그냥 달렸다. 이정표를 보지도 않았고, 어딘지 알려고 하지도 않았다.

작은 읍에 도달했을 때 윤은 반지를 팔았다. 국밥을 사먹고 기름을 가득 채웠다. 차의 등받이를 뒤로 젖히고 잠깐씩 눈을 붙였다. 네온이 반짝이는 번화한 거리는 빠른 속도로 지나쳤다.

「우리, 같이 죽어 버리자.」

갓길에 차를 세우고 윤이 말했다. 에워싼 어둠은 너무도 짙어 아무것도 보이지 않았다. 갑자기 하늘이 쩍 갈라졌다. 섬광은 예리하게 어둠을 가르고 차를 향해 내리꽂혔다. 깊게 가라앉혔던 보따리의 매듭이 한순간에 풀렸다.

나는 두려워졌다. 하늘이, 큰형이, 내 미래가. 그냥 이전처럼 문틈에 귀를 대고 숨을 헐떡이거나, 윤과 마주 앉아 사과나 깎아 먹는 것이 나을지 모른다.

「이제 그냥 돌아가요.」

「돌아가자고? 어디로?」

운전대를 잡은 그녀의 손이 심하게 떨리고 있었다. 나는 그녀를 쳐다볼 수 없었다. 모든 것이 명확하지 않았다. 도무지 알 수 없었다. 가슴에서 쉴 새 없이 뿜어져 나오는 내면의 욕구가 사랑인지 아닌지. 꿈결에 더듬던 여자가 그녀인지 아닌지.

「우리 같이 죽어 버리자.」

나는 대답할 수 없었다. 깊은 물속에 빠진 것처럼 귀가 웅웅거렸다. 축축하게 잠긴 그녀의 목소리가 생소했다. 와이퍼가 미친 듯이 빗물을 거둬 냈다. 윤은 차를 돌리지 않았다.

「아직도 결혼을 안 했다구?」

내게 안긴 윤은 어린애처럼 작았다. 그녀는 가벼웠고 한편으론 죽을 만큼 무거웠다.

「같이 사는 여자는 있어요.」

「그래? 그럼 결혼해야지. 너도 마흔은 넘었지, 아마? 말은 잘 통하고?」

「소통이 잘 안 되니까 오히려 좋아요. 듣기 싫은 소리하면 서로 못 알아듣는 척해요.」

손가락을 딱, 튕기며 그녀는 소리 내 웃었다. 그녀의 예리한 콧날이 비로소 뚜렷하게 드러났다. 내 어깨에 기댄 그녀는 편안한 표정으로 눈을 감았다. 다시 두 손을 주머니에 감추고, 그렇게 눈을 감고 늙고 쉰 목소리로 그녀가 물었다.

「그때 2천 킬로가 넘었지, 아마?」

「2천 3백 킬로요.」

「지금은 차가 없으니 2천 3백 킬로를 갈 수는 없겠군.」

윤의 목소리는 너무 작았고, 명확하지 않았다. 내 어깨에 기댄 채 어느새 그녀는 잠이 들었다. 앞치마를 벗은 시인이 다가와 물끄러미 그녀를 바라보았다.

「알코올 홀릭치고는 뒤끝이 깨끗한 편입니다. 취하면 죽은 듯
이 잠을 자니까 말썽 부릴 틈이 없지요.」

시인이 셔터를 내렸다. 자물쇠를 채우고 가게 앞 작은 화분
속에 키를 넣었다. 시인이 혼잣말처럼 중얼거렸다.

「몇 년 전에 분꽃 씨를 뿌렸는데 당최 싹이 나질 않네요.」

그녀를 들쳐 업고 시인의 뒤를 따라갔다. 뚝방 위로 올라서자
그제야 하늘이 보였다.

「집은 여기서 멀지 않습니다. 가게에서 취해 잠이 들면 당신
처럼 그녀를 업고.」

시인의 말은 도중에서 끊어졌다. 마치 자신이 그녀를 업고 있
기라도 한 듯, 그의 등이 굽어 있었다. 길게 늘어진 그림자를 끌
고, 그는 느릿느릿 걸음을 옮겼다. 좁고 긴 길을 사이에 두고
지붕에 루핑을 얹은 판잣집이 끝없이 늘어서 있었다. 쪽문 하나
작은 창 하나, 다시 쪽문 하나 작은 창 하나가 지루하게 이어져
있는 뚝방 골목을 걸었다.

시인이 그중 하나의 쪽문을 열었다. 키는 내 주머니에 넣어
주었다.

「이제는 내가 가지고 있을 필요가 없을 것 같습니다. 당신도
필요 없게 되면 가게 앞 화분에 넣으세요.」

저만큼 걸어가던 시인이 뒤를 돌아보았다. 그의 손이 중간쯤
들렸다가 내려갔다.

「윤은 레몬 소주를 아주 좋아해요.」

팔짱을 낀 채 눈을 감고 있는 작은형의 미간이 깊게 파였다.
「대체 언제까지 그렇게 떠돌아다닐 셈이냐.」
 번쩍이는 자개를 박은 명패와 고급 집기들과 가지런히 놓인 난 화분을 보았다. 굳이 사무실로 나를 부른 이유를 알 것 같았다. 나이에 걸맞은 지위와 쌓아 놓은 전문적 캐리어로 누릴 수 있는, 편안하고 쾌적한 의자에 파묻혀 형은 나를 지그시 바라보았다.
「저에게는 외국이 더 편해요. 나름 재미도 있고, 살 만합니다.」
「그래서, 언제 떠난다구?」
「어머니 뵈시고 나면 곧 갈려구요.」
 형은 서랍을 열었다. 두툼한 봉투를 꺼냈다. 그는 언제나 잊지 않고 내 주머니를 채워 주었다.
 장비 명목으로 건네준 금액은 한 3년쯤 러시아에서 뒹굴 만한 액수였다. 형은 내가 어디에서 뒹굴든 상관없을 것이다. 형이 손님을 배웅하듯 사무실 문을 열어 주었다. 뭔가 말을 할 듯하던 입이 다시 다물어졌다. 그 수염 좀 어떻게 할 수 없느냐고, 그렇게 말하고 싶었던 것이라고 형을 이해했다. 나는 형에게 미소 지었다. 어떻게 할 수 없다,고 으쓱하는 내 어깨가 대신 말해 주었다.

 어머니가 돌아가셨다.
 나는 돗자리 위에 엎드렸다. 울음은 나오지 않았다. 나도 어머니처럼 속으로 우는 법을 알고 있었다. 사람들은 형에게 다가가 정중하게 맞절하고, 낮은 목소리로 위로하고, 술잔을 건넸다. 빈소 옆 식당이나 화장실에서 얼굴을 마주치면 사람들은 당황했다. 서둘러 외면하거나, 수염 때문에 몰라봤네, 하며 얼버무렸다. 그들의 기억은 세월이 흐를수록 더욱 명료해지는 모양이었다. 아, 그때, 제 형수와 밤도망을 쳤던 막내 놈이잖아, 그때.

그때도 그들은 수군거렸다. 아는 얼굴들이 내가 서 있는 곳을 피해 들락거렸다. 그들이 냉랭한 등판을 보였으므로 나는 구태여 등을 돌릴 필요가 없었다.

자정이 지나 문상객이 뜸해지자 형은 잡아 놓은 모텔로 가 잠시 눈을 붙였다. 혼자 빈소를 지키며 영정 속의 어머니를 바라보았다. 나는 어머니에게 말했다. 어머니, 이젠 가야겠어요.

하관은 조용히 진행되었다. 흰 국화꽃을 두른 어머니의 영정이, 붉은 속살을 드러낸 구덩이로 내려가는 당신의 육신을 바라보고 있었다. 입을 굳게 다물고 지켜보는 사람들도 망자처럼 뻣뻣했다. 바람에 불려온 진눈깨비가 관 위에 앉았다가 이내 눈물처럼 녹아 내렸다. 뼛속까지 스며드는 칼바람이 세월을 뭉텅 잘라 내고 합장된 봉분을 에돌았다. 나풀거리던 진눈깨비가 땅에서 솟아올라 눈을 찔렀다.

시야가 뿌옇게 흐려졌다. 나는 세수라도 하듯 두어 번 얼굴을 문질렀다. 까실한 수염이 손에 닿아 버석거렸다. 사람들이 천천히 산길을 내려가고 있었다.

「형.」

나는 앞서 가는 작은형을 불렀다.

「저, 이제 가겠습니다.」

형은 돌아보지 않았다. 조용한 그의 등에 진눈깨비가 달라붙었다. 검은 양복이 군데군데 젖어들었다. 얼룩진 등을 보이며 형은 걸음을 옮겼다. 형이 서서히 멀어져갔다. 멀리, 사람들의 무리가 모여 있는 모습이 보였다.

언 땅에 이마를 대고 어머니의 냄새를 맡았다. 관을 얽어맸던 무명 끈을 펴서 다시 반듯하게 접었다. 묘석을 놓을 자리에 질긴 인연의 끈을 내려놓았다. 어머니께 큰절을 올렸다.

윤이 오고 있다.

나는 쪽문에 기대어 서서, 휘청거리는 그녀의 발걸음을 센다. 한 발짝, 또 한 발짝 그녀가 나에게 오고 있다. 그림자처럼 그녀의 발뒤꿈치를 밟던 시인이 골목 초입에서 돌아간다.

시인은 아무것도 없는 주머니에 자신의 손이나 찔러 넣고 돌아간다. 시인의 주머니에 오랫동안 머물렀던 키는 이제 내 주머니에서 쩔렁거린다.

다가온 윤이 물끄러미 나를 쳐다본다. 언젠가처럼 그녀는 내 어깨를 툭, 치며 말한다.

「그동안 잘 있었어?」

그녀는 비틀거리며 나를 밀치고 쪽문을 흔들어 댄다. 내가 문을 열어 준다. 그녀가 허리를 숙이고 안으로 발을 딛는다. 질은 어둠이 그녀와 나 사이를 갈라놓는다. 나는 그녀의 뒤를 시인처럼 그렇게 바짝 따라붙는다. 나도 그녀처럼 허리를 숙이고 쪽문 안으로 들어가, 그녀처럼 아궁이 옆 댓돌 위에 신을 벗어놓고, 그녀처럼 어두운 방에 선다. 가게 유리문에 비쳐졌던 그녀의 모습처럼, 만져지지 않는 허상이 나를 쏘아본다. 나는 그녀의 실체를 느낄 수 없다. 나는 그녀의 몸에 짙게 밴 술 냄새를 맡는다.

어디선가 컹컹 개 짖는 소리가 들려온다. 짧고 명징한 소리가 정적을 가른다. 길을 향해 난 작은 창이 바람이 불 때마다 덜컹거린다. 나는 들판에 홀로 서 있는 것 같은 그녀에게 한 발 다가간다.

「야 루블류 찌뱌.」

「아니.」

그녀가 고개를 젓는다.

「이제는 죽고 싶지 않은데 어떡하지?」

그녀에게 다시 한 발 다가선다. 역한 술내가 먼저 달려든다.

「레몬 소주, 나도 잘 만들 수 있을 것 같아요.」

윤이 천천히 내 얼굴을 쓰다듬는다. 세로로 깊게 파인 양미간과 파르르 경련이 이는 눈까풀과 수염 사이의 인중에 그녀의 손이 스쳐간다. 나는 눈을 감는다. 그제야 비로소 그녀의 얼굴이 보인다. 눈을 감고 그녀처럼 손을 뻗쳐 그녀의 이마와 콧날과 목선을 더듬는다. 손끝에 닿은 그녀의 입매가 조금 위로 올라간다. 웃고 있는지 아니면 울음을 참고 있는지 분간이 되질 않는다. 미세한 떨림이 전해진다. 내 손도 떨리고 있다. 거칠고 메마른 입술이 만져진다. 손끝에 매달린 쾌감이 한순간에 등골까지 뻗어나간다.

어디선가 그녀의 목소리가 들려온다. 지금처럼 늙지도, 쉬지도 않은 오래전의 목소리다. 우리, 같이 죽어 버리자. 나는 그 자리에 주저앉는다. 그녀의 다리를 끌어안는다. 감각이 너무 날카로워 나는 온몸에 통증을 느낀다. 나는 겨우 입을 벌린다. 윤. 나는 그녀를 부른다.

나는 레몬을 썰고 있다.

반으로 가른 경계 언저리에 피처럼 진하고 끈적한 즙이 새어 나온다. 표면이 매끄럽지 않은 커다란 유리병으로 노란 반달이 계속 떨어진다. 출렁이는 맑은 소주 속으로 시간이 내려앉는다. 투걱투걱. 도마에 닿는 칼 소리는 끊임없이 들려오는 오래된 노랫가락을 베어 낸다.

이제 윤이 올 것이다. 내 손과 얼굴과 가슴에 스며드는 레몬향이 짙어지는 것으로 나는 그녀가 오는 시간을 가늠할 수 있다.

나처럼 레몬을 썰던 시인은 오래전에 이곳을 떠났다. 너무 급히 떠나는 바람에 못을 박아 놓은 자신의 시는 가져가지 못했다. 그래서 지금도 나는 가끔, 어두운 벽에 펼쳐진 채 예수의 손처럼 못 박힌 시를 읽곤 한다. 세로로 씌어진 옛 활자는 창백한 얼굴로 눈물 같은 시를 뚝뚝 떨어뜨린다. 맞은편 벽, 베아트리체 달은 가느다란 팔로 턱을 괴고 시인이 버리고 간 시를 읽고 있다.

지금쯤 그녀는 가게 입구에 놓인 분꽃 화분 앞에 앉아 있을 것이다. 씨를 뿌려 놓고 기다리던 시인 대신 그녀가 새초롬한 분꽃 하나를 툭, 꺾어 올 것이다. 이제 그녀가 오면 나는 그녀의 어깨에 팔을 걸치고 조금씩 조여 안으며 이마를 맞댈 것이다. 노래를 불러 줄게. 내 가슴에 뺨을 대고, 그녀는 꽃잎 하나를 입에 물 것이다. 밑동을 잘라 낸 노란 분꽃이 나비처럼 그녀의 입술 위에 앉을 것이다. 삘릴리. 얇은 꽃잎이 가늘게 떨리며 파닥일 것이다. 오늘도 그녀는 나에게 꽃의 노래를 불러 줄 것이다.

가끔 그러했던 것처럼 나는 쏘냐의 이야기를 들려주고, 그녀는 시인에 대해 말할 것이다. 기억의 바퀴는 늘 그곳까지만 굴러간다. 눈앞에 보이지 않는 사람들을 이야기할 때, 우리는 서로에게 관대해진다. 잔 그득히 따라 놓은 레몬 소주에는 으깨진 샛노란 씨 조각이나 과립이 떠다닐 것이다. 내가 그녀에게 권하는 잔 속에 적셔 놓은 시간은 맑은 물소리를 내며 혈관을 돌 것이다.

알 수 없는 영역

선미가 돌아왔다. 13년 만이었다.

베란다 창으로 선미가 용달차에서 내리는 모습이 보였다. 짐 칸에는 똑같은 크기의 박스들이 선미의 성격에 맞게 차곡차곡 쌓여 있었다. 보라색의 두툼한 스웨터를 입은 그녀의 어깨 위로 끝이 뭉개진 목련 한 송이가 떨어졌다. 앙팡지게 입을 다물고 있던 꽃봉오리가 언제 저렇게 정신 나간 여자 모습으로 펴져 버렸던 것일까. 그것들은 음습한 골방에서 꾸덕꾸덕 말라 가는, 가랑이를 닦아 낸 질 나쁜 휴지처럼 길바닥에 흩어져 있었다. 거리는 축축하게 젖어 있었고 이따금 바람이 몰아쳤다. 새벽에 비가 왔던가?

어젯밤, 그는 늦도록 거실에 앉아 있었다. 불은 켜지 않았다. 그는 골이 깊게 파인 양미간을 습관적으로 어루만졌다. 날카롭

게 벼린 낫으로 누군가 있는 힘을 다하여 단번에 내리친 듯한
자국. 그렇게 자신을 스스로 찍어 버리고 싶었던 적이 있었다.
선미가 떠났을 때, 슬럼프에 빠졌을 때, 술잔을 든 손이 세미하
게 떨리는 것을 발견했을 때. 시퍼런 가슴속에 깨진 병 조각이
나 예리한 면도칼이나 과도를 품고 다니다가 문득 거울을 보니
어느새 양미간은 깊게 찍혀 있었다.

그는 작게 틀어 놓았던 오디오마저 꺼놓고 정적에 쌓인 실내
를 낯선 집을 구경하듯 두리번거렸다. 어둠 속 저쪽 구석의 꽃
다발에서 백합과 프리지아가 조용히 시들어 가고 있었다. 물은
주지 않았다. 어차피 시들 것 아닌가. 그는 깊게 숨을 들이마셨
다. 아주 옅은 향기가 그의 창백한 뇌수에 수혈을 하는 것처럼
서서히 스며들었다.

선미는 밤늦게 전화를 걸어왔다. 샤워를 하려고 옷을 벗는 중
이었다. 1시간 10분의 연주와 두 번의 커튼콜로 그는 많이 지쳐
있었고, 속옷은 흠뻑 젖어 있었다. 독주회보다야 덜하지만 앙
상블은 서로의 이름을 걸고 하느니 만큼 신경은 더 날카롭게 마
련이었다.

「나야, 선미.」

욕실의 문을 열려던 그는 벌거벗은 채, 전화기를 든 채 벽에
기댔다. 세반고리관에 고여 있던 림프가 다 어디로 새어 나간
것처럼 그는 흔들렸고, 어지러웠다. 야무지게 매듭을 짓지 않
은 기억의 가닥들이 머리를 꼿꼿이 세우고 그의 정수리로 솟구
쳤다.

그는 갑자기 담배가 피우고 싶어졌다. 하지만 입에 대지 않은 지 벌써 10년이 지났다는 생각이 들자 자신이 우스워졌다.

여전히 선미의 목소리는 낮고 조용했다. 한국에 돌아왔다고, 지금 막 신문에서 뒤늦게 연주회 소식을 읽었다고. 미리 알았으면 가보았을 텐데, 하는 그녀의 목소리는 마치 일주일 전에 헤어진 사람처럼 심상했다.

연주회. 인터미션에 그는 화장실의 변기를 타고 앉아 위스키를 한 모금 마셨다. 그리고 브람스의 피아노 콰르텟에서 그는 두 마디를 놓쳤다. 만일 그 시간에 선미가 찾아왔다면 화장실의 차가운 타일 벽에 기대어 손등으로 입가를 훔치지는 않았겠지. 대신, 두세 소절은 놓쳤을 것이다.

「아참.」

세월을 훌쩍 뛰어넘은 것처럼 자연스럽게 말을 이어 가던 그녀는 서두를 꺼내놓고 한참을 머뭇거렸다. 위잉 하는 기계음 속에서 그는 선미의 숨소리를 잡아낸다. 임종을 앞둔 환자의 그것처럼 가슴에 귀를 대어야 느낄 수 있을 만큼 가냘픈 숨소리를 그는 숨을 죽이고 듣고 있었다.

선미의 입술은 쉬이 열리지 않았다. 입에 밴 외국어를 제치고 저어 밑에 잠자던 모국의 단어들을 끄집어내느라 힘이 든 것일까. 그의 입속은 갈라진 논바닥처럼 바짝 타들어 간다. 그는 마른침을 삼키며 전화기를 바꾸어 잡았다. 전화기를 잡았던 손이 흠뻑 젖어 있다.

「아직, 결혼하지 않았다면서.」

그는 머리카락을 쓸어 넘겼다. 연주회 때문에 스프레이며 젤을 바른 머리카락에서 끈끈한 땀이 배어 나왔다.

「실은, 부탁이 있어서. 내 짐 좀 잠시 맡아 줄 수 있을까. 아직 있을 곳을 구하지 못했거든.」

그녀답지 않게 조금은 빠르고 높은 어조였다. 그녀의 등덜미에 깊이 박혀 있던 날카로운 미늘을 아직도 떼어 내지 못했던 것일까. 한 발을 내딛을 때마다 골수까지 후벼 파 비명을 지르며 뒷걸음치게 만들었던 '거처' 구하기. 동 호수를 알려 주며 그는 목소리가 떨리지 않도록 애를 썼다.

「고마워.」

선미는 조용히 전화를 끊었다.

얼마나 오랫동안 전화기를 들고 벌거벗은 채 소파에 앉아 있었던 것일까. 그는 무엇인가 생각하려고 애를 썼다. 선미에 대하여. 선미가 한국에 있었던 시간들에 대하여. 닷새 동안 같이 영동의 비탄에 머물렀던 시간에 대하여. 그리고 선미가 없었던 그 긴 세월에 대하여.

그는 거웃 사이를 더듬어 동강동강 끊어진 그의 기억을 부풀렸다. 그의 양미간에 더욱 깊은 골이 패었다. 한 손에 전화기를 움켜쥔 채 그는 기억 속의 선미를 불러낸다. 아니, 선미가 아닌지도 몰랐다. 그는 자신을 타고 앉은 여자의 목덜미에서 흘러내리는 땀 한 줄기를 본다. 올올이 선 솜털 위를 비틀거리며 헤매다 쇄골 언저리에 발목을 잡혀 이내 그의 가슴팍에 떨어져 깊은 웅덩이를 만든 땀, 혹은 눈물. 그의 흠씬 젖은 몸뚱이가 차가운

바닥으로 미끄러졌다.

그는 눈을 감았다. 거실 구석에서 누군가 팔짱을 끼고 그의 행태를 가만히 굽어보고 있었다.

입속 가득 고여 있던 부푼 신음이 입술 사이로 조금씩 비어져 나왔다. 땀에 젖은 등이 어느 순간 바닥에서 솟구쳐 오를 때까지 그 모습은 사라지지 않았다.

그는 다시 담배 생각이 났다. 서둘러 밤길을 뛰어가 담배를 사왔지만 막상 그것은 셀룰로이드도 벗기지 않은 채 구석에 던져졌다.

그는 자신이 갖고 싶어 하는 것이 무엇인지 알 수 없었다. 아직도 거실 구석에 서 있는 듯한 존재에게 말을 걸었다. 내가 바라는 것이 무엇입니까.

선미가 작은 메모지를 들고 아파트를 올려다보고 있다. 층수라도 세고 있는 것일까. 그녀의 어깨 위에 있던 칙칙한 목련 꽃잎이 떨어졌다. 발치에 떨어진 꽃잎을 바라보는 선미의 앞머리가 하얗게 세어 있다. 꼭 요즘 아이들이 한 줌씩 물감을 들인 것처럼 그녀의 머리카락은 군데군데 하얗게 물이 들어 있다. 늙었구나.

짐칸에 올라간 인부에게 무어라 지시를 하며 선미는 추운 듯 어깨를 웅크렸다. 꽃샘추위가 매서운 모양이다. 날카로운 목련 가지가 휘청거리면서 꽃잎 몇 개를 더 떨구었다.

그는 저도 모르게 두터운 외투를 집어 들었다가 멈칫했다. 이 간격은 어찌할 것인가. 8층 높이의 집과 저 아래, 그리고 13년 세월의 이쪽과 저쪽.

　박스는 모두 열여덟 개였다. 인부와 계산을 끝내고 가만히 문을 닫은 선미가 비로소 그를 마주 보았다.
「너, 많이 늙었다.」
「그래?」
그는 멋쩍은 표정으로 면도하지 않은 까실한 턱을 만졌다.
박스에는 이름이며 주소가 반듯반듯하게 쓰여 있고 하나하나 번호까지 성실하게 매겨져 있다. 그가 웃었다.
「여전하구나.」
선미가 어깨를 으쓱했다. 뭘 가지고 여전하다고 하는지 모르겠다는 투였다.
그가 건네주는 커피잔을 들고 그녀는 냄새를 맡아 본다.
「이거, 에스프레소 아니지?」
「아니야, 그냥 커피 좀 진하게 탔어.」
그녀가 스웨터 단추를 풀었다.
「밖은 꽤 쌀쌀하던데 이곳은 다른 세상 같아.」
스웨터 사이로 검은색 폴라가 드러났다. 물이 빠지고 보풀이 잔뜩 일어난 폴라는 그녀의 궁핍했던 13년 삶을 슬며시 내비치고 있었다.
11월의 끝 언저리에 그녀의 생일이 있었다. 어느 해 생일이었던가, 밤이 깊어 가는 으슥한 공원에서 그녀가 좋아하는 파헬벨의 곡을 연주해 주었다. 낙엽이 바람에 휩쓸려 가파르게 굴러다녔다. 곡이 끝나자 선미가 박수를 쳤다.

「멋있어.」

이상하게 그녀의 말소리가 좀 어눌했다. 흥에 겨워 있던 그는 그녀의 뺨이 발갛게 얼어 있는 것을 뒤늦게 알아차렸다. 얇은 홑겹의 바바리만 걸친 그녀의 허술한 입성도 그제야 눈에 들어왔다. 그는 활을 바닥에 떨어뜨렸다.

그는 활 대신 그녀의 손을 잡았다. 섬뜩하리만큼 차가웠던 손. 그때 그는, 자신의 따뜻한 손을 잘라 버리고 싶었다.

선미가 무슨 생각이 난 듯 빙긋 웃었다.

「내, 우스운 이야기 해줄까? 파리에서는 한국에 돌아가면 김치찌개만 매일 먹어야지, 했거든? 근데 막상 이곳에 와서 한 일주일 찌개를 먹으니까, 글쎄 그곳에서 마시던 에스프레소 생각이 간절해지는 거 있지? 너, 혹시 에스프레소 근사하게 하는 곳 알면 좀 데려가 줄 테야?」

그가 머릿속으로 몇 군데의 커피 전문점을 떠올리는 동안 선미는 다소곳이 앉아 커피를 마셨다.

「저 박스들 말이야. 2주일 동안이나 세관에 있었어. 조카랑 쓰는 방은 너무 좁아서. 그러지 않아도 개는 요즘 나 땜에 거실 소파에서 잠을 자거든. 아침 일찍 인천 세관에 가서 짐을 찾는데 너무도 반가운 거 있지, 마치 잃었던 자식을 다시 만난 것처럼.」

선미는 옆에 있던 박스 하나를 찬찬히 살펴본다. 17번.

「14번까지는 전부 책이고 자잘한 잡동사니가 나머지야. 여기
는 무엇을 넣었더라?」

그녀는 박스에 손을 얹고 심령술사처럼 눈을 감더니 기억을
더듬었다. 얇은 눈까풀 속에서 눈동자가 이리저리 움직인다. 선
미는 아마 자신이 두어 달 전, 파리의 옹색한 스튜디오에서 짐
을 싸던 장면을 되살리고 있으리라. 내용물을 되뇌느라 작게 달
싹이는 그녀의 입술에 키스했다. 선미가 눈을 떴다. 마법이 풀
린 공주처럼 그녀가 외쳤다.

「생각났어! 논문과 비디오테이프와 사진들!」

그녀는 박스를 뒤져 두꺼운 논문집 한 권을 그의 손에 들려 준
다. 그는 앞으로 흘러내린 그녀의 머리카락을 귀 뒤로 넘겨 주었
다. 언뜻 닿은 그녀의 이마는 차가웠다. 그는 잠시 망설였다.

「파리에서 논문만 썼어? 좋은 사람은 만나지 않고?」

논문집의 속표지에 이름을 쓰던 선미가 킥, 하고 우스운 소리
를 냈다.

「왜 아니겠어? 만났지, 좋은 사람.」

「그런데?」

「어째 전부 외국인이었어. 미스터 스페인과는 두 달 정도 사
귀었고, 미스터 루마니아는 3년쯤 같이 살았지.」

날짜와 자신의 이름을 꼼꼼히 적은 선미는 그의 눈을 쳐다보
았다.

「너의 이름도 적어 줄까?」

선미는 위의 빈 여백에 좀 크게 글씨를 쓰기 시작했다. 사, 랑,

하는, 나, 의, 현준, 에게. 유치원생이 글씨 공부를 하는 것처럼 한 음절씩 소리 내며 그녀는 썼다.

그는 그녀를 와락 껴안았다. 두꺼운 논문집이 바닥에 떨어진다.

「근데 왜, 왜 헤어졌어?」

「누구? 그 사람들? 미스터 스페인은 세계 배낭여행 중이었으니 독일로 해서 러시아로 가버렸고, 그리고 미스터 루마니아는 송금이 오지 않아 유학을 포기하고 고향으로 돌아가 버렸거든.」

「아니, 그게 아니고.」

그는 더욱 힘을 주어 그녀를 끌어안았다. 그의 몸 어디에서인가 뜨거운 것이 복받쳐 올랐다.

「사랑하는, 나의 현준이라면서!」

자신도 모르게 격렬해진 그의 몸짓에 선미가 심하게 흔들렸다. 그의 가슴께가 뜨듯해진다. 그의 손을 풀고 선미가 돌아섰다. 등을 돌리고 잠시 숨을 고르던 선미가 얼굴도 돌리지 않고 물었다.

「넌 미현이 죽고 좋은 사람 없었어? 미스터 루마니아 같은 사람?」

그가 머리카락을 쥐어뜯었다.

「1년에 한 명씩 있었지.」

「지금은, 누가, 있어?」

그는 전날 사다 두었던 담배 생각이 났다. 어디에 두었을까.

그는 거실 서랍을 뒤지기 시작했다. 여기도 없고, 여기도 없고. 서랍들은 제대로 닫히지 못하고 내용물이 삐죽이 드러났다. 그는 필사적인 표정으로 서랍을 뒤졌다. 무엇을 찾는지도 모르는 선미는 의아한 눈초리로 그의 뒤통수를 내려다본다.

맨 아래 서랍 구석에 찬경과 찍은 사진이 눈에 띄었다. 술에 취한 찬경이 가슴을 거의 드러낸 채 카메라를 들고 앉은 그의 발가락을 핥고 있는 사진이었다. 뿌옇게 번져 보이는 그의 벗은 허벅지 아래로 찬경이 긴 파마머리를 출렁이며 개처럼 무릎을 꿇고 그의 앞에 엎드려 있는 사진.

그가 시니컬한 웃음을 지으며 선미에게 사진을 건넸다.

오오. 선미는 나지막하게 신음소리를 냈다.

「굉장히 젊은 여자네, 아름답고.」

서랍을 닫으며 그는 짧게 웃었다.

「비올라도 잘 하지만 다른 것도 끝내주는 아이지.」

「그래? 좋구나.」

선미는 고개를 끄덕였다. 스웨터의 단추를 잠그며 그녀는 자리에서 일어섰다.

「가봐야겠어. 짐은 빠르면 한두 달 걸리겠고, 여의치 못하면 가을 학기가 시작되어야 가져갈 수 있을 것 같아. 정 교수님이 대학원에 여덟 시간, 자리를 주셨거든. 그때 되면 조그만 방이라도 하나 얻을 수 있겠지.」

그는 정 교수라는 말에 눈살을 찌푸렸다.

「그, 정재민 교수?」

「응.」

약혼자인 미현이 음독했을 때도 선미는 정 교수와 같이 병실을 찾아왔었다. 얼마나 우스운 자리였던가. 제자의 애인의 약혼자가 죽어 가는 병원까지 동행할 수 있다니! 선미 곁에는 거의 언제나 정 교수가 있었다.

「사랑하는 사람,이예요.」

선미는 연구실을 찾아간 그를 정 교수에게 그렇게 소개했다. 마흔 어귀의 나이였던 정 교수의 눈이 안경 속에서 심하게 번득였다. 무슨 난데없는 침입자를 대하는 것 같은 눈초리에 처음부터 그는 기가 질렸었다.

「아버지같이 좋은 분이셔.」

선미는 그를 달랬다. 아버지 없이 자란 선미에게 아버지같이 좋은 분이라니? 대체 그녀는 아버지의 속성을 알기나 한 것일까. 핏줄임을 내세워 밤새 꼬아 낸 튼튼한 삼줄로 자식의 등짝을 후려치거나, 온몸을 꽁꽁 묶어 이리저리 자신이 원하는 길로 끌고 다니는 무모한 사랑을 말이다. 그것이 그가 경험한 아버지의 속성이었다.

그의 집에서는 고아와 다름없는 선미를 끔찍하게 싫어했다. 선미를 데리고 부모님께 인사를 드리러 간 날, 그가 벨을 누르자 곱게 단장한 그의 어머니가 나왔다. 바들바들 떨고 있는 선미에게 눈길 한 번 주지 않고 어머니는 차에 올랐다.

「어머니!」

어머니는 고개도 돌리지 않았다. 그와 어머니 사이를 가로막았던, 서로를 볼 수는 있으되 만질 수도 느낄 수도 없게 만드는 차갑고 날카로운 차 유리.

두 번의 수술을 끝내고 마지막 수술을 앞둔 그의 아버지가 유언처럼 애원을 했다.

「얘야, 제발 미현이랑 결혼하거라.」

「조선 시대도 아닌데, 왜 제 마음대로 사람도 못 고르게 하세요!」

그는 아버지의 침대를 붙잡고 부르짖었다. 아버지는 굳게 눈을 감고 아무 말도 하지 않았다. 미현의 아버지와 그의 아버지가 그러했듯, 그녀와 그도 어릴 때부터 친구였다.

약혼식은 화려했다. 그의 아버지는 휠체어를 타고 자신이 주인공인 것처럼 턱시도까지 받쳐 입었다. 음악 하는 동료들이 식사 시간 내내 감미로운 음악을 연주했다. 그날 밤 그는 사라졌다. 선미도 연구실에 출근하지 않았다.

비탄. 충청도 영동의 아주 조그만 산골 마을. 그가 처음으로 농활을 갔던 곳이라는 것밖에는, 아무 연고도 없는 깊은 골짜기였다.

해가 어스름 넘어갈 무렵, 민박집의 툇마루에서 마악 저녁을 드는 순간 미현이 나타났다. 서울에서 뛰쳐나온 지 닷새 되던 날이었다. 하얀 슈트를 입은 그녀의 손에는 비올라가 들려 있었다. 1953년 카피치오가 제작한 이탈리아산 비올라. 그것은 그의 첫 연주회 기념으로 미현이 선물한 것이었다. 아무 말도 못 하는 선미와 그의 앞에 말없이 악기 케이스를 밀어 놓고 그녀는 살짝, 웃음을 내비쳤다.

민박집 골목으로 그녀의 하얀 차가 먼지를 잔뜩 뒤집어쓴 채 서 있었다. 미현의 고개가 깊숙이 숙여졌다. 댓돌 밑에 떨어져 있는 그의 구두 한 짝을 집어 드는 그녀의 손이 보일 듯 말 듯 파르르 떨리고 있었다. 그의 구두는 짝을 맞추어 선미 샌들 옆에 가지런히 놓여졌다. 어찌 보면 그냥, 단정하게 여미어진 앞섶의 단추라도 무심하게 쳐다보듯 그녀의 고개가 다시 숙여졌다. 뒤늦게 깨달았지만 그것은 그녀의 마지막 작별 인사였다.

미현은 아무 말 없이 차에 올랐다. 차는 비포장도로를 거칠게 달렸다. 뽀얀 먼지가 안개처럼 꾸역꾸역 민박집까지 밀려들어 왔다.

미현은 음독했다. 그의 아버지는 그 사실을 모른 채 수술 중 숨을 거두었다. 그녀의 어머니가 정 교수의 연구실까지 찾아가 패악을 떨었고, 자리를 피한 선미 대신 정 교수가 연신 머리를 조아렸다던가?

서른세 살의 선미와 마흔여섯의 선미. 서른세 살의 선미는 그 나이의 예수가 그러했던 것처럼 많은 피를 흘렸다.

「여기, 공항이야.」
석 달 만에 선미의 전화를 받았다.
「한 시간 후에 출발이야.」

　그의 아버지 장례식에도, 미현의 발인 예배에도 모습을 드러내지 못했던 선미였다. 그동안 기거하던 사촌 언니의 집을 나간 지 3개월이 지나도록 그녀는 행방이 묘연했다.

「현준아, 나 실은 무지 무서웠어.」

　수화기 너머에서 선미가 떨고 있는 듯했다. 그녀의 목소리가 점점 잦아들었다. 전혀 굴곡이 없는 그녀의 목소리는, 호흡을 멈춘 일직선의 그래프를 떠오르게 했다.

「사랑하는 것이 그렇게도 남에게 상처가 될 줄은 정말 몰랐어. 기다리지 마. 좋은 사람 만나고…….」

　동전 떨어지는 소리가 나면서 전화는 끊어졌다. 그는 자신이 미워졌다. 미현에게 상처를 준 것은 그였지, 선미가 아니었다. 그런데 모든 잘못은 선미에게로 돌아간다. 선미가 그처럼, 혹은 미현처럼 든든한 아버지가 있었다면. 그랬다면 선미와 그렇게 공중전화가 끊어지면서, 허망하게 끝이 나지는 않았을 것이다.

　기다리지 않았다. 그는 13년 동안 여러 여자를 만났다. 헤어져도 음독 따위는 하지 않는 쿨한 만남이었다. 선미가 없었던 세월은 그렇게 흘러갔다. 어느 여자든 다가오면 마다하지 않고, 떠나면 그뿐이었다.

「이상해.」

　여자들은 몇 달이 지나면 양미간을 찌그렸다. 여자들은 그의, 끝없이 깊은 눈동자에 박힌 어떤 모습에 진저리를 치기도 했다.

「이상해. 현준 씨는 마치 영혼을 팔아먹은 사내 같은 느낌이 들어요.」

혹은 이렇게도 말했다.

「선생님은 신비해요. 하지만 무언가 가장 필요한 어떤 것을 상실한 사람 같아.」

가장 오랜 기간인, 1년이나 그를 찾아왔던 시향 단원은 혼잣말을 했다.

「오빠랑 있으면 점점 내가 비참해져.」

그가 하라는 대로 체위를 이리저리 바꾸면서도 그녀는 머리를 흔들었다.

「어째서 오빠는 완전히 몰두하지를 못하는 거야. 이 시간조차도!」

대개의 여자들은 제풀에 질려서 먼저 등을 돌렸다. 쿨한 여자들이니까.

마흔여섯의 선미는 신을 신고 있다. 그가 열어 주는 문을 나서면서 그녀는 다시 살짝 웃었다.

「있지, 그…… 미스 비올라가 싫증나면 나도 좀 불러 줘, 알았지?」

도서관에서 그녀를 찾기는 쉬웠다. 꽤 더운 날씨인데도 선미는 이전에 입었던 보라색 스웨터 차림이었다. 혼자 벤치에 앉아 김밥을 먹고 있다. 등을 꼿꼿이 세우고 앉은 그녀의 시선은 줄곧 한 곳에 머물러 있었다. 그도 그녀의 시선 너머로 눈길을 주었다.

오래된 도서관 건물 외벽에 기대어 사다리가 놓여 있고, 서너 사람의 인부가 페인트 작업을 하고 있었다. 그들은 구부정한 허리와 느린 걸음으로 마치 슬로 비디오처럼 조금씩 움직이며 페인트 통에 커다란 붓을 담갔다가 벽을 칠했다. 한쪽 면이 눈에 뜨일 정도로 새하얗다. 남미 어딘가의 성당 벽면이 저러했던가. 너무나 축축하고 우중충해서 음험해 보이기까지 하는 잿빛 외벽은, 화려하고 정결한 느낌의 하얀색으로 조금씩 바뀌어졌다.

한 인부는 사다리에 걸터앉아 2층의 창틀을 초록색의 페인트로 칠하고 있다. 만지면 결결이 나무 가시가 일어날 것 같은 낡은 창틀이 인부의 손이 닿는 곳마다 선명한 초록으로 변해 간다. 건물 둥치 아래로 번져 있던 푸른 이끼 자국도 차츰 하얀 페인트에 의해 자취를 감추었다. 삭고 녹이 슨 차양에 하얗게 덧칠을 하면 빗물이 새지 않을 것인가. 그는 그녀에게로 시선을 돌렸다.

김밥을 우물거릴 때마다 그녀의 야윈 얼굴에 하악골이 드러난다. 김밥은 쉽게 삼켜지지 않고 되새김질을 하는 것처럼 그녀의 입속에서 한참을 머문다. 그 모습을 보는 그의 목이 멨다. 날카롭게 벼린 낫이 또다시 그의 양미간을 향해 달려든다. 그는 머리를 감싸고 벤치의 끄트머리에 앉았다. 한참 만에야 그를 발견한 선미는 눈을 동그랗게 떴다.

「에스프레소 사줄게.」

그는 선미를 이대 후문에 있는 카페로 데려갔다. 클래식 풍의 육중하고 커다란 콘솔 옆에 있는 자리는 등받이가 푹신하고 아

242

늑했다. 벽난로가 있는 맞은편 벽에 걸린 유화는 꽤 유명한 작
가의 작품이었다.
「누구네 집 거실에 앉아 있는 것 같아.」
에스프레소 두 잔과 치즈 케이크가 왔다.
으음. 선미는 앙증맞은 커피잔을 코끝에 갖다 대더니 아주 조
금 맛을 보았다. 그는 거의 근심에 가까운 표정으로 그녀의 다
음 말을 기다렸다. 선미는 눈을 가늘게 떴다.
「거의 같은 맛이야.」
그녀는 조금씩 커피를 마셨다. 그가 권하는 대로 순순히, 아
주 착한 어린아이처럼 그녀는 케이크를 먹었다.
「배가 부른데도 아주 맛있네.」
그가 어렵사리 입을 열었다.
「선미야.」
으응? 하는 표정으로 그녀는 마주 앉은 그를 바라본다.
「나, 미스 비올라랑 끝냈어.」
「……? 아아, 그…….」
선미의 얼굴이 조금 붉어졌다. 그의 얼굴은 더욱 붉어진다.

찬경에게 이제는 집에 오지 말라고 전화하자 그녀는 히스테
릭하게 웃었다. 짧은 웃음 끝에 그녀는 되물었다.
「그러면, 우리 레슨은 이제 끝이네요?」
그는 대답 대신 거실에 잔뜩 부려진 선미의 짐을 둘러보았다.
그는 한 손으로 논문집의 겉장을 들추었다. 사랑하는 나의 현준

에게. 현재 진행형의 어말 어미가 그의 가슴에 박혔다. 그의 기억은 잔인하게도 자신의 손으로 양미간을 내려치지 못한 순간들만 돋을새김으로 명치를 찔렀다.

「그렇게 되겠지.」

수화기 너머에서 이번에는 조금 긴 웃음소리가 들렸다. 그것은 길게 꼬리를 남기면서 뒤틀려져 얼핏 비웃음 같게도 들렸다.

「생각이 바뀌면 전화하세요.」

낮게 내리깐 찬경의 음성이 생소하게 들려왔다. 그는 아무 말도 하지 않았다. 전화는 그대로 끊어졌다. 대개의 여자들이 그래 왔듯, 찬경도 그렇게 전화가 끊어지며 끝이 났다. 선미도 그렇게 끝이 나질 않았던가.

「짐을 옮겨 오기에 좁은 것 같으면 조금 더 큰 집으로 옮길 수도 있어.」

그는 땀을 흘렸다. 선미를 만난 후로 그는 제대로 잠을 이루지 못했다. 밤마다, 거의 밤마다 그는 선미를 안는 꿈을 꾸었다. 그곳은 비탈이기도 했고 자신의 집이기도 했다. 그녀는 꿈속에서는 머리가 세지도 않았고, 그렇게 마르지도 않았고, 그리고 마흔여섯도 아니었다. 하, 오랜 세월이라 그녀의 몸에 대한 기억은 아련했다. 그동안 각인된 여자들의 몸에 얼굴만 선미인 이상스런 모습으로 그녀는 다가왔다. 첫날 만났을 때, 그의 가슴에 안겨 울었던 모습도 보였다. 그가 놀라 침대에서 벌떡 일어나면 그의 가슴께가 축축하게 젖어 있는 것 같기도 했다.

선미가 문득 고개를 들었다.

「그러니까 네 말은, 이 나이에 동거라도 하자는 거야?」

모든 소원을 이루면 저런 표정이 될까? 아니면, 아무것도 바라지 않으면? 선미의 표정은 무연했다. 그에게는 알 수 없는 영역이었다. 그는 한동안 말없이 치즈 케이크를 잘랐다. 자르고 또 잘라 아주 조그맣게 조각을 냈다. 더 자르고, 더 자른다. 그는 형체도 없이 뭉개진 조각을 보았다. 두 손으로 머리를 감쌌다.

「결혼하자는 거야. 아니 아니, 뭐든 네가 원하는 대로 해줄게 제발 같이 살자고 지금 애원하는 거야. 어떤 형태로든 괜찮아. 혼인 신고만 해도 괜찮아. 아니, 그것도 필요 없어. 그냥, 내 곁에 있기만 하면 돼. 어머니도 돌아가셨어, 이제 정말 나는 자유야. 이제야. 쉰이 다 되어서야!」

그의 일생에서 가장 유일했던 선택은 선미와 비탄으로 도망간 일뿐이었다. 그는 누군가에 의해 선택되어지거나 선택을 당하는 쪽이었다. 그의 자유는 피 튀기는 싸움으로 쟁취한 산물은 아니었다. 그저 세월이 흘렀고, 어머니가 돌아가신 것이다.

「현준아.」

선미는 뭉개진 케이크 조각을 보고 있었다.

「그렇다면 너, 내 정부가 되어 줄 테야?」

맥없이 늘어져 있던 그의 몸이 용수철처럼 그녀에게로 솟구쳤다. 그의 머릿속에는 알 수 없는 의문과 불안이 기하급수적으로 번졌다.

그녀가 턱을 고이고 그를 바라보았다.

「너를 두고 내가 누구랑 결혼하겠어? 너는, 내가 사랑하는,
나의 현준이잖아. 근데 말이야.」

선미는 다시 커피 향을 깊게 들이마셨다.

「으음. 정말 좋은 냄새야.」

그녀는 잠시 딴청을 부린다.

옆 테이블에 대학생 차림의 젊은이들이 왁자하게 떠들며 자
리를 잡았다. 곧이어 색색의 케이크 조각들과 과일 주스, 커피
들이 날라져 오고 그네들은 부지런히 먹고 마신다. 맑고 청명
한 목소리들이 엇갈리거나 겹쳐서 실내에 퍼졌다. 까르륵, 하
는 티 없는 웃음소리가 경쾌하다. 선미는 그들에게서 눈을 떼
지 못했다. 선미의 입술이 가늘게 떨리고 있었다. 그녀의 코끝
이 빨갛다.

「그때 우리가 비탄으로 도망간 것, 아무리 생각해도 잘못한
거 같지? 나, 미현이에게 미안해서 너랑 같이 못 살아…….」

그는 커피를 단숨에 마셔 버렸다. 다 식어 빠진 진하고 걸죽
한 에스프레소는 독약처럼 썼다.

「……그래서 하는 말인데 정 교수님한테도 미안해서 너랑 못
살아. 너무 오랫동안 나를 지켜보셨어.」

「대체 그 양반 지금 몇 살인데, 아직도.」

「난 그분이 얼마나 몸서리치게 나를 사랑하는지 알아. 어떻게
아느냐고? 내가 그렇게 너를 사랑하니까.」

선미가 가만히 그의 손을 잡았다.

「세상은 참 이상해. 아니, 하느님은 이상해. 왜 사람들의 마음

을 그렇게 얽혀 놓았을까. 미현은 너를 좋아했고 너는 나를
좋아했고 교수님은 너를 좋아하는 나를 좋아했고. 굉장히 엉
망진창이지?」
옆 테이블의 젊은이들은 들어올 때 그러했던 것처럼 왁자하
니 떠들면서 자리에서 일어섰다. 케이크 접시는 작은 부스러기
하나 없이 말끔하니 비어 있다.
「있지, 내가 거처를 얻게 되면 가끔 오시라고 했어. 그러니까,
나는 가끔씩 너를 찾아갈게.」
「그자는 가끔씩 널 찾아오고 넌 가끔씩 나를 찾아오고?」
그는 입술을 비틀었다. 그의 눈은 유리 조각을 한 움큼 집어
넣은 듯 핏발이 터져 올랐다. 갑자기 시야가 부옇게 되었다. 선
미의 얼굴은 무수한 빗금으로 조각조각 잘려져 있다. 이빨로 질
끈 깨물어 터진 입술에는 핏방울이 돋았다.
「그으래에? 그렇다면.」
그는 선미의 어깨를 움켜쥐고 일으켰다.
「지금 나를 찾아와. 지금 당장, 나를 찾아와.」

금화터널을 지나면서 그는 차에 속력을 내었다. 뒷좌석에 웅
크린 선미는 아무 말 없이 무거운 가방을 끌어안고 있었다. 그
는 짐짝처럼 그녀를 집 안으로 밀어 넣었다. 거실에 주저앉아
그녀는 울기 시작했다. 그는 거칠게 그녀의 스웨터를 벗겼다.
힘줄이 불끈 솟은 그의 손을 잡고 선미는 울었다. 바닥에 눕혀
진 채 그의 가슴을 밀어내며 그녀는 계속 울었다. 힘이 들어간

그의 손이 자꾸 고개를 돌리는 선미의 얼굴을 내리쳤다.

「똑바로 나를 보란 말이야! 정부가 되어 줄 테니까. 좋아, 정
부! 얼마나 짜릿한 역할이야.」

그의 격렬한 몸짓에 그녀의 머리가 17번 박스에 투둑투둑 부
딪혔다. 그의 벗은 등으로 선미의 논문집이 떨어졌다. 13년의
세월이 꼭 그만큼의 무게로 그의 등짝을 후려친다. 그녀의 등덜
미를 더듬었다. 여기의 어디쯤 그녀를 달아매던 갈고리가 있다.
땅을 딛으려고 애쓰는 그녀를 허공에 매달고 빙빙 돌려 대던 길
고 날카로운 신의 손톱. 순간, 아뜩해지며 그는 입술을 깨물었
다. 터진 입술의 말라붙은 핏자국 사이로 다시 핏방울이 든는
다. 선미야. 하얗게 센 그녀의 앞 머리카락을 쓰다듬으며 이제
는 그가 울기 시작한다.

거실 구석에서 누군가 팔짱을 끼고 그의 행태를 가만히 굽어
보고 있었다. 그는 할로겐 스탠드 구석에 떨어져 있던 담배를
찾았다. 그는 아주 천천히 담배에 불을 붙였다.

선미의 자취방은 불이 켜져 있었다. 낡은 한옥을 개조한 집은
밖으로 작은 창문을 낸, 기차간처럼 길쭉한 방이었다. 안에서
두런두런 소리가 난다. 그는 회벽에 등을 기댔다. 조금 열어 놓
은 부엌 창으로 앉아 있는 교수의 등이 보였다.

선미는 단정하게 무릎을 꿇고 찻주전자를 기울이고 있었다.
더운 날씨인데도 교수는 바바리 차림이었다. 교수의 굽은 등을
보는 그의 눈길이 집요해졌다. 선미가 일어나 오디오를 만진다.

248

이내 나지막한 첼로 음이 울려 나왔다. 바흐였다. 언젠가 교수
가 바흐를 좋아한다는 얘기를 들은 것 같다. 활을 길게 늘이는
음 사이로 띄엄띄엄한 대화가 끊어질 듯 이어졌다. 얼마나 시간
이 흘렀을까. 엉거주춤, 교수가 몸을 일으킨다.

　선미가 책상 위에 있던 교수의 모자를 두 손으로 건넸다. 교
수는 한참 들고 있던 모자를 눌러썼다. 멈칫멈칫 교수의 손이
잠시 그녀의 어깨에 머물렀다. 선미가 그의 뺨에 가볍게 입술을
갖다 댄다. 알아들을 수 없는 짤막한 대화가 오간 후, 교수는 몸
을 돌렸다. 그녀가 서둘러 그의 구두를 바로 잡아 주는 모습이
보인다. 문을 여는 기척에 그는 골목으로 몸을 숨기려다 마음을
바꾸어 문 앞에 섰다.

　문을 나서려던 교수가 놀란 눈으로 그를 쳐다본다. 교수의 뒤
에서 따라 나오려던 선미의 눈도 둥그렇게 떠졌다.

「아아, 한 선생. 손님이 오셨구려.」

　집의 낡은 계단을 서둘러 내려가던 교수가 발을 헛디뎠는가,
잠시 비틀거렸다. 선미가 얼른 교수의 팔을 부축한다.

　골목 끝까지 교수를 배웅하고 돌아온 선미가 그를 나무랐다.

「그냥 모르쇠하고 구석에서 좀 기다리지 그랬어. 교수님이 많
이 놀라셨어.」

「가끔 가슴이 철렁하면 혈액 순환에도 좋다던데?」

「말도 안 되는 소리를……. 많이 기다렸어? 밖에서?」

「영화 한 편 찍었지. 한국판 〈글루미 선데이〉.」

　선미가 웃으며 비뚜름히 놓인 그의 구두를 똑바로 잡아 준다.

오디오에서는 계속 바흐가 흘러나오고 있었다. 그는 얇은 사파리를 벗어 책상에 걸쳐 놓고 벽에 등을 기댄다. 선미가 웃으며 안경을 끼고 책을 펼쳤다. 그네들은 오누이처럼 나란히 벽에 기대어 그녀의 새로운 논문이 실린 잡지를 읽는다.

가스레인지에서 물이 끓고 있었다.

「무슨 차, 줄까?」

잡지를 뒤적이며 그는 심상하게 말한다.

「아까 마시던 거로.」

교수에게 하듯 선미는 찻주전자를 가지고 그의 앞으로 와서 단정히 무릎을 꿇었다.

엷은 옥빛의 다기에 졸졸 물을 따른다. 바삭하게 말라 있던 찻잎 몇 개가, 선명한 초록의 빛깔로 물 위에 떠오르기 시작했다.

타르

_한번 물 위를 스치다 내 눈에 붙들린 새의 이름을 알지 못한다

당신은 댐을 끼고 북쪽 방향으로 4킬로쯤 올라갑니다. 약간 가파른 오르막길이 나옵니다. 길이 급격하게 좁아들면서 길가 나뭇가지들이 차창을 매섭게 후려칩니다. 차 안에서도 당신은 온몸에 매를 맞는 듯 부르르 떨릴 것입니다. 가끔 그렇게 나무들이 말을 걸어올 때가 있습니다. 산자락을 끼고 한동안 이어지던 구비 길이 어느 순간 완만해지면서 시야가 트입니다. 시선을 돌리지 않아도 넘실거리는 강물이 보입니다.

당신은 아주 천천히, 마치 걸어가는 듯한 속도로 차를 진행시킵니다. 나무의 간격이 유난히 벌어진 곳에 이르자 비상등을 켭니다. 물안개가 피어오르는 강 건너편이 보입니다. 당신은 브레이크 페달에 발을 올려놓습니다. 나뭇가지들이 야윈 팔을 쳐들어 일제히 가리키는 곳은 강기슭의 끄트머리입니다.

지붕 한쪽이 약간 기울어진, 조그맣고 노란 황토집이 보입니

다. 집 앞의 아치형 조형물은 가늘고 마른 담쟁이 넝쿨을 가시
면류관처럼 이마에 감고 있습니다. 물가에는 나무 의자와 작은
보트도 보입니다. 강기슭을 따라 길게 풀밭이 펼쳐져 있습니다.
접혀진 파라솔 아래 길고 투박한 나무 식탁이 있습니다. 진입로
에 깔아 놓은 자갈들이 석양을 받아 반짝거립니다. 당신은 폴을
찾고 있습니다. 목덜미의 황갈색 털을 길게 나부끼며 풀밭 사이
로 뛰어다니던 러프콜리입니다. 어쩌면 당신을 향해 꼬리를 흔
들지도 모릅니다.

　5월의 마지막 날, 우리는 떠났다. 우리는 단지 '개밥을 주기
위해' 왕복 250킬로를 달려가야 했다. 나는 그를 마리 이모에게
소개시켰다.
　「내가 말한 친구야.」
　마리 이모는 눈을 한번 치떴다 내리까는 것으로 첫 대면을 마
무리했다. 좀 질기고 오래된 친구 사이, 이것이 그와 나 사이를
규명하는 공식적인 명칭이다. 하지만 몇 달 사이 사소한 변화는
있었다. 이혼해 달라고 몇 년째 졸라 대는 아내를 둔 그와, 이혼
해 달라고 졸라 대던 남편을 몇 년 전 깨끗하게 놓아 준 나는,
어쩌다 보니 부적절한 사이가 되어 있었다. 전혀 그럴 생각이
없었는데, 각자 강력하게 주장하는 대목이다, 몇 번 같이 자버
린 것이다. 중요한 것은 횟수가 아니겠지만 그에게는 세 번이었
고, 나에게는 네 번이었다.
　오랜 친구였기 때문에 설전에는 이력이 나 있었다. 자신의 주

장을 관철시키기 위해서라면 신체적 접촉의 의학 용어와 성행위의 카테고리를 규정하는 유권 해석까지 마다할 사이가 아니었다. 우리는 입을 다물자,고 합의했다.

마리 이모의 낡은 밴은 말안장에 앉은 것처럼 쿨렁거렸다. 조수석에 앉은 나는 그나마 사람 대접을 받고 있었지만 그는 창문도 의자도 없는 짐칸에, 조립식 박스와 쌀 포대만 한 폴의 사료 포대 사이에 끼어 짐짝처럼 실려 갔다. 마침 지방 선거일이라 임시 공휴일이니 다행이라고, 그러지 않았으면 학원을 운영하는 그를 불러내기 쉽지 않았을 것이라고, 나는 몇 마디 공치사를 늘어놓았다. 마리 이모는 대꾸도 하지 않았다.

그는 계속 땀을 닦았다. 손잡이도 없었고, 게다가 에어컨도 작동되지 않았다. 짐칸이니까. 대놓고 말은 하지 않았지만 나중에 그가 나에게 무슨 소리를 할지 뻔했다. 사람이 필요하다며!

「사람이 필요하대.」

마지막 부적절한 관계는 두 달 전이었다. 질기고 오랜 친구로 남을 것이냐, 횟수에 연연하지 않고 계속 입을 다물자고 합의해야 할 방향으로 진행될 것이냐의 기로에서 나는 그에게 이모의 '구인 광고'를 전했다.

「그래서 어떤 사람이 필요하다는 거야?」

「출장 가서, 타이머가 달린 사료통 조립해 주고 설치해 줄 사람. 음주 대리 운전까지 해주면 더욱 좋겠지.」

「그렇게 하면 나한테 뭐가 떨어지는데?」

「점심 저녁 제공하고 산 좋고 물 좋은 곳에서 몇 시간 놀게 해

「준대.」

「논다고?」

「기분 나면 애프터도 있어.」

우리는 대강 서로의 생각을 맞췄다. 어쩌면 그는 네 번이요, 나에게는 다섯 번이라고 실랑이를 할 빌미가 생길지도 몰랐다.

우리는 북새통인 휴게소에 들렀다. 매점까지 20여 미터를, 개헤엄 속도로, 헤엄치듯 다가가 얼음이 박힌 아이스 바를 골랐다. 걸음이 느린 마리 이모 때문에 그는 계산까지 도맡았다. 그가 툴툴거렸다. 사람 취급도 안 하면서 무보수 알바 돈까지 착취하는구나.

계산대든 자판기 앞이든 어디서나 사람들이 넘쳐났다. 매점 입구에서 머뭇거리던 마리 이모가 보이지 않았다. 그와 나는 아이스 바를 입에 문 채 또 하나의 아이스 바를 들고 사람들 사이를 허우적거렸다.

마리 이모는 장애인 화장실 문 옆에 기대 있었다. 휴게소에서 인구 밀도가 가장 낮아 보이는 구역이었다. 마리 이모는 담뱃갑의 셀룰로이드를 정성 들여 뜯는 중이었다. 나는 물이 뚝뚝 떨어지는 아이스 바를 마리 이모 눈앞에 흔들어 댔다.

「뭐야? 몇 달째 금연이라고 그렇게 자랑하더니?」

마리 이모는 들은 척도 하지 않았다. 길게 첫 모금을 내뿜은 마리 이모는 눈을 가늘게 떴다. 주위를 둘러보는 표정이 조금 누그러져 보였다. 그럼 그에게 그렇게 데면데면했던 게 금단 현상의 하나였나?

나는 짐칸으로 올라가 사료 포대에 기댔다. 승용차 뒷좌석에 쿠션 베고 누운 것과는 질이 달랐다. 그에게 사람 대접을 하려면 내가 짐짝이 되는 수밖에 없었다. 조수석에 앉은 그는 비로소 사람이 되어, 마리 이모가 내뿜는 담배 연기를 들이마시며 마리 이모의 아이스 바를 우적거리고 있었다. 그의 입속에서, 담배 연기로 엷게 코팅된 얼음이 부서지는 소리가 들렸다.

어린아이처럼 얌전히 아이스 바를 먹는 그 역시 몇 달째 피말리는 금연 중이라는 사실을 마리 이모가 알 리 없었다. 연초가 되면 연례행사처럼 금연을 선언했다가 계절을 넘기기 무섭게 전보다 더 지독한 골초 노릇을 한 지 벌써 몇 년째였다.

마리 이모는 신호에 걸리거나 길이 막힐 때마다 담배를 찾았다. 그는 사탕 껍질을 까주거나 음료수를 서비스하던 내 역할을 본받아 재빠른 동작으로 담뱃불을 붙여 주었다. 불티가 남아 연기가 피어오르는 재떨이를 열어 세심하게 마무리해 주고, 문 안쪽에 달린 수동 손잡이를 열심히 돌려 차창을 내리고 연기를 내보내는 일까지.

댐과 호수가 있는 도시는 진입로에서부터 이미 만원이었다. 행락 차량이 길게 늘어선 아스팔트에서 아지랑이가 피어올랐다. 초여름치고는 대단한 날씨였다.

우리는 길의 굴곡과 산의 높낮이에 따라 제멋대로 지글거리는 라디오 FM을 끈기 있게 들었다. 마리 이모가 쉴 새 없이 담배를 피워 댔으므로 우리는 정신이 몽롱해져 있었다.

유명하다는 식당 앞에서 우리는 번호표를 들고 20여 분을 기다렸다. 점심때가 훨씬 지났는데 제법 큼직한 주차장도 모자라 갓길까지 차들이 들어찼다. 가까스로 구석에 차를 세운 마리 이모는 문을 활짝 열고 접은 신문지를 휘둘렀다. 차 내부를 환기시킨다는 제스처였지만 그건 그야말로 시늉이었다.

각자의 신을 비닐 봉투에 넣고 종업원이 가리키는 자리에 모범생처럼 얌전히 앉았다. 국수와 모두부를 시키고 감자전과 수육은 포장으로 주문했다. 툭툭 끊어지는 메밀국수는 담백했고 국물이 개운했다. 우리는 뒷맛이 고소하고 부드러운 모두부까지 남김없이 먹어 치웠다. 벽걸이용 에어컨은 소음만 컸지 별 효능이 없었다. 잔칫집 피로연처럼 빽빽하게 둘러앉은 손님들은 모두 땀을 흘렸다.

마리 이모도 땀을 많이 흘렸다. 물수건으로 얼굴을 박박 문지르던 마리 이모가 그에게 처음으로 말을 걸었다.

「명이랑 친구라고?」

「그렇습니다.」

「……친구랑 자기도 하나?」

나는 식탁 밑으로 마리 이모의 무릎을 세게 찼다. 오래된 한옥을 개조한 식당 방은 비좁았다. 순간, 주위가 조용해지면서 음식 먹는 소리가 유난히 커졌다. 사람들이 은근슬쩍 테이블을 넘보고 있었다. 그는 대답하지 않았다. 아무리 조카와 친구라 하더라도 초면에 할 말은 아니었다. 나도 모르게 빈 컵을 입에 갖다 댔다.

마리 이모가 주전자를 들었다. 컵에 메밀 삶은 물을 그득하게 따랐다. 식초를 몇 방울 떨어뜨리고 간장을 찔끔 넣었다. 젓가락으로 휘휘 저은 다음 그와 나의 중간쯤에 밀어놓았다.
「이렇게 먹어야 진짜야. 몸에도 보통 좋은 게 아니지.」
이상하게 조제된 메밀 물은 그도 나도 건드리지 않았다. 보통 좋은 게 아니라는 약은 결국 마리 이모가 들이켰다.

며칠이나 굶었는지 폴은 사료 포대를 짊어지고 차에서 내려서는 그에게 엉겨 붙었다. 마리 이모에게는 꼬리만 한 번 살랑, 흔들었을 뿐이다. 폴은 러프콜리 중에서도 제일 멋지다고 평이 난 세이블 앤 화이트였다. 목 주변의, 황갈색에 흰 반점이 있는 기다란 털이 폴이 움직일 때마다 보기 좋게 나부꼈다.
그가 자갈밭에 쭈그리고 앉아 사료통을 조립하는 동안 마리 이모와 나는 주위를 둘러보았다. 울타리 옆으로, 뉘어진 채 가지런히 놓인 빈 술병 더미가 사람 허리춤까지 쌓여 있었다. 차곡차곡 늘어선 길이가 2미터는 족히 넘을 것 같았다. 쓰레기 소각 용도로 갖다 놓은 드럼통은 꼭대기까지 재가 쌓여 너풀거렸다.
마리 이모가 부삽으로 재를 눌렀다. 푹 꺼진 재 속에서도 술병이 나왔다. 마리 이모가 혼잣말을 했다.
「사람이 매일 개만 쳐다보며 살 수는 없었을 테지.」
우리는 먼지투성이 나무 식탁을 닦고 풀밭에 널려진 개똥을 치웠다. 관리인이 그만둔 일주일 분량은 아니었다. 아마 그는 오랫동안 집 관리에 손을 놓고 있었던 듯했다. 마리 이모는 현관 앞 수도에서부터 호스를 끌어왔다. 정강이까지 걷어 올린 맨발 차림으로 긴 호스를 끌고 다니면서, 잔디보다 잡초가 더 무성하게 웃자란 풀밭에 물을 뿌리기 시작했다.

사료통은 타이머를 작동시키는 것으로 조립이 완전히 끝났다. 개복숭아 나무 밑에 그것은 놓여졌다. 폴이 낮잠 잘 때 즐겨 찾는 곳이었다. 그는 설명서를 들고 마리 이모를 찾았다.

마리 이모는 작은 석탑 앞에 서 있었다. 지반이 약해져 점점 기우는 석탑 앞에 선 마리 이모는 묵은 먼지를 씻어 내리는 중이었다. 부주의한 마리 이모는 가까이 다가서는 그의 발치까지 호스를 들이댔다. 갑자기 수압이 세졌는지 풀숲 아래 흙이 튀어 올랐다. 물에 흠뻑 젖은 그의 랜드로바에서 걸음을 옮길 때마다 찌걱거리는 소리가 들렸다.

그는 물에 젖은 설명서를 털었다. 젖어서 겹쳐진 글자를 해독하느라 뜸을 들였다. 시종 경어를 사용하는 그의 목소리는 사무적이고 건조했다.

「그러니까, 폴처럼 덩치가 큰 녀석은 20일 정도 먹을 용량입니다. 열두 시간마다 밑 마개가 열립니다. 4초 동안 200백 그램의 사료가 쏟아집니다.」

마리 이모는 듣는 둥 마는 둥 기울어진 석탑 아래쪽을 살펴보고 있었다. 그가 시계를 보았다.

「지금이 4시. 폴에게는 애매한 식사 시간이 되겠습니다.」

와르르. 사료가 떨어지는 소리는 생각보다 컸다. 내내 그의 곁을 맴돌던 폴이 허겁지겁 사료통에 머리를 박았다. 나는 혀를 찼다. 낮이야 그렇다 쳐도 새벽 4시에 자다 일어나 어둠 속에서 사료를 먹어야 하다니.

그가 구석의 돌확에 앉아 신발끈을 풀었다. 랜드로바를 벗어 거꾸로 쳐들었다. 물이 주르르 흘렀다. 젖은 양말을 벗었다. 풀 밭에 어울리지 않는, 매끈하고 하얀 맨발이 드러났다. 랜드로바 를 돌확에 세워 놓고 양말을 짜서 나뭇가지에 걸었다.

어쨌든 4시에 식사를 마친 폴은 만족한 표정으로 그의 발치 에 늘어졌다. 마리 이모는 밴에 올라 라디오 주파수를 조절하고 있었다. 음질은 엉망이었다. 파일 박는 공사장 옆에서 앙상블을 연주하는 듯 잡음이 심했다. 첼로 소리가 칼로 자른 것처럼 예 리하게 끊어졌다 이어졌다. 폴의 목을 간질이던 그가 슬쩍 내 팔을 건드렸다.

「……말했어?」

「뭘?」

「우리 사이 말이야.」

노을에 그의 얼굴이 붉어지고 있었다. 나는 갑자기 장난기가 동해 그의 어깨를 끌어안았다. 엷은 티셔츠 속에서 움찔, 하는 그가 느껴졌다. 좀 마른 듯한 그의 팔에 오소소 소름이 돋아 있 었다. 나도 모르게 목소리가 밑으로 가라앉았다.

「우리 사이가 어떤 사인데?」

등 뒤에서 자갈 밟히는 소리가 들렸다. 짜그락거리는 소리가 날카로웠다. 마리 이모는 밴을 식탁 옆에 바짝 붙여 놓고, 라디 오가 잘 들리게끔 차창을 열어 놓았다. 우리는 셋이 나란히 식탁에 앉았다. 별말 없이 앉아, 마치 밴 안에 갇힌 것처럼 움직이지 않고, 심각한 잡음 속에서 불협화음처럼 부서지는 심포니를 들었다. 밴과 다른 점은 마리 이모가 굳세게 피워 대는 담배 연기가 탁 트인 사방으로 퍼져 더 이상 머리가 아프지 않게 되었다는 것이다.

모터보트가 일정한 간격으로 물살을 헤치며 스쳐 지났다. 보트에 탄 사람들은 제 흥에 겨워 생면부지의 이쪽을 향해 소리를 지르거나 손을 흔들기도 했지만 이쪽의 호응은 미미했다. 물보라를 일으키며 다시 모터보트 한 대가 지나쳤다. 선글라스를 낀 여자가 모자를 흔들며 소리 질렀다. 나는 팔을 늘어뜨렸다. 절대로 팔을 들 생각은 없었다. 너희끼리나 잘 놀란 말이다. 오랜만의 식사로 기력을 되찾은 폴이 보트를 향해 목청껏 짖어 대며 꼬리를 흔들었다.

당신은 비상등을 켠 채 핸들을 돌립니다. 스러져 가는 햇볕 속에 드러난 비상등 불빛은 미약해서 그다지 위급한 상황이 아닌 것처럼 보입니다. 갓길도 없는 좁은 일차선 도로에서 중앙선을 넘어 건너편 차선으로 가기란 쉽지 않습니다. 노란 페인트를 칠한 경계석은 너무 낮아 가파른 절개 면과 강이 한눈에 들어옵니다.

끝까지 돌린 핸들에 강한 저항이 느껴집니다. 원위치로 되돌아가고 싶어 하는 욕망이 당신의 손끝에 감지됩니다. 브레이크 페달을 지그시 누르는 발은, 맨발이 되고 싶어 합니다. 디디고

밟고 누르면서, 어딘가에 스치면서 몸을 가린 꺼풀을 벗어던지
는 겁니다. 신을 신고는 도저히 갈 수 없는 곳을 그냥, 가버리는
겁니다.

무심하게 커브 길을 돈 차가 도로를 가로막은 당신의 차를 발
견하고 라이트를 번쩍이며 경적을 울립니다. 노련한 운전자는
당신의 차 보닛을 아슬아슬하게 비껴갑니다. 양쪽 차선마다 차
들이 몰려들고 있습니다.

당신은 조금씩 방향을 틉니다. 덜컥, 뒷바퀴가 경계석에 닿습
니다. 당신은 여전히 저항이 느껴지는 핸들을 꽉 잡고 전방을
주시합니다. 낙석 위험 표지판이 바위 사이에 위태롭게 꽂혀 있
습니다. 후면경으로 노을에 물든 강물이 흘러가고 있습니다. 황
토집이 아련하게 멀어 보입니다. 사물이 보이는 것보다 가까이
있습니다.

가속 페달을 깊숙이 밟습니다. 당신의 차는 경계석에 닿아 살
짝 들립니다. 무서운 속도로 헛바퀴가 돕니다. 차체 아래에서
둔탁하고도 날카로운 쇳소리들이 엉킵니다. 쉬지 않고 경적을
울려 대던 앞차 운전자가 황급하게 안전벨트를 푸는 모습이 보
입니다. 순간적인 판단 착오로 가속 페달을 밟고 있다고, 당신
을 오해하고 있습니다. 그가 차문을 박차고 나오는 것과 거의
동시에 당신의 차는 앞으로 튕겨 나갑니다. 시야를 가로막는 나
뭇가지를 헤치며 차를 돌립니다. 위험, 하다는 표지판이 위태로
운 표정으로 당신을 내려다봅니다.

　수육과 감자전, 그리고 술이 나무 식탁 위에 놓여졌다. 우리가 술을 한 잔 마실 때마다 그는 폴에게 안줏감을 던져 주었다. 수육 한 점 다음에는 감자전 한 조각, 이런 식이었다. 폴은 그의 맨발을 핥아 주며 아양을 떨었다. 바야흐로, 애견계에서 알아주는 엘리트라는 콜리의 명성에 금이 가기 시작하고 있었다. 긴 황갈색 털로 부드럽게 정강이를 부비는 폴에게 그가 다시 감자전을 던져 주었다. 내가 눈총을 주어도 그는 끄떡하지 않았다. 그는 음주 단속에 대비해 두 잔으로 몇 시간째 버티는 중이었다.

「개한테 술을 줄 순 없잖아.」

　그는 술잔 대신 라이터를 들고 마리 이모가 담배를 꺼낼 때마다, 조수석에 앉아 있을 때와 별반 다를 것 없는 모습으로 불 시중을 들었다. 바람막이를 하고 길게 팔을 뻗치는 불빛에, 벌겋게 달아오른 마리 이모 얼굴이 어룽거렸다.

　술이 들어가자 마리 이모는 말이 많아졌고 웃음도 헤퍼졌다. 불을 붙이다 터무니없이 커다랗게 웃는 바람에 마리 이모의 앞머리가 끄슬리기도 했다. 마셔, 마셔. 마리 이모는 다 마시지도 않은 잔에 술을 따르고 소리나게 부딪쳤다.

　쉴 새 없이 강물을 휘저었던 모터보트는 어두워지자 자취를 감추었다. 라디오에서 해금 소리가 끊어질 듯 이어졌다. 하도 절묘하게 끊어지니 곡이 끝난 것인지 전파 방해로 사이가 뜬 것인지 모를 정도였다. 강 건너 도로에서 길게 늘어선 차 불빛이 번쩍거렸다.

화장실에 다녀온 그가 변기 레버가 망가졌다고 말했다.

「세면대 수도꼭지도 뭐가 잘못되었는지 헛돌던데요.」

마리 이모는 담뱃갑을 흔들었다. 마지막 담배를 꺼내고 빈 갑을 구겨 풀밭으로 던졌다. 되도록 멀리 던지고 싶었겠지만 바로 앞, 기울어진 석탑에 맞고 튕겨나갔다. 그의 발치에서 떠나지 않던 폴이 한달음에 달려가 구겨진 빈 갑을 자랑스레 물고 왔다. 그가 폴의 머리를 쓰다듬고 수육 한 점을 던져 주었다.

마리 이모는 일방적으로 그만둔 집 관리인에 대해 불평을 늘어놓았고, 오랫동안 보수하지 않아 점점 퇴락해 가는 집에 대해서, 그리고 열여덟 살이나 먹었어도 죽지 않는 폴에 대해서도 불평했다. 40킬로가 넘는 폴을 어떻게 아파트에서 키운단 말이냐고! 나중에는 죽은 이모부에까지 화살이 돌아갔다.

「어리석고 무능하고 차가운 인간!」

내가 기억하는 이모부는 다정했고, 그리고 마리 이모를 사랑했다. 마리 이모가 거친 동작으로 술을 따랐다. 작은 잔 속에서 술이 요동쳤다. 몇 방울의 술이 잔 밖으로 튀어나갔다. 연거푸 두 잔을 들이켠 마리 이모는 머리를 흔들었다.

「차라리 너처럼 아무것도 가지지 않은 것이 얼마나 자유롭겠어. 그건 모든 것을 가질 수도 있다는 뜻이잖아.」

담배 연기는 자꾸 그가 앉은 쪽으로 흘러갔다. 나에게 있어서의 그의 존재는 '모든 것을 가질 수 있는 자유' 중의 일부라고 마리 이모는 생각하는 모양이었다.

나는 주위를 둘러보았다. 인가와 떨어진 외딴 집의 먼지 쌓인

방, 물비린내 나는 물가의 나무 벤치, 풀밭 구석 으슥한 곳에 걸어 놓은 해먹이 눈에 들어왔다. 그와 더불어 '자유'를 누릴 장소로 그만인 곳이었다.

흘낏 그를 보았다. 나에게 자유를 누리게 해주어야 할 그는 폴의 뱃가죽을 긁어 주고 있었다. 폴은 그의 손길을, 다리를 늘어뜨린 채 눈까지 실실 감으면서, 만족스럽고 편안하게 받아들이는 중이었다. 내 눈도 좀 감기게 해 봐. 말을 할 수는 없었으므로, 나는 마지막 잔을 입안에 털어 넣었다. 폴은 그의 발치에서 잠이 들었다.

강 건너편의 길은 여전히 차들의 행렬이 길게 늘어서 있었다. 어디선가 습기를 머금은 바람이 몰려왔다. 바람에는 상큼한 풀내가 섞여 있었다. 종이컵이 쓰러지고 나무 식탁 위의 파라솔이 잠시 퍼덕였다. 시야 저쪽에 뭔가 움직임이 느껴졌다. 나뭇가지에 걸어 놓은 그의 검은 양말이 아주 조금씩 흔들리고 있었다.

마리 이모는 담배가 떨어지자 안절부절못했다. 안절부절못하기는 나도 마찬가지였다. 나는 더 이상 견딜 수 없을 때까지 요의를 참고 있었다. 저릿저릿한 아랫도리가 다만 요의에서 비롯된 것이라고 말할 수는 없었다. 나도 모르게 질금, 오줌을 지렸다. 엉거주춤한 자세로 나는 일어섰다. 집 안의 화장실까지 제대로 갈 수 있을지도 의문이었다. 그가 없다면 으슥한 풀밭 구석에서, 폴처럼, 엉덩이를 드러냈을 것이다. 한달음에 뛰고 싶으나 어기적거리며 걸을 수밖에 없는 그런 상황으로 박석이 깔린 현관까지 겨우 도달했다.

집 안은 어두컴컴했다. 벽을 더듬어 거실 스위치를 찾았다. 우윳빛 샹들리에는 먼지와 파리똥으로 제 빛이 나지 않았다.

욕실에서 오래된 물풀 냄새가 났다. 나는 오래도록 오줌을 누웠다. 변기 속의, 샛노란 오줌을 한동안 바라보았다. 오랫동안 요의를 참은 탓인지 지린내가 심하게 났다. 변기 레버가 휙, 하고 헐겁게 돌아갔다.

샤워기를 틀었다. 물줄기는 그다지 세지 않았다. 아무리 길게 늘여 뽑아도 변기까지 닿지 않았다. 작은 대야에 물을 받아 변기통에 부었다. 물에 희석된 오줌이 오히려 변기 가장자리까지 차올랐다. 다시 물을 받아 이전보다는 좀더 세차게 변기에 부었다. 꾸르륵, 시원한 소리를 내며 물이 말끔하게 내려갔다.

오줌을 지린 속옷을 벗어 비누로 대강 문질렀다. 벗은 김에 윗도리도 벗어 던졌다. 후덥지근한 밴 속에서 몇 시간 동안 흘렸던 땀 냄새가 시큼했다. 정수리에 샤워기를 들이댔다. 선뜻한 한기가 엄습했다.

시원찮은 물줄기 속에서 차의 엔진 소리가 섞여 들렸다. 기어이 담배를 사러 가는 모양이었다. 가장 가까운 동네까지 간다 해도 비포장도로를 3킬로는 족히 가야 했다. 집 뒤로 거칠게 돌아나가는 차 소리가 들렸다. 설마 취한 마리 이모가 운전하는 것은 아니겠지.

나는 샤워기를 잠그고 멀어져 가는 차 소리에 귀를 기울였다. 폴이 미친 듯이 짖는 소리가 들렸다.

당신은 댐을 건넙니다. 건너편 도로보다 협소한 길이 구불구불 이어져 있습니다. 차는 손에 잡힐 듯한 강을 지나다가 산모퉁이를 끼고 돌기를 반복합니다. 길가 모텔 옥상에서 형광색 야자수가 바람개비처럼 돌아갑니다. 빨간 벽돌 우체국에서 허리가 구부정한 노인이 문을 열고 나옵니다. 폐타이어와 돌을 얹은 함석지붕에 새가 한 마리 앉아있습니다. 단청색이 조악한 팔각정을 끼고 샛길로 접어듭니다. 초등학교와 동네로 접어드는 삼거리에 작은 가게가 있습니다.

흑백 영화처럼 현실감 없는 가게 앞에 차를 세웁니다. 여섯 장의 유리와 널빤지로 이루어진 문은 레일이 어긋나 있는지 당신이 밀자, 한껏 어깨를 치켰다가 떨어집니다. 켜켜이 먼지가 쌓인 유리창엔 크고 작은 손자국이 꽃무늬처럼 찍혀져 있습니다. 그중 마리 이모의 손자국도 있을지 모릅니다. 눈가가 짓무른 노파가 벽에 기대 앉아 머리를 긁고 있습니다. 당신은 마리 이모가 찾던 담배를 고릅니다. 다른 담배보다 타르가 많다고 발표된 후부터 판매량이 급속하게 떨어진 담배입니다.

당신은 가게 벽에 기댑니다. 시멘트로 마감하지 않은 거친 블록 담입니다. 셀룰로이드를 뜯고, 타르가 많다는 담배 한 개비를 꺼냅니다. 몇 달 만에 처음으로 당신은 담배를 입에 뭅니다.

그 몇 달 전, 마리 이모와 나란히 벽에 기댄 당신은 무엇을 보고 있었을까요? 그때 당신은 타르를 들이마시고 있었습니다. 눈을 떴는데도 아무것도 보이지 않았던 시간입니다.

마리 이모는 꽁초를 찾아 식탁 주위 풀밭을 더듬고 있었습니다. 함부로 던진 담배꽁초들은 밤이슬에 모두 젖어 있습니다. 마리 이모는 무릎을 꿇고 엉금엉금 기면서 당신 주변을 맴돕니다. 당신 곁에 바짝 붙어 있던 폴이 자리를 피해 줍니다.

크고 둔탁한 식탁 밑으로 기어 들어간 마리 이모의 손이 당신의 발목을 스칩니다. 스쳐 지나간 줄 알았던 손이 천천히 당신의 맨발을 감쌉니다. 손은, 무척 뜨겁습니다. 당신은 식탁 아래 숨어 있는 마리 이모의 표정을 볼 수 없습니다. 마리 이모는 당신의 단단한 복사뼈와 발가락 사이를, 뒤꿈치와 발목을 쓰다듬습니다. 손은 견딜 수 없을 만큼 점점 더 뜨거워집니다. 마리 이모는 당신의 발치에서, 마치 폴처럼 당신을 쳐다봅니다.

「아무래도 담배를 사러 가야겠어.」

당신은 망설입니다. 집은 조용합니다. 열린 현관으로 거실의 불빛이 희미하게 흘러나옵니다. 라디오는 제멋대로 음악을 선곡해서 들려줍니다. 탁주 사발을 들이켜는 듯 갈라진 창이 가슴을 쥐어뜯습니다.

갑자기 마리 이모가 차에 오릅니다. 시동을 켜는 소리가 급작스럽게 튀어나옵니다. 짜작, 차바퀴에 깔린 자갈이 흐트러집니다. 자갈은 길을 내줄 때 좀더 앙칼진 소리를 냅니다. 몇 미터 후진했던 차가 당신을 향해 라이트를 밝힙니다. 그때까지 당신은, 무슨 생각엔가 잠겨 있습니다.

차가 당신에게 다가옵니다. 조금 빠른 속도입니다. 당신은 자신도 모르게 식탁 가장자리로 피합니다. 마리 이모는 당신이 앉

았던 플라스틱 의자를 넘어뜨리고 나서야 핸들을 꺾습니다. 당
신은 마리 이모를 끌어내리려 합니다. 엎치고 밀치는 와중에 마
리 이모의 어깨와 가슴에, 땀내 나는 머리카락과 술내 나는 숨
소리에 젖은 작은 신음을 듣습니다. 당신은 타오르는 불속에 뛰
어든 기분입니다. 한동안 실랑이 끝에 당신은 마리 이모를 옆자
리로 밀칩니다.

페달을 밟는 감촉이 섬뜩합니다. 그제야 당신은 자신이 맨발
이라는 것을 깨닫습니다. 맨발로 갈 수 있는 곳은 어디일까, 당
신은 잠시 생각합니다.

비포장도로는 그다지 친절하지 않습니다. 돌덩이와 크고 작
은 웅덩이가 어둠 속에서 매복하고 있습니다. 라디오의 시그널
이 경쾌하게 들려옵니다. 잔뜩 웅크리고 뚫어져라 전방을 응시
하는 마리 이모는 말에 올라탄 기수 같습니다. 그녀가 바라보는
곳은 너무 어두워 아무것도 보이지 않습니다. 당신은 라이트가
비춰 주는 경계까지만 봅니다.

산모퉁이를 돌아 내려와 곧 부서질 것 같은 나무다리를 건너
고, 그리고 젖소가 잠들어 있는 축사를 지납니다. 가게의 불빛
이 보입니다.

당신은 마리 이모의 맨발을 봅니다. 헝클어진 머리와 술로 붉
어진 얼굴을 봅니다. 가게 주인은 마리 이모에 대해 알고 있을
지도 모릅니다. 당신은 서둘러 차에서 내립니다. 비틀어진 가게
문짝을 몇 번이나 힘을 주면서 밉니다. 당신은 마리 이모가 피

우던 담배를 가리킵니다. 타르 주세요. 당신은 자신이 왜 그렇
게 말했는지 모릅니다.

가게 벽에 기대 있던 마리 이모가 당신의 손에 들린 담배를
바라보고 있습니다. 당신은 그녀 앞에 섭니다. 마리 이모를 뚫
어질 듯 쳐다봅니다. 처음으로 마주 대하는 눈빛입니다. 당신은
마리 이모의 눈동자에게 묻습니다. 피우고 싶어요? 마리 이모
는 아무 말도 하지 않습니다.

당신은 천천히 담뱃갑을 뜯습니다. 담배를 물고 라이터 불을
켭니다. 불길이 뜻밖에도 높게 치솟아 오릅니다. 당신은 깊게
담배를 빨아들입니다. 담뱃불은 900도가 넘는 열기로 명멸합니
다. 20여 종의 A급 발암 물질이 포함되어 있다는 타르. 연기를
통해 당신의 폐로 들어가 혈액에 스며들고, 모든 세포에 피해
를 주고 기관지 표피 세포를 파괴하는 타르를 들이마십니다. 반
년 만에 처음으로 입에 대는 담배입니다.

당신은 다리가 풀린 듯 휘청거리며 한 발짝 더 가까이 마리
이모 앞으로 다가섭니다. 다시 한 번 깊게 담배를 빨아들입니
다. 마리 이모의 얼굴이 담배 연기에 희미해집니다. 푸르스름한
연기 속에서 마리 이모는 눈을 감고 있습니다. 마리 이모는 안
개에 갇힌 작은 배 같습니다.

당신은 마리 이모의 턱을 쳐듭니다. 당신은 자신이 피우던 담
배를 마리 이모의 입에 물려 줍니다. 마리 이모가 담배를 피우
는 동안, 당신은 마리 이모의 귓불과 목덜미에 반점처럼 번져
있는 열기를 쓰다듬습니다.

담에 나란히 기대 당신과 마리 이모는 담배를 나누어 피웁니다. 서로를 쳐다볼 수 없기 때문에 어둠이 짙게 내려앉은 앞을 봅니다. 어둠 속에서 밴은 노래하고 있습니다. 목젖이 늘어진 노인이 목청을 돋우고 있습니다. 밴은 가끔 저렇게 아무도 태우지 않아도 혼자 흥겨워할 때가 있습니다.

차는 비포장도로를 다시 힘들게 달리기 시작합니다. 핸들을 잡은 당신의 손이 가늘게 떨리고 있습니다.

차의 속도는 점점 느려지고 차 안의 숨소리는 점점 높고 가파르게 올라갑니다. 당신은 라디오의 볼륨을 더 키웁니다. 라틴 재즈가 차 안을 쾅쾅 울립니다. 마리 이모는 소리를 지르기 시작합니다. 웃음소리인지 노랫소리인지 알 수 없습니다. 머리를 싸매고 울부짖습니다.

어느새 당신은 줄담배를 피우고 있습니다. 핸들을 잡지 않은 다른 한 손으로 담배를 들고 있지 않으면 어떤 행동을 할지 자신도 알 수 없습니다. 밴은 담배 연기로 자욱합니다.

느닷없이 마리 이모가 핸들을 밀칩니다. 전조등이 무빙 카메라처럼 어지럽게 흔들립니다. 차는 심하게 요동을 치며 작은 둔덕 아래로 훌쩍 떨어집니다. 풀숲 더미에 기우뚱 서는 순간, 마리 이모가 차문을 열고 뛰어 내립니다. 활짝 열린 차에서 대단히 역동적이며 리드미컬한 노래가 들립니다. 쿵짝쿵짝. 산 밑, 외떨어진 집에서는 한밤중에 난데없는 라틴 재즈를 듣습니다.

푸성귀가 무성한 사이로 숨어 버린 마리 이모를 찾느라 당신은 몇 번 흙바닥을 뒹굽니다. 대체 누가 취했는지 알 수 없습니다. 저만큼 마리 이모가 보입니다. 마리 이모 역시 흙바닥에 엎어져 있습니다. 마리 이모에게 다가갑니다. 걸음을 옮길 때마다 허벅지에 닿는 풀잎사귀들이 사락거립니다. 술내가 역하게 나는 마리 이모를 끌어안습니다. 흙범벅이 된 얼굴이 젖어 있습니다. 당신은 마리 이모의 젖은 뺨을 핥습니다. 흙과 함께 눈물도 핥습니다.

　밴은 자정이 넘어서야 돌아왔다. 손전등으로 길을 비추며 걸어갔다 왔어도 두 번은 왕복할 시간이었다. 도로 상태가 아무리 험해도 힘든 것은 밴일 텐데 두 사람은 낮은 포복으로 3킬로를 왕복한 몰골이었다. 나는 멍해졌다.
　「담배 하나 사러 가는 것이 그렇게도 힘들었어?」
　둘 다 아무 대답이 없었다. 둔덕 아래로 미끄러졌다는 밴은 그렇다 쳐도 그와 마리 이모의 행색을 이해하기에는 좀 무리가 있었다. 입을 다물자,고 합의했는지 그는 어금니까지 앙다물고 있었고, 마리 이모는 목 졸린 물고기처럼 눈만 깜빡거렸다.
　우리는 제 빛을 내지 못하는 샹들리에 밑에서 커피를 마셨다. 일찌감치 술이 깬 나는 어딘지 모를 통증에 시달리고 있었다. 가슴을 쓸어내리면 머리가 지끈거렸고, 머리를 싸매고 있으면 가슴이 아픈 것 같았다. 멀쩡해야 할 그는 오히려 몽롱해 보였다.
　마리 이모는 술이 깼는지, 깨가는 중인지, 머리가 깨질 것 같다고 들들 볶기 시작했다.
　「머리통에서는 열이 팍팍 나는데 왜 이리 추운 거냐?」

담요를 둘둘 만 채 커피를 마시던 마리 이모가 졸기 시작했다.

나는 그에게 눈짓해 밖으로 불러냈다. 사료통 옆에서 웅크리고 자던 폴이 어슬렁거리면서 그의 옆으로 다가갔다. 엉덩이를 뒤로 쭉 빼고 기지개를 켠 폴이 늘어지게 하품했다.

「뭐 할 말 없어?」

나는 팔짱을 끼고 그를 찬찬히 바라보았다. 그의 머리카락에 작고 여린 풀잎 가닥이 붙어 있었다. 그는 흙투성이 바지를 대강 털었다. 돌확에 앉아 발바닥을 몇 번 문지른 그는 기대 놓은 랜드로바에 맨발을 들이밀었다. 길게 잡아 뺀 끈을 실뜨기 하듯 손에 감았다. 허리를 굽혀 끈을 조이는 그의 등 너머로 밤이슬에 젖은 양말이 어둠 속에서 흔들리고 있었다.

나는 소름이 돋은 팔을 문질렀다. 그는 이미 내 곁에 없었다. 훌쩍 밴에 올라탄 그가 시동을 걸었다. 탁하고 갈라진 기계음이 차가운 공기를 갈랐다. 그가 담배에 불을 붙였다.

「뭐야, 담배까지 피우고.」

운전석에 앉은 그가 창밖으로 재를 털었다.

「이제 모시고 나와.」

그는 내 말을 잘도 잘라먹고 있었다.

마리 이모는 밴의 짐칸으로 기어 넘어갔다. 왜 이렇게 온몸이 떨리는 거야. 마리 이모는 이빨까지 부딪치며 떨었다. 목까지 담요로 꼭꼭 여미고 누운 마리 이모는 100여 킬로를 달리는 동안, '춥다'와 '머리에서 별이 쏟아진다'는 말을 지치지도 않고 반복했다. 그는 운전을 하면서, 마치 그래야 한다는 의무라도 있는 것처럼, 끊임없이 담배를 피웠다.

짐칸이 조용해졌다. 마리 이모가 잠이 든 모양이었다. 나는 아랫도리가 허전했다. 대강 문지른 속옷은 욕실 수건 걸이에 그대로 걸려 있을 것이다.

실내 후면경으로 고치처럼 동그랗게 몸을 말고 누워 있는 마리 이모가 보였다. 자는 줄 알았던 마리 이모는 조용히 전방을 주시하고 있었다. 거울 속에서 마리 이모와 눈이 마주쳤다. 담요를 목까지 두른 채 마리 이모가 일어나 앉았다. 차가 흔들릴 때마다 마리 이모는 석탑처럼 한쪽으로 기울어졌다.

작게 한숨을 쉰 마리 이모가 좀 부은 듯한 눈두덩을 문질렀다.
「……아무래도 폴과 함께 있어야겠어.」

그 역시 후면경으로 마리 이모를 보고 있었다. 그가 피우던 담배를 거울 속의 마리 이모에게 들어보였다. 마리 이모가 무릎걸음으로 다가와 그가 건네는 담배를 받아 입에 물었다.

차 안의 액정 시계가 4시를 가리켰다. 폴이 사료통 앞으로 달려갈 시간이다. 혼자 남은 폴은 지나치는 모터보트를 향해 죽도록 짖어 대는 것으로 하루를 보낼 것이다.

나는 습기 찬 유리창을 손바닥으로 닦았다. 창에도 담배를 피우는 마리 이모가 있었다. 흘깃, 운전에 열중하는 그를 돌아보았다. 그는 무심한 표정이었다. 어쩐지 앞으로는 그와 네 번이니, 다섯 번이니, 혹은 열한 번이니 열두 번이니 하면서 실랑이를 벌일 일은 더 이상 일어나지 않을 것 같았다.

아랫도리에 한기가 몰려왔다. 춥기로 말한다면 마리 이모보
다 내가 훨씬 더할 것이었다. 나는 처음으로 마리 이모의 말에
동의했다.
「……밥만 먹고 살 순 없겠지. 아무리 짐승이라도.」

당신은 소각용 드럼통 옆에 버려진 사료통을 봅니다. 타이머
는 여전히 잘 돌아가고 있습니다. 뚜껑을 열어 봅니다. 반 넘게
남아 있는 사료는 부패해 있고 벌레들이 그득합니다. 당신이 걸
음을 옮길 때마다 발밑의 자갈들이 자잘하게 흩어집니다. 자갈
이 밟히는 것은 알겠는데 어쩐지 중력이 느껴지지 않습니다.
낙엽이 쌓인 나무 식탁 앞에서 걸음을 멈춥니다. 플라스틱 의
자 하나가 나뒹굴고 있습니다.
「폴.」
당신은 가만히 제자리에 서서, 목주변의 황갈색 긴 털을 나부
끼며 폴이 달려오기를 기다립니다. 풀밭 한가운데 기어이 쓰러
진 석탑을 봅니다. 마리 이모가 세찬 물줄기로 먼지를 닦아 주
던 그, 작은 탑입니다.
나뭇가지 끝에 무엇인가, 마치 곧 떨어지려는 낙엽처럼 흔들
리고 있습니다. 당신은 눈을 가늘게 뜹니다. 바삭하게 마른 빛
바랜 당신의 양말입니다.
「폴.」
당신의 목소리는 왠지 더 작아집니다. 당신은 열려진 현관을
기웃거립니다. 먼지투성이 마루에 운동화 자국이 어지럽습니

다. 당신은 주위를 둘러봅니다. 아무 소리도 들리지 않습니다. 움직이는 것은 아무것도 없습니다.

강 건너편을 바라봅니다. 나무 사이의 간격이 떠 있는 작은 틈새가 눈에 들어옵니다. 차 한 대가 멈추어 서 있습니다. 그도 역시 풀밭을 뛰어다니던 러프콜리를 찾고 있을까요?

시간, 상처가 흘러나오는 판도라의 상자

고봉준(문학평론가)

1

'윤리'는 '도덕'이 스러진 자리에서 탄생한다. 여전히 도덕과 윤리를 동일시하는 사람들도 있지만, '도덕'과 '윤리'는 많이 다르다. '도덕'이 시대가 만들어 낸 관념의 덩어리, 현실의 중력장 안에서 살고 있는 인간이 마땅히 준수해야 하는 치안 규칙이라면, '윤리'는 길들여진 시민-주체를 생산하는 도덕을 넘어서는 데에서 출발하는, 자신의 외부에서 삶의 준거점을 발견하지 못한 인간이 스스로 찾아야 하는 예외 규칙이다. 도덕은 외부적이고 윤리는 내부적이며, 도덕은 초월적이고 윤리는 내재적이다. 도덕은 늘 "우리는 무엇을 해야 하는가?"라고 묻지만, 윤리는 항상 "우리는 무엇을 할 수 있는가?"라고 묻는다. 도덕이 의무의 문제라면, 윤리는 능력의 문제이다. 이숙경의 소설은 사회적인 규범을 위반한 욕망의 비도덕적인 상태를 드러낸다. 물론, 이 비도덕적 상태에 현미경을 들이대는 것이 작가의 의도처럼 보이지는 않는다. 그녀의 소설들은 쉽게 치유되기 어려운 내면의 상처에 뿌리를 내리고 있고, 상처의 시간을 견인하면서 삶의 진정한 가치를 응시하려는 노력으로 읽히기 때문이다. 그렇지만 우리가 작가의 의도대로 소설을 읽어야 할 이유는 없을 터, 내게는 그 상처의 시간들이 보여 주는 공통성이 한층 더 흥미롭다. 그녀의 인물들 대부분은 가족 관계가 균열/해체된 상태에서 살고 있다. 그리고 이따금씩 '가족'이라는 현실적 중력 법칙을 정면으로 위반하고 치명적인 사랑의 상태에 빠져든다. 가족과 사랑, 도덕과 욕망의 이 팽팽한 대립은 결국 등장인물들을 불행한 삶으로 내몰지만, 그녀의 소설은 이 치명적인 관계의 상처를 도덕의 영역으로 되돌려놓기보다는, 그 상처에서 도덕에 의해 억눌린 인간의 고통스러운 내면을 발견하려 한다.

이숙경의 소설에는 '도덕'이 없다. 여기에서 '없다'는 '반(反)도덕'과 같은 매우 강한 부정의 의미를 지닌다. 그녀의 소설에서 '도덕'은 삭제된 방식으로만 존재하는 부재 증명 같다. 이는 그녀의 소설이 '도덕'의 억압성에서 탈주하려는 시도의 일종임을 말해 준다. '가족'은 그 억압적 도덕의 첫 번째 울타리처럼 보인다. '도덕'과 '가족'으로부터 탈주하려는 욕망의 선이 그녀의 소설에서 하나의 계열을 그리고 있다. '가족'은 근대 사회를 작동시키는 가장 강력한 장치의 하나이다. 근대 이후 '가족'은 경제 활동의 주체인 가장을 위한 안식처로 표상되었다. 사람들은 종종 가족의 엽기적인 실체가 폭로되는 것이 두려워 가족 (family)이 "Father And Mother, I love You"의 머리글자를 딴 합성어라는 방어기제를 작동시키기도 하지만, 실제 가족의 어원은 가장인 남성의 소유물을 뜻하는 라틴어 famulus이다. 가족의 생계를 책임지는 가장, 겸손과 수동적인 자세로 가사 (家事)에 매진하는 아내, 그리고 부모에 의해 보호되어야 하는 아이들, 이들이 연출하는 이상적인 가족 극장의 풍경은 얼마나 아름다운가. 그렇지만 풍경이 아름다울 수 있는 것은 서로를 겨냥한 고성(高聲)과 아비규환의 비명이 정적 속에 묻혀서 그들의 삶이 오직 희미한 실루엣만으로 드러날 때뿐이다. 때때로 이 풍경은 우리의 가족적 현실이 비정상적인 상태임을 환기하고, '가족'을 만들고 지키는 것이 인간의 실존적인 본질이자 시대의 지상 과제인 것처럼 이야기한다. 편부모 가족의 비정상성과 아이가 없는 가정의 공허감 등은 바로 그런 환영의 결과물들이다. 근대 이후 가족은 언어와 예절에서 시민의식에 이르기까지 한 사회를 떠받치는 각종 규칙들을 교육이라는 이름으로 다음 세대에게 전수하는 일차적 훈육 기관과, 프라이버시라는 이름으로 '공'과 '사'가 엄격하게 분리될 수 있게 만든 제도적 장치와, 부의 세습을 통해서 한 사회의 부가 소모됨 없이 보존될 수 있게 하는 경제적인 시스템으로 기능해 왔다. 가족 이데

올로기는 가족 내에서 여성의 지위를 출산, 양육, 교육을 책임지고, 가사를 전담함으로써 남성을 돕는 조력자로 인식하게 만들었고, 정상과 비정상이라는 잣대를 작용시켜 대중들로 하여금 가족으로부터 이탈하는 것이 곧 죄에 해당한다는 관념을 갖게 만들었다. 프로이트 이래 가족이 억압의 기원으로 인식되기 시작했음은 널리 알려진 사실이다.

이숙경의 소설에서 비극의 기원은 '가족'이다. 그녀의 소설에서는 가족 내의 역할 분담은 아예 존재하지 않고, 심지어 소설의 등장인물들이 가족의 경계나 외부에서 살아가는 모습도 다반사이다. 그러니 여기에서 가족 간의 사랑이나 화목한 저녁 풍경 따위의 홈 스위트 홈(Home Sweet Home)을 기대하는 것은 넌센스이다. 그녀의 소설에서 가족은 오직 '흔적'일 뿐이다. 등장인물들에게 가족은 상처의 기원이거나, 현재적인 고통의 원인이기 때문이다. 가령 〈그녀는 행복하다〉의 주인공 심분녀는 가족 내에서 점차 존재감을 잃어 가고, 〈유라의 결혼식〉의 화자 '나'는 아내와 이혼한 상태이며, 〈눈물의 날〉에서 엄마 강하란은 '아빠'를 수시로 바꾸며 살았다. 그리고 〈용문 암막새〉의 화자는 이혼녀이고, 〈어린양〉의 화자는 고아원에서 입양된 후 가족으로부터 버려진 인물이며, 〈타르〉의 화자 '나'와 '당신'은 부적절한 사이의 중년들이다. 물론, 이숙경의 소설에 이혼자들만 존재하는 것은 아니다. 그렇지만 등장인물이 이혼자가 아닌 경우에도 그/녀들에게 '가족이 있다'고 말하는 건 좀 이상하다. 그들에게 가족은 다만 있을 뿐, 무의미하기 때문이다.

그/녀가 '가족'으로부터 탈주하기 위해 선택하는 첫 번째 방법은 탈출(exodus)이다. 심분녀의 '터키 여행'(〈그녀는 행복하다〉)과 한정미의 '삿뽀로 여행'(〈삿뽀로 가는 길〉)이 여기에 해당한다. '탈출'이란 철학자 레비나스(E. Levinas)의 말처럼 고통으로부터의 구원이고, 고통이란 가장 현실적인 현실이다. 이러한 상황 설정은 이미 그녀의 소설들이 고통에 대한 문학적 반응의 일종임을 보여 준다. 일상과 고통을 등치시키는 데 동의할 순 없지만, 우리의 일상이 고통 안에서, 고통과 더불어 영위되는 것은 사실이다. 이 경우 인간의 사유와 실천이 고통이라는 현실을 인정하는 수준에서 멈춰 버리면 세계는 지옥이 된다. 때문에 인간은 '탈출'의 가능성을 버리지 않고 고통을 '그 무엇(et-was)'의 전제로 사용함으로써 고통으로부터의 탈출이 제시하는 자신과 타인의 상호 구원을 상상하게 된다. 여기에 소설의 자리가 있다. 〈그녀는 행복하다〉는 40대 중반의 여성이 가족 내에서 경험하는 존재감의 상실을 머리를 긁는 이상 행동을 통해 드러낸 소설이다. 주인공 여자는 자신의 존재감을 느끼지 못할 때마다 머리를 긁는다. 욕구 불만에서 비롯되는 머리를 긁는 무의식적인 행동이 한편으로 그녀에게 피부를 통해서 살아 있음을 확인시켜 주는 것이다. 소설은 그녀가 느끼는 존재감의 부재가 바로 '가족'이라는 울타리 안에서 발생하고 있음에 주목한다. 이 소설에서 가족들의 관심은 항상 '먼 곳', 그러니까 "한국의 정세와 세계의 동향" 따위에 집중되어 있다.

그녀가 집에서 자신의 존재감을 온전하게 자각하는 것은 '배변'할 때뿐이다. 치질을 앓고 있는 그녀는 매번 관장을 이용해서 배변을 한다. 아이러니컬하게도 배변의 고통이 그녀에게 "내가 살아 있다는 것을 극명하게 느낄 수 있는 시간"으로 경험되는 것이다. 고통이란 누군가에게는 일상의 안정을 위태롭게 만드는 사건이지만, 그녀에게는 "자신에게 침잠할 수 있는 더할 나위 없이 좋은 기회"가 된다. 그런 그녀가 친구들과 함께 '터키' 여행을 가기로 결정한다. '터키'는 두 가지 의미를 갖는다. 먼저, '터키'는 "왜 그래? 어디면 어때? 집에서 떠나고, 제발 이 휴대폰 좀 받지 않게 이 나라만 떠나면 되지"처럼 여행의 구체적 목적지라기보다는 '집'의 바깥에 대한 통칭이다. 이는 〈삿뽀로 가는 길〉에서 한정미가 "누군가가 이렇게 나를 접어 주머니에 넣고 어디론가 데려갔으면 좋겠다. 삿뽀로 같은 곳으로 데려갈 사람은 없나. 아니면 베트남이나 인도네시아라도"라고 말하는 장면에서도 확인되는데, 그녀들의 여행은 일상으로의 귀환을 전제하고 떠나는 여행과 달리 고통스러운 현실에서 벗어나려는 탈출 의 성격을 띤다. 때문에 그녀들의 여행에서 중요한 건 목적지가 아니라 '집'과 '일상'이라는 출발지이다. 다음으로 '터키'는 "통증에 집착하면서 살아 있음을 확인했던, 몸이 들려주던 내면의 외침과는 이제 헤어질 것이고,

나는 이제 곧 몸 밖으로 시선을 돌리게 될 것이다"처럼 외부를 향해 자신을 개방하는 능동성의 상징이다. 이런 의미 부여가 가능한 까닭은 그녀가 터키 여행을 앞두고 치질 수술을 받는 사건에서 확인되는데, 그녀에게 터키 여행은 '내면의 외침'에서 벗어나 '몸 밖'으로 시선을 돌리는 계기가 된다.

한편 〈삿뽀로 가는 길〉의 주인공 한정미는 스물여섯이라는 나이에 가족의 생계와 남편의 병원비까지 감당해야 하는 상황에 처해 있다. 소설은 극장식 맥주홀의 코러스 단원인 그녀가 가족이라는 굴레에서 벗어나기 위해 몸부림치는 과정에 초점을 맞추고 있다.

주머니 속 지폐는 하루를 못 넘기고 이내 가족이라 지칭하는 사람들의 주머니로 들어갔다. 맨 처음 몇 달은 아버지의 바지 뒤춤에, 남편의 집에 합류한 이후는 빈번하게 찾아오는 두 여동생의 교복 주머니에, 아니면 남편의 재킷 주머니에. 자신이 받는 청소부 월급보다 훨씬 더 많은 돈을 써버리는 시어머니의 가방 속으로, 무면허 음주 운전에 뺑소니까지 치고 교도소에 들어간 시동생의 공탁금으로도 흘러갔다. 그리고 지금은, 혼수상태로 누워 있던 노름꾼 남편의 코에 꿴 미음 줄로 흘러간다. 2년 후? 그때까지 남편이 살아 있다면 내가 죽어 있겠지.
— 〈삿뽀로 가는 길〉 중에서

　　이숙경의 소설에 등장하는 인물들은 다양한 직업과 성격, 취향에도 불구하고 전형적인 요소를 지니고 있다. 여성들은 대개 남성의 폭력에 의한 피해자이거나 내적인 상처를 껴안고 살아가는 존재인 반면, 남성들은 대개 '폭력성'과 '무능함'의 소유자로 그려진다. 그들은 아내의 노동에 기생해서 살아가는 경제적 무능자이거나, 폭력을 일삼는 폭군이거나, 문제적 중년들이다. 〈유라의 결혼식〉에서 "단 두 번 나오고 폐간된 문예지로 등단한 소설가"는 실종된 딸의 안부보다 호주에 다녀올 때 소용될 비용 걱정이 더 크고, 〈눈물의 날〉에서 목사가 된 남자는 자신을 사랑했던 여자의 인생을 파탄에 이르게 만든 프락치이며, 〈바알〉에서 화자의 오빠는 고객의 예치금을 빼돌려 중국으로 달아나고, 〈레몬의 시간〉에서 주인공 남자는 함께 살던 쏘냐를 죄의식 없이 버리고, 〈알 수 없는 영역〉에서 음악가 사내는 잘못된 결정으로 약혼녀를 음독하게 만든다. 여기에 결혼 후 입양한 아이와 떨어져 지냄으로써 아이에게 트라우마를 남긴 아빠(〈어린양〉)와 돈을 이용해서 자신의 옛사랑을 사려는 김 사장과 야근하고 돌아온 아내를 구타하고 공문 쪽지를 내미는 딸에게 폭언을 일삼은 아빠(〈삿뽀로 가는 길〉), 며느리 상미와의 관계 때문에 가족의 균열을 불러온 아버지(〈바알〉)를 포함시키면, 사실상 이숙경의 소설에서 긍정적인 가치를 부여받은 남자는 없다고 말할 수 있다. 더구나 여성에 대한 남성/가족의 폭력을 물리적인 힘에 한정하지 않는다면, 이숙경의 소설에 등장하는 가족들 모두를 이 폭력의 공범이라고 말해도 지나치지 않을 것이다.

이러한 가족의 폭력성이나 남성의 부정성에 대한 여성들은 대응방식은 증오와 무관심이다. 그것은 〈삿뽀로 가는 길〉에서 남편과 아빠를 향한 미스 한의 혐오감, 즉 "남편은 중환자실에서 입원실로 올라갈 것이 아니라 영안실로 내려갔어야 했다"와 "아빠, 빨리 천국으로 가세요"에서 극명하게 드러난다. 그렇지만 증오심보다 한층 문제적인 것은 가족 서로에 대한 그/그녀들의 무관심이다. 증오심이 남성에 대한 여성의 심리적 반대급부에 해당한다면, 무관심은 사실상 이숙경의 소설에 등장하는 모든 사람들이 가족에 대해서 공통적으로 갖고 있는 태도이다. 〈유라의 결혼식〉에서 가족에 대한 남자의 태도가 그렇고, 〈눈물의 날〉에서 '존대'와 "예전에 좀 알던 사람"이라는 말을 통해 드러나는 여자에 대한 목사의 태도가 그러하며, 〈바알〉에서 아무에게도 알리지 않고 사라지는 아버지와 오빠가, 〈레몬의 시간〉에서 가족에 대한 '나'의 태도와 '나'에 대한 형의 태도가 그렇다. 〈눈물의 날〉에서 "나는 엄마가 싫지도 좋지도 않았다. 엄마가 데려온 '아빠'가 싫지도 좋지도 않은 것과 같은 비중이었다. 그것은 또한 내 남편이 싫지도 좋지도 않은 것과 같은 비중이기도 했다"라는 화자의 독백은 가족의 의미를 적나라하게 보여준다.

다시 돌아가서 묻자. 그렇다면 '일상'을 벗어나려는 그녀들

의 탈주는 가능한가. 이와 관련해서 이숙경의 소설이 말하려는
것은 탈출의 가능성이 아니라 불가능성이다. 사실, 이 구원이
가능하다면 문학은 종교의 자리를 차지하게 될 것이다. 〈그녀
는 행복하다〉에서 심분녀와 친구들의 '터키 여행'은 예기치 않
은 사건들의 등장으로 유예되고, 〈삿뽀로 가는 길〉에서 한정미
의 삿뽀로 행은 택시를 향해 "삿뽀로, 삿뽀로"라고 외치는 그
녀의 행동이 보여 주듯 무의미하게 끝난다. 이는 그녀들의 미
래가 싱크대로 상징되는 가정과, 소극장 맥주홀로 상징되는 고
단한 노동의 현장에서 벗어나지 못할 것임을 예고한다. 여섯
명의 남자가 등장하는 심분녀의 꿈 이야기에서 그것은 한층 분
명해진다. 그녀는 자신의 죽음을 "내가 주인공이 되어 보는,
일생 중 몇 번 안 되는 아주 중요한 날"로 이해한다. 죽음을 통
해서 자신의 존재감을 확인해야 하는 그녀의 비참한 삶이 남자
들(아버지, 남편, 선생님 등)에게 포위되어 있다는 것은 이 모든
억압이 남성성에서 비롯된다는 것을 가리킨다. 그러므로 일상
으로부터의 탈주란 결국 남성적인 세계를 가로질러 자신의 욕
망을 긍정하고 존재감을 회복하려는 여성들의 해방의 몸짓이
라고 볼 수 있을 것이다. 문제는 이숙경의 '그녀들'에게 그 가
능성이 닫혀 있다는 사실이다.

2

　이숙경의 소설들에서 '사랑'은 치명적인 사건이다. 낭만주의

적 사랑의 강렬함을 말하려는 게 아니다. 사랑은 이따금 도덕적 세계에 지울 수 없는 상처를 남긴다. 이 사랑의 치명성은 도덕적 금기를 위반하고 사랑의 주체들을 죽음과 파탄의 길로 몰아간다. 유부녀에 대한 사랑을 자살이라는 비극적인 사건으로 해결해 버린 베르테르의 죽음이 치안 규칙을 위반한 데 대한 사회의 처벌이었듯. 19세기 이전까지 사랑은 명확하게 계급과 재산, 사회적·정치적 지위에 의해 결정되는 가족적·사회적 사건에 불과했다. 그러다가 근대 이후 소통의 준거점이 개인으로 옮겨 옴으로써 사랑이 열정과 낭만의 의미로 바뀌게 되었다. 니콜라스 루만에 의하면, 이때부터 열정과 열병, 광기, 불가항력의 사건, 일상적인 커뮤니케이션과 사회적 통제를 벗어나는 사랑의 코드가 자리를 잡기 시작했다. 소통의 준거가 개인화된다는 것은 사랑이 온전히 그 사건에 참여한 주체들의 소유임을 뜻한다. 마치 섹스나 육체적인 관계가 그렇듯. 그렇게 해서 사랑은 오직 두 사람만이 공유할 수 있는 내밀한 경험의 동의어가 되었고, 일상적인 커뮤니케이션과 달리 상대의 동참을 요구하는 소통으로 자리 잡았다. 루만은 열정으로서의 사랑이 궁극적으로 정체된 소통을 활성화하고 커뮤니케이션을 통해서만 이루어지는 사회적 재생산에 기여한다고 주장했다. 사랑에 대한 사람들의 오해와 달리, 열정으로서의 사랑이 치명적이지만, 동시에 그것은 '사랑'에 대한 시대의 표상 안에 있다는 말이다. 이숙경의 소설에서 이 치명적인 사랑의 양태들은 '가족'에 근거해서 작동하는 어떤 공동체의 시스템을 혼란에 빠뜨린다.

그렇다면 도대체 비도덕적이고 치명적인 사랑의 경계를 어떻게 결정할 수 있는가. 가령 '가족' 제도의 바깥에서 행해지는 모든 사랑은 비도덕인가, 또는 도착적인 형태로 표현되는 사랑조차도 '사랑'의 범주에 포함시켜야 하는가? 그렇지만 우리는 안다. '가족' 제도의 외부에 놓여 있는 사랑을 비도덕적이라고 말하면 '도덕'이라는 외부적·초월적 잣대의 정당성을 인정하는 것이고, 도착적인 사랑마저 '사랑'이라고 말하면 사랑과 폭력을 구분하는 게 불가능하다는 사실을. 때문에 '치명적'이라는 레토릭은 사랑이 존재의 상실이나 죽음의 위기를 동반하는 경우에 국한되어야 할 것이다. 〈어린양〉에서 교수에 대한 '나'의 사랑이 그렇듯이. 이 소설은 '사랑'과 '구원'이라는 두 겹의 서사가 하나의 이야기를 구성하고 있다. 이 소설의 표면적인 테마는 불가능한 사랑을 죽음을 통해서 각인시키려는 한 여성의 무모한 열정이지만, 그 이면에는 구원에의 갈망과 분리에의 불안이라는 또 다른 문제의식이 자리하고 있다. 주인공 '나'의 사랑에의 광적인 집착은 대상을 소유하려는 욕망보다는 '분리'에 대한 공포에서 비롯되는 것처럼 보인다. 이는 그녀의 욕망구조가 '아빠＝교수'라는 등식을 유지하는 대목에서도 확인된다. 복지원에서 성장한 소녀는 어느 날 아빠에 의해 입양되었으나, 아빠의 결혼과 동생의 등장으로 소녀는 결국 '기족'의 울타리 바깥에서 살아가게 된다. 소녀에게는 이 분리가 일종의

트라우마로 작용하는데, 그것은 소녀에게 아빠가 구원의 상징이었기 때문이다. "남자가 나를 꼭 껴안고 말했어. 너를 행복하게 해줄게. 아빠는 그렇게 나에게 다가왔지. 너를 행복하게 해줄게." 아빠—구원의 이미지를 교수에게 투사하는 그녀에게 더 이상 교수를 볼 수 없다는 것, 즉 그와의 영원한 분리는 반복 강박이 그렇듯 또 한 번의 추방을 의미한다. 그래서 이번에는 이 분리에의 공포와 불안이 아빠와 교수를 동일시하게 만들고, 그들에게서 떨어지지 않으려는 이상한 욕망을 낳는다. 그녀의 그로테스크한 죽음이라는 소설의 결말은, 그래서 예상 밖으로 충격적이지 않은데, 그것은 그녀의 죽음이 아빠와의 분리에서 이미 시작되었다는 것을, 마지막에 등장하는 죽음은 그 죽음이 마침내 완결되었음을 의미할 뿐이기 때문이다. 이 죽음이 외부의 위협으로부터 자신을 지키기 위한 보호 수단인 은장도에 의해 행해진다는 것은, 희망이 때로는 절망의 씨앗이 될 수 있다는 비극적 아이러니를 드러낸다.

〈바알〉에서 아버지와 올케 상미의 관계도 마찬가지로 치명적이다. 이 소설은 해남 낚시터에서 거짓말처럼 사라진 아버지, 고객의 예치금을 횡령해 중국으로 달아난 화자의 오빠, 그리고 남편이 있는 중국이 아니라 아버지가 사라진 해남을 향해 길을 떠나는 올케 상미의 엇갈린 운명에 관한 이야기이다. 의도된 전략인지는 알 수 없지만, 작가는 중요한 사건의 전후 관계 대부분을 삭제하고 있다. 이삿짐에서 남겨진 아버지의 십자가, 아버지의 상자에 간직되어 있는 편지, 그리고 아버지의 십자가로 아내를 폭행한 윤혁의 행동이 다만 가족 해체의 원인을 짐작하게 하지만, 분명한 것은 그 사건들이 한 가족이 흩어지게 만든 원인이라는 사실이다. 사랑의 치명성과 가족의 해체는 〈레몬의 사랑〉에서도 반복된다. 화자 '나'와 형수인 '윤'의 치명적인 사랑은 소설 전체에 짙게 깔려 있는 죽음과 몽환의 그림자처럼 불가해하다. 작가는 다만 "나의 덥수룩한 수염"과 "그녀의 왼쪽 손목"이라는 소설적 장치를 이용해서 사랑이 남긴 비극적인 상처를 환기한다. 한때 화자 '나'는 형수 '윤'과 밤도망을 친 적이 있고, 그것 때문에 가족을 떠나서 살아간다. 그에게 밤도망은 "죽음을 담보로 한 매듭"과 같은 것이었다. 그런 그가 어머니의 죽음을 계기로 가족의 곁으로 돌아오고, 20년 만에 형수 '윤'을 다시 만나서 그녀에게 레몬 소주를 만들어 준다는 것이 이야기의 전체적인 내용이다. 이 소설에서 눈여겨볼 대목은 '윤'의 입버릇이었던 "우리 같이 죽어 버리자"이다. '나'와 '윤' 사이의 죽음을 담보로 한 사랑의 언어인 "우리 같이 죽어 버리자"가 '나'와 '쏘냐' 사이에서는 '사랑한다'라는 전혀 엉뚱한 의미로 전이된다. 이 장면은 단순히 외국인과의 커뮤니케이션에서 언어 번역의 문제로 처리될 수도 있지만, 실제로는 그 언어가 어떤 맥락에서, 누구에 의해 사용되느냐에 따라 전혀 다른 것을 의미하게 된다는 것을 보여 준다. "우리 같이 죽어 버리자"라는 말은 '나'와 '윤' 사이

에서는 불가능을 돌파하려는 숭고한 사랑의 확인이지만, '나'
와 '쏘냐' 사이에서는 단순히 자신의 심경을 전달하는 수단에
불과하다.

　〈타르〉에서 '마리 이모'와 '당신'의 관계는 또 어떤가. 이 소설
은 "이혼해 달라고 몇 년째 졸라 대는 아내"를 둔 '그', "이혼해
달라고 졸라 대던 남편을 몇 년 전 깨끗하게 놓"아준 '나', 그리
고 "열여덟 살이나 먹었어도 죽지 않는 폴"과 함께 살고 있는
'마리 이모'가 만드는 사랑의 삼각형을 중심으로 전개된다. 그런
데 '사랑'이라는 사건에 놓인 의자의 수는 단 둘이다. 그러므로
소설의 전반부에서는 '나'와 '그'의 "부적절한 관계"가, 후반부
에서는 '마리 이모'와 '그'의 "부적절한 관계"가 중심이다. 이
사랑의 게임에 참여한 사람이 셋밖에 없으니, 자연스럽게 하나
의 관계가 만들어진다는 것은 결국 또 다른 관계가 끊어진다는
것을 의미한다. 이 소설 역시 '그'와 '마리 이모'가 "부적절한 관
계"로 빠져드는 장면에 대해서는 지나치게 간략하고, 때문에
'나' 또한 '그'가 끊었던 담배를 피우는 모습이나 '그'의 흙투성
이 바지에서 사태를 짐작할 수 있을 뿐이다. '그'와의 관계가 더
이상 지속되지 않을 것임을 예감한 '나'는 "밥만 먹고 살 순 없
겠지. 아무리 짐승이라도"라는 마리 이모의 말을 되새기며 그녀
의 말에 동의한다. 사족이지만, 이러한 인과성은 지나치게 단선
적이다. 만일 그것이 '마리 이모'와 '그'가 만나야 할 유일한 이
유라면 그들 사이에는 어떠한 필연성도 존재하지 않게 되고, 결

국 그것은 다음 날, 그다음 날 또다시 다른 사람들과 관계를 맺어 나갈 가능성을 지닌다는 것을 의미하기 때문이다.

3

이숙경의 소설에는 '청춘'이 없다. 그녀의 주인공들 대다수는 이혼했거나 가족의 외부에서 살고 있고, 가족이라는 관념과 무관한 사랑을 일삼는 중년들이다. 그들은 마치 사랑이 청춘의 특권이라는 통념을 반박하기 위해서 모인 사람들 같다. 그런데 알다시피 사랑이 청춘의 특권이라는 관념은 오래전에 깨졌다. 우리 시대의 젊은 작가들 누구도 '사랑'에 대해 쓰지 않는다. 이 시대의 젊은 주인공들은 사랑하지 않는다. 청춘이 사랑을 포기한 마당에 중년들이 사랑의 주체로 등장하니 때로는 당혹감이 느껴지기도 하지만, 이들 중년의 사랑이 반드시 치명적인 것만은 아니다. 가족이라는 제도의 바깥에서 사랑의 대상을 구하는 행위를 도덕적으로 비난하기 어려운 순간들도 있다. 이숙경의 몇몇 소설들은 청춘의 사랑도 아니고, 제도 안에서의 도덕적 사랑도 아닌, 기이한 사랑의 형태를 그려 낸다. 가령 〈유라의 결혼식〉에서 중년의 이혼남은 러시아 출신의 댄서 '유라'와 관계를 맺고 있다. 러시아의 바가노바 발레아카데미 출신인 그녀는 한국의 스포츠 댄스 교습소에 고용되어 소위 "100불짜리 인연"과 '결혼'이라고 불리는 "은밀한 거래"를 하면서 살아간다. 화폐에 의해 매개된 이들의 관계를 사랑이라고 말하기도 어렵거니와, 설령 그것이 사랑이라 할지라도 이혼남과 댄서의 사랑이니 제도적으로나 도덕적으로나 문제될 것은 없다. 그런데 흥미롭게도, 러시아로 돌아간다는 사실을 알리러 온 유라에게 남자는 그녀가 생계를 위해 춘 춤, 즉 자이브가 아니라 '발레'를 요구한다. "자이브 말고, 탱고도 말고, 네가 배웠던 발레를 보여 줘. 네가 가장 사랑했던 것을 보여 줘." 이 진술은 현대적인 사랑의 정식("나는 네가 원하는 것을 원해.")을 연상시킨다. 그런데 이런 사랑의 정식에는 한 가지 딜레마가 있다. 그것은 남자가 유라가 발레를 가장 사랑한다고 추측하는 한, 그리하여 그녀가 오직 생계를 위해서 자이브나 탱고를 쳤을 뿐이라고 생각하는 한, 그녀는 남자가 제시한 해답('발레') 아닌 것을 말할 수 없다는 것이다. 그러므로 설령 소설에서 유라가 발레를 추었다 할지라도 그것은 그녀의 욕망에서 비롯된 것인지 자신과의 거래 관계에 있는 사내의 요구에 응해서 그런 것인지는 확신하기 어렵다. 만일 그녀가 남자의 요구에 대해 자신은 자이브나 탱고를 더 사랑한다고 대답했다면 어떻게 되었을까? 그리하여 그녀와 발레 사이에 개입해 있는 남자의 환상이 일순간 깨어졌다면 어떤 일이 발생했을까? 아마 남자는 자신이 그녀가 '원하는 것'을 알지 못했다는 자책에 시달릴 것이고, 더불어 그와 유라의 관계도 깨지고 말았을 것이다. 그렇지만 한국을 떠나는 마지막 순간까지 "아저씨, 우리 결혼할까"라는 말을 포기하지 않은 유라가 그 선택에 가담할 리는 없다. 남자에게 '결혼'은 "은밀한 거래"의 은어 정도일지 모르지만, 유라에게 '결혼'은 한국에 정착할 수 있는 수단 가운데 하나일 테니 말이다.

〈용문 암막새〉에서 소설을 매개로 이어져 있는 '나'와 '강'의 관계 역시 제도 내의 사랑은 아니다. 그렇지만 이들의 관계를 불륜이나 비도덕적인 관계라고 말하는 것 역시 불가능하다. 소설은 한편으로는 '나'와 '강'의 관계를, 다른 한편으로는 용문 암막새를 훔친 후 손이 굳어 소설을 쓰지 못하는 '나'의 작가적 자의식을 중심으로 전개된다. 이 소설에서 주인공 '나'는 83학번 여성이고, 소설가 지망생이며, 이혼녀이고, '강'은 한때 소설가를 지망했으나 현재 공인중개사를 운영하고 있는 여섯 살 아래의 연하남이다. 물론, 소설의 초점은 '나'와 '강'의 관계가 아니라 상처의 기억과 창작의 관계에 집중되어 있다. 분명한 것은, 이숙경의 소설 곳곳에서 확인되는 도덕과 제도 바깥의 사랑이 가족/가정에 대한 전통적인 이해방식에 적지 않은 변화를 동반한다는 것이다. 가령 〈눈물의 날〉에서 '나-엄마-아빠(목사)'는 그 호칭이 증명하듯 가족 관계에 해당함에도 불구하고 전혀 가족적인 느낌을 주지 않고, 주로 엄마가 술 마시다 끌어들인 '아빠들' 역시 '나-엄마-아빠들'이라는 새로운 가족 관계를 구성하지만 전혀 가족적인 느낌을 주지 않으며, '나-남편' 또한 가족이지만 "싫지도 좋지도 않은" 애매한 관계에 머물고 있다. 이는 소설에 등장하는 중년들이 '가족'이 아니라 자신의 욕망을 최고의 가치로 여기고 있다는 것을 의미한다. 가족이라는 억압적인 울타리에서 벗어나고, 가족-제도의 경계에서 사랑의 대상을 만나고, 창조적인 행위를 통해서 존재의 흔적을 남기는 일 등이 이 욕망의 범주에 속할 것이다.

이런 점에서 〈알 수 없는 영역〉이 보여 주는 애정의 삼각관계는 사뭇 흥미롭다. 〈타르〉의 경우가 그렇듯, 대개 소설에서 애정의 삼각관계는 단선적이고 즉물적인 결말로 치닫기 쉽다. 그 이유는 삼각관계가 오직 두 개의 관계에 의해서만 형성되고 유지되기 때문이다. 특히, 청춘의 경우 삼각관계는, 대개의 멜로드라마가 그렇듯, 사랑을 승부에 비유하고, 승리를 결혼과 동일한 것으로 간주하는 남성적인 결혼 이데올로기에 포획되기 마련이다. 이는 청춘들에게 사랑이 곧 '결혼'과 무관하지 않은 행위로 인식되기 때문일 것이다. 그런데 이숙경의 소설처럼 등장인물들이 가족 관계의 해체를 경험했거나, 가족을 억압으로 받아들이고 있다면 사정이 다르다. 바로 이 지점이 그녀의 소설을 신파적인 멜로드라마에서 한 걸음 나아가게 만들어 준다. 한때 사랑하던 사이였지만 가족의 극심한 반대에 부딪혀 헤어졌던 현준과 선미가 불혹을 훌쩍 넘긴 나이에 재회한다. 상식적으로 생각하면, 가족이라는 방해물에서 자유로워진 그들이 사랑을 이루어지는 게 당연하겠지만, 소설은 '정 교수'라는 인물을 등장시켜 또 다른 삼각관계를 만들어 낸다. 한때 '현준-선미-미현'으로 구성되었던 삼각형이 이번에는 '현준-선미-정 교수'로 재구성된 것이다. 그런데 이들의 삼각관계는 상식과 달리 선택이 불가능하다. 이것이 바로 소설과 멜로드라마의 차이점이기도 하다. "세상은 참 이상해. 아니, 하느님은 이상해. 왜 사람들의 마음을 그렇게 얽혀 놓았을까. 미현은 너를 좋아했고 너는 나를 좋아했고 교수님은 너를 좋아하는 나를 좋아했고. 굉장히 엉망진창이지?" 작가는 이 삼각관계를 매우 특이한 방식으로 해결한다. '선미'의 사랑을 독점하려는 '현준'의 시도가 실패한 뒤, '정 교수'와 '현준'이 '선미'를 공유(?)하기 시작한 것이다. 소설의 결말부에서 '선미'를 방문한 '현준'은 그녀의 방에 '정 교수'가 머물고 있음을 알아채고 기다리고, 그녀의 방에 들어선 '현준'은 '선미'에게 '정 교수'가 마시던 차와 동일한 차를 요구한다. 이는 '현준'과 '정 교수' 모두가 그녀의 영원한 손님이자 애인이라는 것, 그리하여 그들의 사랑은 결코 결혼이라는 제도적인 영역으로 들어갈 수 없음을 보여 준다. 이런 결혼의 유예 상태가 아름다운 사랑이라고 말하는 것은 과장이겠지만, 적어도 이들은 사랑과 결혼을 같은 것이라고 생각하지는 않는다는 점에서 사랑의 새로운 가능성을 가늠하게 한다.

4

이숙경의 소설에서 중년은 사랑의 주체로 그려진다. 그런데 이 사랑에는 한 가지 비밀이 숨겨져 있다. 그것은 이들에게 '사랑'이 분열된 내면을 극복하고 삶이 던져 준 상처를 치유하기

위한 수단이라는 사실이다. 그러니 청춘의 문법과 달리 이숙경
의 소설에서 중년들은 탈주, 일탈, 사랑을 통해서 우회적인 방
식으로 잿더미로 변해 버린 자신의 내면을 드러낸다. 당연히
그녀의 소설적인 문제의식 역시 '사랑'이 아니라 일상에 붙들
려 있는, 가족이라는 제도에 짓눌려 살아가는 중년들에게 그것
들이 갖는 무게감을 실존의 차원에서 표출하는 것일 터이다.
'해설'이라는 제도적인 형식이 소설의 단점 운운하는 비판을
용납하는 글쓰기가 아니지만, 이숙경의 소설을 읽으면서 느낀
몇 가지 문제를 사족 삼아 글을 마무리하려 한다. 일정 기간에
씌어진 한 작가의 작품은 대개 차이보다는 반복의 범주에 훨씬
가깝기 마련이다. 이는 모든 글쓰기가 실상 어떤 문제의식을
중심으로 시작되기 때문에 생기는 문제이다. 그럼에도 이숙경
소설의 인물들이 보여주는 전형적 요소는 조금 지나칠 정도의
일률적인 요소를 갖고 있어서 개성을 잃어버리고 있는 느낌이
고, 소설의 내용 역시 문제의식의 예리함에 비해 멜로드라마적
인 평면성으로 기울어지는 감이 없지 않다. 이러한 문제점들이
몇몇 작품에서 서사의 초점을 흐리는 부정적 효과를 낳고, 소
설이 상식적인 결말에 이르도록 강제한다는 인상을 지울 수 없
다. 작가는 이러한 서사적 결함을 보완하기 위해 몇 가지 장치
들을 활용하고 있는데, 의식적으로 추구되고 있는 단문, 사실
성과 가독성을 높이려고 의도적으로 사용되는 현재형, 작품의
입체감을 살리기 위해 도입된 인칭과 시제의 변화, 그리고 시

간의 역전 구성이나 서로 다른 시간에 속한 사건들을 잇대어 붙이는 실험 등이 그에 해당한다. 마치 신춘문예의 공식처럼 되어 버린 단편소설의 단문화 현상은, 그러나 현재형 시제의 문장이 가독성과 현장성을 볼모로 대상의 겉모습을 뚫고 속까지 드나드는 입체적 상상력을 포기하고 있음을 말해 두고 싶다. 집단적 기원을 가진 서사시의 시간이 현재인 반면, 소설의 시간은 이야기를 독자에게 전달하는 매개자로서의 작가라는 존재 때문에 과거가 될 수밖에 없다는 사르트르의 말이 불현듯 생각나는 것은 왜일까?

유라의 결혼식

초판 1쇄 인쇄일 · 2009년 12월 5일
초판 1쇄 발행일 · 2009년 12월 10일
지은이 · 이숙경
펴낸이 · 임성규
펴낸곳 · 문이당

등록 · 1988. 11. 5. 제 1-832호
주소 · 서울시 성북구 동소문동 4가 83 청구빌딩 3층
전화 · 928-8741~3(영) 927-4990~2(편)
팩스 · 925-5406
ⓒ 이숙경, 2009

홈페이지 http://www.munidang.com
전자우편 webmaster@munidang.com

ISBN 978-89-7456-428-5 03810

2009년도 경기문화재단 우수작품창작발표활동 선정사업